궁귀검신

弓鬼劍神

궁귀검신 4
조돈형 新무협 판타지 소설

초판 1쇄 찍은 날 § 2002년 2월 22일
초판 1쇄 펴낸 날 § 2002년 3월 1일

지은이 § 조돈형
펴낸이 § 서경석

편집장 § 문혜영
편집책임 § 장상수
편집 § 박영주 · 김희정 · 권민정
마케팅 § 정필 · 강양원 · 김규진

펴낸곳 § 도서출판 청어람
등록번호 § 제1081-1-89호
등록일자 § 1999. 5. 31
어람번호 § 제2-0059호

주소 § 경기도 부천시 원미구 심곡1동 350-1 남성B/D 3F (우) 420-011
전화 § 032-656-4452 팩스 § 032-656-4453
http://www.chungeoram.com
E-mail § eoram99@chollian.net

ⓒ 조돈형, 2002

값 7,500원

ISBN 89-5505-256-1 (SET)
ISBN 89-5505-304-5 04810

※ 파본은 본사나 구입하신 서점에서 교환하여 드립니다.
※ 저자와 협의하여 인지를 붙이지 않습니다.

궁귀검신

弓鬼劍神

4

조돈형 新무협 판타지 소설

도서출판
청어람

목
차

제19장 사천풍운(四川風雲) __ 7
제20장 정혼녀(定婚女) __ 51
제21장 양분무림(兩分武林) __ 135
제22장 인연(因緣) __ 185

제19장

사천풍운(四川風雲)

사천풍운(四川風雲)

"보고서도 믿을 수가 없소. 어찌 이런 일이……."

독왕은 멍한 눈을 하고 독마를 쳐다보았다. 지금의 현실을 믿을 수가 없는 것은 독마 역시 마찬가지였다.

"실로 엄청난 무공입니다. 역시 둘째의 말이 옳았습니다. 한두 구도 아닌 열 구의 독혈인과 싸우며 저리 오래 버틸 수 있는 인간이 있다니……."

"역시 어떤 수를 쓰더라도 완벽한 독혈인을 만들었어야 했나 봅니다. 의식이 없는 강시 같은 독혈인으론 그 한계가 있는 듯싶습니다."

갈태악이 안타까운 낯빛으로 말을 하자 고개를 가로저은 독마는 소문을 노려보며 말했다.

"아니네. 비록 완벽하지는 않지만 누가 뭐라 해도 독혈인일세. 도검불침(刀劍不侵)에 늘 뿜어내는 절대의 독! 누가 있어 이들을 막을 수 있단 말인가? 자네라면 막을 수 있다 보는가? 독혈인이 약한 것이 아니라 저놈이 터무니없이 강한 것이네. 평범한 방법으론 흠집 하나 내지 못하자 벌써 한 시진이 넘도록 강맹한 검기만 뿌리고 있는 인간일세. 독과 생사(生死)를 같이 한다는 우리 만독문의 문도들도 함부로 접근하지 못하는 독연(毒煙)에 저리 노출되고도 멀쩡한 인간이 자네의 눈엔 어찌 보이는가? 아무리 생각해도 만독불침에 막강한 내공을 지닌 듯한 저놈이 괴물같이 강한 것이지 우리의 독혈인이 약한 것은 아니네."

"끄응!"

독마의 말은 하나도 틀림이 없었다. 무공이라면 몰라도 저 독연은 자신조차 감당할 수 없는 지독한 것이었기에 아무런 말도 하지 못한 갈태악은 그저 한숨만 내쉴 뿐이었다. 그러나 이들이 생각하는 것처럼 소문이 만독불침의 경지에 이른 것은 아니었다. 다만 온몸의 세맥과 혈도에 퍼져 있는 반야심경도해의 내공력이 피부로 스며드는 독기를 철저하게 막아내었고, 호흡으로 침투하는 독기는 거의 무한대의 내공력에 의해 소문이 의식하지도 못하는 사이에 흔적도 없이 소멸되고 있었던 것이다.

하지만 이 두 종류의 내공력은 최초 만독문의 문도들과 독마수 봉천과의 싸움에 일어났던 독기까지는 막을 수 있었지만 천여 종의 독초를 배합해 만든 독즙에서 수련한 독혈인이 뿜어내는 절대의 독기까지는 완벽하게 막아내지 못했다. 다만 그 위력을 다소 감소시키는 데 그칠 뿐이었다. 그 증거로 지금 내색은 하지 않고 있지만 소문은 자신의 몸에 침투한 독기에 대한 불안감에 몹시 당황하고 있지 않은가. 그러나 그 사실을 알 리 없는 이들은 소문이 그저 만독이 불침하는 경지에 이르렀다고 여기고 있을 뿐이었다.

"그렇다면 방법이 없는 것인가? 이렇게 시간을 주는 것은 단지 저놈에게는 한숨 돌릴 여유만 주는 것이 아닌가?"

독왕의 말에 독마는 조심스레 말을 이었다.

"어쩔 수 없습니다. 계속해서 독혈인을 희생할 수는 없습니다."

"그럼 어쩌자는 말인가?"

"합공을 해야지요."

"합공을요?"

옆에 있던 갈태악이 무슨 말이냐는 듯이 언성을 높였다.

"자존심이 상하는 일이기는 하나 어쩔 수 없네. 독혈인은 우리 만독문의 마지막 보루인데 여기서 다 잃을 수는 없지 않은가?"

"하지만……."

독마는 더 이상 갈태악의 말에 신경을 쓰지 않고 독왕을 바라보았다.

"자존심을 내세우실 때가 아닙니다. 저와 막내가 함께 공격에 나서겠습니다. 둘째는 부상을 당한 몸이라 나서기엔 다소 무리가 따르니 독혈인의 조종을 둘째에게 맡기겠습니다."

"그리하도록 하세."

어차피 구겨진 자존심이었다. 독왕은 머뭇거리지 않고 대답을 하며 성큼 앞으로 나섰다.

"하지만 문주님께선 나서시지 않는 게 좋겠습니다. 아무리 사정이 이리 되었다지만 문주님마저 나서신다면 제자들을 볼 낯이 없습니다. 저희 둘이면 충분할 것이니 맡겨주십시오."

"……."

독왕은 쉽사리 결정을 하지 못하고 갈팡질팡했다. 나서자니 제자들의 눈이 있었고 지켜만 보자니 분통이 터졌다. 그렇지만 결국 한발 물러나 독마의 의견을 존중하기로 하였다.

"아직도 모의(謀議)할 것이 남은 것이오? 기다리다 지치겠소."

내공으로 독기를 몰아내는 것을 포기한 소문은 마음이 급했다. 틈을 내어 준동하는 독을 간신히 억제하고 있었지만 언제 다시 꿈틀댈지 모르는 일이었다. 잠시의 시간도 허비할 수 없었다. 소문의 말에 들려온 대꾸는 없었지만 멈추었던 독혈인의 공세가 다시 시작된 것으로 그 대답을 대신했다.

[조심하게. 독혈인의 독은 피아(彼我)를 구분하지 않네. 피부에 와 닿는 것은 어느 정도 버틸 수는 있겠지만 자네라도 저 독기를 들이마시면 그 즉시 중독될 것인즉, 공격을 할 때는 반드시 호흡을 멈추고 조심에 조심을 하게.]

[염려하지 마십시오. 독혈인의 독기가 무섭다는 것은 익히 알고 있습니다.]

자신을 염려하는 독마의 전음에 무겁게 고개를 끄덕인 갈태악은 천천히 소문에게 다가갔다.

'훙, 난 또 뭐라고. 시체덩어리로 안 되니까 지원을 하시겠다? 맘대로 해보라지.'

거친 강시들의 공세를 막으며 자신의 사각(死角)을 파고드는 독마와 갈태악의 기척을 느끼며 소문은 냉소를 지었지만 절대로 그들을 경시(輕視)하는 우를 범하지는 않았다. 어쩌면 지금의 상황에서는 단순히 조종을 받고 본능적(本能的)으로 자신을 공격하는 강시 따위보다는 자신의 빈틈을 파고드는 이들이 더 위협적이 될 수도 있었다. 게다가 다가오는 자들이 만독문에서 내노라하는 지위에 있는 자들인 것을 감안하면 두 번 주의해도 부족함이 없었다.

'역시!'

막 검기를 날리던 소문은 자신의 몸 뒤에서 다가오는 싸늘한 기운에 흠칫 놀라 재빨리 몸을 틀어야 했다. 그리고 몸 앞에서 간신히 막아낸 것은 오 장 밖에서 독마가 던진 암기였다. 막긴 막았으되 그 위력이 상당함에 등에서 흐르는 식은땀을 주체할 수 없었다. 보이는 손보다 보이지 않는 손이 무섭다고, 언제 어디서 날아올지 모르는 독마의 암기는 소문에겐 큰 위협이 되었다. 게다가 아직 손을 쓰지 않고 기회만 엿보고 있는 갈태악도 큰 부담으로 작용하였다.

"큭!"

결국 이런저런 생각에 정신이 분산된 소문은 이번 싸움에서 처음으로 상처를 입게 되었다. 어깨 쪽에 약간의 긁힘이 있었는데 온몸이 독으로 똘똘 뭉친 독혈인의 손톱에 의해 상처를 입게 되자 긁힌 상처 사이로 순식간에 독기가 침투하여 주변의 피부가 빠르게 변색(變色)되었다. 소문은 잠깐의 망설임도 없이 상처 주변의 살을 도려냈다. 한 움큼이나 되는 살을 도려낸 소문의 얼굴은 고통으로 일그러졌다. 이틈을 타 독혈인의 공격은 더욱 거세게 소문을 압박했다.

'정신을 차려야 한다, 정신을……. 아까와 같은 혼란이 계속된다면 여기서 목숨을 잃을 수밖에 없는 일!'

소문은 잠시 흐트러진 정신을 수습하기 위해 애를 썼다. 독마와 갈태악도 신경 쓰지 않았다. 그저 자신에게 다가오는 모든 기운들을 적으로 간주한 채 막아내고 공격을 하였다. 싸움은 더욱더 치열하게 불붙고 있었다.

소문은 거의 무아(無我)의 상태에서 싸움에 임하고 있었다. 얼마의 시간이 흘렀는지도, 얼마의 공격을 막아내고 있는지도 느끼지 못한 채 검 한 자루에 자신의 모든 것을 맡기고 있었다. 일련의 동작들이 너무나 깨끗하고 절제되어 있기에 소문과 대적하는 이들의 살기만 없다면 소문이 홀로 검무(劍舞)를 춘다고 생각해도 과언이 아닐 정도로 아름답고 자연스런 몸놀림을 보여주고 있었다.

검법이라곤 절대삼검과 구양풍이 가르쳐 준 단순한 초식밖에 모르던 소문으로선 실로 경악할 정도로 발전된 경지였다. 어쩌면 이번 싸움으로 소문의 무공이 한 단계 더 상승했을지도 모르는 일이었다.

"허! 대단하다. 천하를 오시(傲視)하며 거칠 것 없던 나이건만 저와 같은 무위를 지닌 자가 있다는 것은 보도 듣도 못했다."

독왕은 자존심을 구겨가며 독혈인에 더해 만독문의 두 장로가 나서서 합공을 함에도 조금도 밀리지 않는 소문을 보며 감탄을 하고 있었지만 그것만이 아니었다. 그런 감탄 속에 오늘 이 자리에서 반드시 소문을 죽여야만 작게는 만독문의 자존심을 지키고 크게는 자신들이 속한 흑도의 커다란 우환(憂患)을 제거한다는 생각을 하게 되었다. 이제는 자존심이 문제가 아니었다. 자신도 나서야 했다. 만약 소문이 도주를 한다면 지금 보여준 신위(神威)를 감안해도 붙잡기에도 곤란했다. 결심을 한 독왕은 그 또한 싸움판에 끼어들기 위해 공터로 걸어나왔다. 하지만 그의 발걸음은 곧 멈추고 말았다.

꽝!

"크윽!"

살가죽이 터지는 묘한 격타음(擊打音)이 들리며 절대 무너지지 않을 것처럼 보이던 소문이 마치 끊어진 실처럼 뒤로 날아갔다. 결국 결정적인 순간에 소문의 발목을 붙잡은 것은 예의 그 독기였다. 막강한 내공에 눌려 잠시 동안 침묵을 지키던 독기가 소문이 오랜 사투(死鬪) 속에 약간의 무리를 하자 그 틈을 놓치지 않고 준동을 하고 말았다.

결국 좌측에서 쏜살같이 파고드는 갈태악을 바라보고도 이어지지 않는 진기를 원망하며 멍하니 바라볼 수밖에 없었던 소문은 무려 칠 장이나 날아가 땅에 구르고 말았다. 갑자기 일어난 상황에 자신의 손을 바라보며 의아해하는 갈태악과 그런 그를 보며 환호성을 지르는 만독문의 문도들의 고함을 들으며 땅에 처박혔던 소문은 들고 있는 검에 의지하여 힘겹게 일어섰다.

"후우! 후우!"

거친 숨을 몰아쉬며 자신의 가슴에 적중한 갈태악의 손자국을 바라보는 소문의 눈동자는 이전의 그와 확연하게 달라져 있었다. 자신감에 반짝이던 눈도 아니었고, 그렇다고 절체절명(絕體絕命)의 위기에 빠진 사람의 눈동자도 아니었다. 그의 두 눈은 마치 먹잇감을 눈앞에 둔 야수처럼 살기로 번들거리고 있었다. 그 살기가 어찌나 강렬했는지 주변에 위치하고 있던 만독문의 문도들이 함성을 지르다 흠칫 놀라 한 발씩 뒤로 물러설 정도였다.

"크크, 좋아좋아! 멋진 공격이었어. 이 빌어먹을 연기 때문에 몸이 영 이상하다 했더니만 결국 이렇게 되고 마는군."

'역시, 그런 이유로…….'

이 한마디로 갈태악은 자신의 손이 소문의 가슴을 후려치는데도 그저 멍하니 자신의 눈만 바라보고 있던 소문의 흔들린 눈동자의 의미를 알 수 있었다. 하지만 이유야 어찌 되었든 이제는 손쉽게 적을 제압할 수 있다는 생각이 뇌리에 떠오르자 적이 안심이 되었다. 지금까지 수없이 많은 싸움을 한 그였지만 이토록 불안한 적은 없었다. 하지만 아까의 한 수로 이제 모든 것이 끝이 난 것이다.

"크크큭! 그 표정은 뭐지? 그까짓 가슴 한번 맞은 공격에 내가 이대로 물러날 것으로 여기는가? 흐흐흐! 어림없는 소리!"

소문은 괴소를 터뜨리며 다시 검을 곧추세우고 천천히 움직였다.

"네가 실로 뛰어난 고수라는 것은 이미 입증이 되었다. 하지만 중과부적(衆寡不敵)이라는 말이 있듯 수치스럽지만 다수의 힘으로써 너를 제압할 수 있었다. 너에게 죽은 제자들을 생각하면 너를 살지도 죽지도 못하게 만들어 그 몸뚱이를 매일같이 오만 가지 독물들에게 던져 주고 싶지만, 아무리 적이었지만 내 너의 그 무공에 경의(敬意)를 표하는 바이다. 그러니 더 이상 저항하여 고통스럽게 죽지 말고 편안히 죽음을 맞으라. 그게 너에게 해줄 수 있는 나의 유일한 배려다."

독왕은 다시 공격을 하려는 갈태악을 손짓으로 막고는 힘겹게 움직이고 있는 소문에게 담담하게 말을 했다. 하지만 돌아오는 소문의 말을 차디찬 냉소일 뿐이었다.

"크크, 고양이 쥐 생각해 주시는군. 그게 승자의 아량이란 것인가? 하지만 그 따위 말은 저기 있는 시체덩어리에게나 해주시는 게 나을 것이다."

"……."

독왕은 굳은 얼굴로 소문을 바라보다 이내 시선을 거두고 뒤로 물러섰다. 그걸로 소문의 생사는 결정되었다. 조금 전의 싸움으로 한 구가 더 줄어 모두 여섯 구인 독혈인과 독마, 그리고 갈태악이 우두커니 서 있는 소문에게 다가가고 있었다. 명령을 받은 독혈인은 아무런 거리낌 없이 다가갔지만 그래도 혹시 몰라 독마와 갈태악은 약간은 뒤로 처져 긴장의 끈을 늦추지 않았다.

"다시 하늘을 보지 못하는 한이 있어도 네놈들을 박살 내지 않는다면 울화통이 터져 먼저 죽을 것 같으니 나를 원망하지 말거라!!"

이래도 죽고 저래도 죽을 운명이었다. 그러나 혼자 죽기엔 지니고 있는 무공이 너무 강했다. 그리고 마침내 결정을 내렸다.

"내 오늘 너희들에게 시공(時空)과 천하(天下)의 모든 조화(造化)를 관장하는 대자연(大自然)의 도도함을 보여주리라!"

천천히 말을 하는 소문은 검을 하늘 위로 치켜올렸다.

"천하만물(天下萬物)은 유에서 나오고, 유는 무에서 시작된다. 무의 끝을 무극(無極)이라 칭할지니 진정한 대자연의 힘은 그 끝을 알 수 없는 무극에서 찾을 수 있을 것이다. 자연의 섭리를 거스른 네놈들에게 그 힘을 선물하지!"

검을 들고 서 있는 소문을 중심으로 하여 엄청난 강기의 소용돌이가 주변을 강타하기 시작했다.

절대삼검(絶對三劍) 제3초 무극지검(無極之劍)!

마침내 을지 가문 최고의 무재(武才)였던 을지혁이 남긴 최강의 검법이 무려 400여 년의 시공을 뛰어넘어 소문의 손에서 펼쳐지고 있었다.

하늘 높이 올려졌던 소문의 검이 점점 밑으로 내려왔.

파바팍!

검끝이 밑으로 내려오면서 소문의 주위를 감싸던 기운은 더욱더 용솟음쳤다. 의식도 없이 소문을 향하던 독혈인마저도 그 강맹한 기운에 위협을 느끼는지 움직임을 멈추고 멍하니 서 있었다.

"피, 피하랏!"

뭔가 심상치 않은 기운을 느낀 독왕은 주변의 만독문의 제자들에게 화급히 명령을 하고 봉천에게 빨리 독혈인을 뒤로 물리라 명을 내렸다. 하지만 봉천은 고개를 흔들며 다급하게 말을 했다.
"이미 저의 명령을 듣지 않고 있습니다. 저 기운에 의해 모든 음파(音波)가 차단된 듯합니다."
"이, 이런 낭패가!"
꽈꽈꽈꽈꽝!
봉천의 말을 듣던 독왕은 갑자기 들려오는 엄청난 소리에 깜짝 놀라 고개를 돌렸다. 전해져 오는 것은 비단 소리만이 아니었다. 천지를 가르는 굉음(轟音)과 함께 쏟아져 오는 것은 살인적인 강기(罡氣)였다.
"저, 저럴 수가!"
고개를 돌린 독왕은 자신에게 밀려오는 강기를 막을 생각도 하지 못하고 그저 멍하니 서 있었다. 소문의 검식은 화려하지도, 그렇다고 날카롭지도 않았다. 그저 들고 있는 검을 아래로 한 번 내려치는 동작이 끝이었다. 그러나 그런 단순한 동작에서 어찌 저런 위력이 나올 수가 있단 말인가!
소문과 가장 가까이 있던 독혈인은 어느새 그 흔적을 찾아볼 수 없을 정도로 처참하게 찢겨져 버렸고, 그 뒤를 이어 다른 독혈인도 같은 운명을 맞고 있었다.
"아, 안 돼!"
어떻게 만든 독혈인이란 말인가? 만독문의 사활(死活)을 걸고 모든 역량을 동원하여 힘겹게 만든, 사랑하는 제자 열 명의 목숨과 바꾼 대가로 얻은 것이었다. 비록 의식이 없는 강시와 같은 독혈인이었지만 만독문의 옛 영화를 찾게 해줄 것이라는 데에는 이견(異見)이 없었다.

그런데 그런 목숨과도 같은 독혈인이 저리 허망하게 쓰러지다니…….
 독왕은 믿을 수 없는 현실을 부정하고자 하였다.
 "위험합니다, 문주님!"
 봉천은 우두커니 서 있는 독왕의 신형을 안고 땅바닥을 뒹굴었다. 간발의 차이로 머리 위를 스쳐 지나가는 강기의 힘을 느끼며 봉천은 안도의 한숨을 내쉬었다.
 '역시, 무린가?'
 입에서 계속해서 흐르는 피를 보며 소문이 중얼거렸다. 과연 무극지검의 위력은 절대, 그 자체였다. 12성을 완성하지 못한 데다가 내공마저도 여의치 않아 제대로 시전하지 못했음에도 소문에게 접근하고 있던 거의 대부분의 독혈인을 날려 버릴 수 있었다. 독혈인의 뒤에서 조심스럽게 접근하던 독마와 갈태악은 소문의 기운을 감지하자마자 달아났기에 그나마 어육(魚肉)의 신세를 면했지만 이미 치명타를 입고 땅에 널브러져 있었다.
 그러나 그런 위력을 보이기 위해서 소문이 감수한 피해 또한 상상을 불허했다. 별거 아닌 듯 말은 했지만 갈태악에게 얻어맞은 가슴의 상처는 생각보다 심각했다. 인체의 모든 곳이 그렇겠지만 가슴이라는 곳은 특히 위험한 곳 중 하나였다. 그런 곳을 일반인도 아니고 그저 그런 인물에게 맞은 것도 아닌, 한 문파를 이끌어 나가는 사람에게 맞은 것이었다. 당연히 무사할 리가 없었다. 게다가 그의 공격을 성공시키게 만든 그 독기가 여전히 소문을 괴롭히고 있었다. 눈치를 보이지 않으며 필사적으로 억눌러 잠시 그 활동을 멈추게 했지만 그런 상태에서 절대삼검, 특히 무극지검을 사용한다는 것은 자살 행위나 마찬가지였다. 그러나 이미 갈태악의 공격에 자제심을 잃은 소문은 무모한 도박

(賭博)을 시도했다.

처음 다가오던 독혈인을 날려 버렸을 때는 그 도박이 성공하는 듯했으나 간신히 억누른 독기가 다시 한 번 소문의 발목을 붙잡았다. 원활하게 이어지지 않는 진기의 흐름을 억지로 밀어붙이며 공격을 감행한 소문은 결국 심각한 내상을 입을 수밖에 없었다. 중독에 이은 또 하나의 위기였다. 하지만 여기에서 멈추지 않은 소문은 몸에 남아 있는 모든 내공을 끌어 모아 아직까지 버티고 있는 적을 향해 발출했다. 그리고 그것으로 끝이었다. 더 이상 소문의 앞에 두 발로 서 있는 것은 아무것도 없었다. 소문에게 직접적으로 공격을 감행하던 독혈인은 물론이고 심지어는 멀리 떨어져 있던 만독문의 문도마저 소문이 일으킨 기운의 여파에 이곳저곳에서 쓰러졌다.

공격을 한 소문마저도 무릎을 꿇고 있었다. 무위공을 바탕으로 한 거의 무한대의 내공은 이 한 번의 공격으로 바닥이 나고 말았다. 지금 소문의 단전(丹田)은 무공을 익히기 전과 같은 텅 빈 백지 상태였다. 그나마 다행이라면 소문을 괴롭히던 독기 또한 발출되는 내공과 함께 모조리 몸 밖으로 발출되었다는 점이다. 이것은 소문도 미처 생각하지 못한 것으로 독기를 제어할 힘이 남아 있지 않은 소문에겐 큰 행운이었다.

'내가 미쳤지. 그냥 도망가면 그만이었는데…….'

자신만만하던 소문은 자신의 만용(蠻勇)을 탓하며 한숨을 내쉬었다. 애초에 이번 싸움은 자신의 방식과는 어울리지 않는 것이었다. 그러나 이미 돌이키기엔 늦은 일이 되고 말았다. 문제는 이제 이곳을 무사히 빠져나가는 것이었다. 아니, 이미 몸 상태는 더 나빠질 수 없을 정도였으니 그저 살아서 이곳을 벗어나는 것이 관건이었다. 그러나 여전히 많은 만독문의 문도들이 있었고 문주인 독왕이 있었다.

'어쩐다······.'

모든 내공이 사라진 지금 자신의 상태는 최악이었다. 아무리 머리를 굴려봐도 뾰족한 방법이 떠오르지 않았다.

'응? 이건?'

갑자기 몸 구석구석에서 일어나는 이상한 기운을 감지한 소문은 잠시 의문을 가졌지만 곧 쾌재를 불렀다.

'옳거니! 그냥 죽으라는 법은 없군!'

반야심경도해의 내공이었다. 무위공의 내공에 밀려 저절로 온몸으로 퍼졌던 반야심경도해의 내공이 서서히 움직이고 있었다. 비록 몸 상태가 정상이 아니고 심각한 내상을 입었지만 반야심경도해의 내공이라면 출행랑의 시전에 필요한 최소한의 힘은 줄 수 있을 것이다. 그러나 아직은 그 힘도 미미했다.

약간을 움직였을 뿐인데도 전신을 칼로 난자당하는 듯한 고통이 밀려왔다.

'침착해야 한다.'

자신의 상태를 적에게 알려선 안 된다고 생각했다. 잠깐 멈칫했던 소문은 이를 악물고 태연하게 행동했다. 꿇었던 무릎을 일으키고 당당하게 어깨를 펴곤 그제야 몸을 일으키고 있는 독왕과 만독문의 문도들을 바라보았다.

소문을 바라보는 문도들의 시선은 두려움, 그 자체였다. 인간으로서 어찌 저런 기운을 일으킨단 말인가? 비교적 소문과 멀리 떨어져 있던 그들은 소문의 무극지검을 보다 자세히 관찰할 수 있었다. 단 한 번의 동작으로 주변의 모든 사물을 초토화(焦土化)시킨 소문이 그들에겐 더 이상 인간일 수 없었다. 복수니 뭐니 하는 생각은 애당초 사라지고 그저 이곳에서 무사히 살아 나가길 빌며 소문의 행동을 예의 주시할 뿐이었다.

"그게 무슨 검법이더냐?"

소문을 바라보던 독왕의 입에선 더 이상 놀람도 살기도 없는 그저 허탈한 음성이 자연스레 흘러나왔다.

"가전무공(家傳武功)이오."

"가전무공이라… 그런 검법은 내 일찍이 들어본 적도, 본 적도 없다."

"내 고향은 중원이 아니오. 그리고 무공을 일부러 세상에 드러내지도 않았으니 당연한 것이오."

독왕은 더 이상 말없이 서서히 붉게 물들고 있는 하늘만 물끄러미 바라보고 있었다.

'생사의 갈림길이군. 아직 내공이 부족한데…….'

소문은 모이기는 했지만 출행랑을 펼치기엔 다소 모자람이 있는 내공력을 느끼며 독왕을 바라보았다. 그의 말 한마디에 자신의 목숨이 결정될 것이었다. 그의 결정만을 기다릴 것이 아니라 선수를 쳐야 했다.

"이만 했으면 되었다고 생각하오. 사실 당가와 인연이 있는 나로서는 만독문의 행사를 알고도 막지 않을 수는 없는 법, 더 이상의 살생은 하고 싶지 않소. 물론 도전을 한다면 피하지는 않소. 하나 그 결과는 장담하지 못하오!"

소문은 내심과 다르게 시종 여유있는 표정으로 담담하게 말을 이었다.

"닥쳐라! 우리 만독문을 어찌 보고 그 따위 말을 늘어놓는 것이냐! 네놈이 그 잘난 실력을 믿고 있는 모양인데 이미 네놈의 몸도 정상이 아님을 잘 알고 있다. 허세는 통하지 않는다! 사부님, 무엇을 망설이십니까? 제자가 나서서 저놈을 요절내겠습니다!"

"……."

독왕은 대뜸 나서는 제자를 가만히 바라보았다. 모든 장로가 쓰러지고 부상을 입었기에 지금 만독문에선 자신을 제외하고는 최고의 고수였다. 기수곤의 말대로 소문 또한 심각한 부상을 입은 것은 자신도 너무나 잘 알고 있었다. 그러나 방금 소문이 보여준 무위는 그런 모든 사항을 감안하더라도 머뭇거리지 않을 수 없는 힘으로 작용했다. 만약 그의 부상이 생각과는 달리 심각한 것이 아니라면? 단 한 번이라도 아까와 같은 무공을 사용할 수 있다면? 그 결과는 상상하기도 싫었다.

[저자가 먼저 물러서니 여기서 이만 물러나는 것이 어떻겠습니까? 계속 싸운다고 득될 것이 없습니다.]

자신을 생각해서 살짝 전음을 보내오는 봉천도 싸움을 극구 말리고 있었다.

"그만… 하도록… 하자……."

"사부님!"

기수곤이 깜짝 놀라 독왕을 불렀지만 독왕은 그런 기수곤을 안타까운 눈으로 바라보며 고개를 가로저었다.

"되었다. 너의 심정을 모르는 바 아니나 지금은 아니다. 나도 이러는 내가 한심하지만 여기서 만독문의 멸문을 보고 싶지는 않구나."

"하지만 사부님, 저놈은 이제 힘이……."

"만약 너의 판단이 틀렸다면 어찌하려느냐? 백 번 양보한다 한들 그가 단 한 번이라도 아까와 같은 무위를 보여준다면 너는 막을 수 있겠느냐?"

"그건……."

 기수곤은 독왕의 말에 침묵을 지킬 수밖에 없었다. 아까 적이 보여준 무위는 생각만으로도 끔찍했다. 그러나 이렇게 물러난다는 것은 무인으로서 참기 힘든 수치였다. 싸우다 죽을지언정 제자들을 도륙(屠戮)한 적을 앞에 두고 물러서라는 말은 도저히 받아들이기 힘들었다. 그래서 처음으로 사부의 말에 반발을 하려는 찰나 귓가에 전해오는 소리가 있었다.

 [참으시게. 문주님은 결코 죽음이 두려워서 그런 결정을 내리신 게 아니네. 자네도 문주님의 성정을 알지 않는가? 만독문의 미래를 생각하시는 문주님의 고충을 이해하여야 하네. 여기서 자네나 더 이상의 문도들이 쓰러진다면 향후 수십 년 간 우리 만독문은 그저 변방의 조그만 문파로 지낼 수밖에 없는 것을…….]

 봉천의 말은 흥분으로 가득 찼던 기수곤의 마음을 차갑게 식히는 힘이 있었다. 과연 그랬다. 독왕은 결코 목숨이 아까워서 참고 있는 것이 아니었다. 약간은 고집스럽고 자존심이 강한 사부가 얼마나 힘들게 참고 있는 것인지 주먹을 쥐고 있는 손에선 피가 흐르고 분노로 덜덜 떨리는 턱을 보면서 느낄 수 있었다.

 '멍청한 놈! 제자라는 놈이 사부의 마음 하나를 헤아리지 못해서야…….'

 기수곤이 자신의 성급함을 탓할 때 독왕의 음성이 들려왔다.

 "힘을 키우거라. 다시는 우리 만독문에게 이런 수치가 있어서는 아니 될 것이다. 명예롭게 죽었을 것이나 네가 있기에 이런 수치도 참을 수 있음이니……."

 "사부님."

마침내 기수곤은 흐르는 눈물에 볼을 적시며 고개를 떨구고 말았다.
"결정이 난 것 같소이다. 그럼."
사제(師弟) 간의 대화를 초조하게 지켜보던 소문은 쾌재를 부르며 조심스럽게 말을 했다. 그리곤 천천히 발걸음을 돌렸다.
"자네 별호나 이름은 무엇인가? 이것도 인연이라면 인연인데 이름이나 알려주게."
"별호는 없소. 이름은 소문이라 하오. 을지소문."
독왕의 물음에 잠시 멈췄던 소문의 발걸음이 다시 움직였다.
"잊지 마라. 을지소문이다. 두고두고 가슴에 새겨야 할 이름이다."
"예! 사부님! 절대로 잊지 않을 것입니다."

　　　　　　　*　　　　*　　　　*

사천 서부의 점창산(點蒼山)에 위치한 점창파(點蒼派)는 비록 그 세는 화산이나 무당에 비할 바는 못 되지만 나름대로 뛰어난 검법과 의기를 지닌 명문대파(名門大派)였다. 그 시작은 무당과 같은 도가적 색채를 띠었으나 시간이 지남에 따라 그 의미는 희석되고 속가(俗家)적인 문파로써 거듭났는 바, 정의(正義)와 협의(俠義)를 중시하여 항상 공명정대(公明正大)한 마음가짐과 행동으로 중원을 대표하는 구대문파의 하나로 당당하게 인정받고 있었다.
그런데 이런 점창파에 뜻하지 않은 불청객이 쳐들어와 비록 그 의미가 퇴색했다 하나 아직은 도교의 가르침을 따르며 조용히 자기 수련에 힘쓰던 점창파를 피의 소용돌이에 빠지게 만들었으니, 소문이 한참 독혈인과 싸우고 있을 때였다.

패천궁의 명령과 요청에 따라 구대문파의 일원인 아미(峨嵋), 점창, 청성파(靑城派)와 사천당가를 치기 위해 사천에 들어선 세력은 모두 네 개였다. 아미파는 패천궁에서, 점창파는 흑도에선 패천궁에 이어 두 번째로 커다란 세력을 지닌 지옥벌(地獄閥)이, 청성파는 음자문(陰刺門)이 각각 책임지기로 되어 있었다.

당가를 치기로 되어 있는 만독문과 마찬가지로 중원을 벗어나 한참을 우회하여 사천 땅에 들어선 이들은 각기 약속된 시간에 자신들이 맡은 문파를 동시에 공격하기 시작했는데 그중 인원이 많고 잔인한 지옥벌의 공격이 가장 먼저 시작되었다.

아무런 예고도, 준비도 없이 지옥벌의 무인들을 맞이한 점창파는 속수무책으로 당할 수밖에 없었다. 더구나 상당수의 제자들이 정도맹에 참여하고자 본산을 떠나 있었기에 이들에게 대항할 제자의 수도 턱없이 부족했다.

결국 일선에서 은퇴하여 조용히 여생을 지내고 있던 전대의 장로들과 선배들이 등장하여 본산에 닥친 위기를 막고자 피눈물나는 노력을 했다. 하나 하나의 손으로 천 개의 칼을 막을 수는 없는 법. 죽여도 죽여도 끝없이 밀려오는 지옥벌의 공세에 힘이 부친 노고수들이 하나둘 쓰러지고 결국 전전대 장로이자 점창파의 최고 어른인 화일해(華逸海)의 장렬한 죽음을 끝으로 점창파는 더 이상의 저항할 여력을 잃었다.

비록 싸움에는 패했지만 부상을 입고 제자들의 목숨을 구걸하는 현 장문인 구화진(丘花嗔)의 간절한 바램을 간단히 무시한 그들은 구화진은 물론이고 살아남은 점창파의 제자라면 나이를 불문하고 모조리 목을 베었다. 정확히 반나절 동안 지속된 이번 싸움으로 지옥벌은 많은 수하들을 잃었지만 점창파 장문인 구화진을 비롯하여 삼백의 제자를 모조리 전멸시키는 승리를 얻었다.

　그들은 승리자의 권한으로 오랜 세월 풍상(風霜)과 싸워오며 꿋꿋하게 버텨온 수많은 전각들을 불태우고 약탈했다. 결국 점창파의 가장 깊숙한 전각에 숨어 있다 자진(自盡)한 식솔들의 죽음을 끝으로 명문대파이자 구대문파의 일원이었던 점창파는 그렇게 무너지고 말았다.

　사정은 음자문의 공격을 받은 청성파도 별반 다르지 않았다. 청성파 역시 많은 제자를 떠나보냈기에 점창파와 마찬가지로 오래 버티지 못했다. 그러나 다행히 과거 무림의 살수계(殺手界)에서 독보적(獨步的)인 위치를 차지하다 최근 음지에서 양지로 나온 음자문의 무인들은 지옥벌처럼 잔인하지 않았다. 승자의 권리를 누리되 회복하기 힘든 상처를 입은 사람이나 항복한 어린 제자들에겐 일절 손을 대지 않았다. 다만 그들은 청성파의 상징인 상청궁(上淸宮)에 불을 지르는 것으로 승리를 자축할 뿐이었다.

　　　　　　　*　　　*　　　*

　"시주께서 하신 약속은 꼭 지키리라 믿겠습니다."
　"물론입니다. 약속을 저버리는 자라면 무사라 불릴 자격도 없겠지요."
　금명 신니(金明神尼)는 걱정스런 눈으로 자신을 바라보는 제자들의 눈길을 느끼며 자세를 고쳐 잡았다. 이번 승부에 따라서 아미파의 운명이 걸려 있다고 해도 과언이 아니었다. 다행히 비무에서 승리를 한다면 갑작스레 닥친 위기에서 간신히 벗어남은 물론이고 아미파의 자존심을 지킬 수 있을 것이다. 하나 만에 하나라도 패하게 된다면 아미파는 죽음으로도 씻을 수 없는 치욕을 당하게 될 것이다. 개파(開派) 이래 단 한 번도 무릎 꿇지 않았고 소림과는 다른 의미에서의 불문의 성지(聖地)로 추앙받고 있는 아미파를 지키기 위해서라도 이번 비무에서 반드시 이겨야 했다.

'반드시 이겨야 한다. 반드시!'

마음속으로 수차례 다짐을 하며 비장한 결심을 하는 아미파의 현 장문인 금명 신니와는 다르게 신니 앞에 서 있는 청년은 태연하기 그지없었다.

"대단한 기도군요. 그 나이에 그 정도의 성취를 이루다니……."

"훗, 별말씀을."

청년은 살짝 고개를 숙이며 칭찬에 인사를 했다.

'정말 대단해. 저렇게 웃고 있지만 정중동(靜中動)의 자세! 공격을 할 빈틈이 안 보이는구나!'

금명 신니는 눈앞의 청년이 처음 볼 때부터 심상치 않은 실력을 지닌 청년이라는 것을 알고는 있었지만 막상 이렇게 손속을 겨루게 되자 심상찮은 정도가 아니었다. 전해져 오는 느낌에 이미 그의 실력이 자신의 위라는 것을 알 수 있었다. 인정하긴 싫지만 그건 부인할 수 없는 사실이었다.

'기선을 제압하지 않고는 승산이 없다.'

금명 신니는 이번 비무에서 승리하기 위해 체면을 던져 버렸다. 서로에 대한 인사치레와 예의로써 몇 초를 허비하는, 무림에 거의 불문율(不文律)처럼 전해 내려오는 비무 방식을 아예 내던지고 후배와 비무를 하는 선배로선 고개를 들지 못할 일이었지만 기습적인 선제공격(先制攻擊)을 감행했다.

"하아앗!"

"훗!"

청년은 그런 금명 신니의 모습에 잠깐 실소를 지었을 뿐 조금도 당황하거나 두려워하지 않았다. 비무는 그렇게 시작되었다.

청년이 일단의 무리를 이끌고 아미파를 방문한 것은 막 점심 공양(供養)이 끝나고 오후 예불(禮佛)을 시작할 때였다.

"사, 사부님!"

일주문(一柱門)을 지키다 말고 소리를 지르며 급히 위로 뛰어 올라오는 제자를 맞이한 것은 사부가 아니라 엄하기로 소문난 명신(明信) 사태였다.

"멈추지 못하겠느냐? 무슨 일이기에 이리 소란을 떠는 것이더냐?"

"그, 그게 아니오라……."

"어허, 네가 감히 변명을 하려 하는 것이더냐?"

명신 사태의 추상(秋霜) 같은 호통에 어린 제자는 고개를 떨구고 말았다.

"하하, 어리신 스님을 너무 혼내지 마십시오."

갑자기 들려오는 음성에 깜짝 놀란 명신 사태는 고개를 획 돌렸다. 거기에는 목소리의 주인공으로 보이는 청년 외에도 많은 사람들이 보였다. 그리고 그 인원은 계속해서 늘어나고 있었다.

"시주는 누구신가?"

정체를 묻는 명신 사태의 얼굴에서 자연 긴장의 빛이 흘렀다.

"환야(幻倻)라 합니다. 뭐, 별로 좋아하지는 않지만 혈검(血劍)이라는 별호도 지니고 있습니다. 그다지 유명하지 못해서 아시지는 못할 것입니다."

'말대로 들어보지 못한 이름인데…….'

잠시 기억을 더듬어보았던 명신 사태는 냉랭한 어투로 다시 말을 이었다.

"그런데 이 많은 사람들을 이끌고 본 사를 방문한 까닭이 무엇이오?"

"하하, 절에 오는 이유가 뭐 있겠습니까? 부처님께 예불이나 드리러 온 것이지요."

환야라 밝힌 젊은이는 환하게 웃으며 대답을 했다. 가식(假飾)이란 전혀 느껴지지 않는 너무나 자연스런 웃음이었다.

'하지만… 이 많은 사람들이 예불만을 드리러 왔다곤 믿기지 않는 일. 가히 좋지 않구나!'

그때 눈앞의 청년을 경계하느라 정신을 집중하고 있는 명신 사태에게 느닷없이 질문을 하는 목소리가 들렸다.

"이분들은 누구지요?"

목소리의 주인공을 알아본 명신 사태는 재빨리 허리를 숙이며 공손하게 말을 받았다.

"예, 본 사에 예불을 드리겠다고 하시는 분들입니다."

아미파의 장문인인 금명 신니는 고개를 돌려 청년을 바라보았다.

"환야라 합니다. 이렇게 장문인을 만나뵙게 되어 영광입니다."

"아미타불, 반갑습니다. 명신은 이분들을 왜 이렇게 서 계시게 하나요? 예불을 드리러 온 분들을 어서 대웅전(大雄殿)으로 안내하세요."

"하지만……."

"예불을 드리러 오신 분을 이리 대접하는 것은 불제자(佛弟子)가 할 일이 아닙니다. 제가 안내하겠습니다. 저를 따르시지요."

　명신 사태는 갑작스런 장문인의 행동에 흠칫 놀라며 뭐라 말을 하려 했지만 귓속을 울리는 전음에 그 움직임을 멈췄다.

　[제자들을 단속하세요. 어쩌면 본 사에 큰 위험이 닥칠 수도 있으니 미리 준비를 하도록 하고.]

　'그렇구나! 내가 이러고 있을 때가 아니지.'

　전음을 받은 명신 사태는 가볍게 합장을 하고는 총총히 자리를 떠났다.

　"하하, 생각만큼 걱정하지 않으셔도 될 것입니다. 너무 염려하지 마십시오."

　환야는 마치 이들 간의 전음을 듣기라도 한 것처럼 웃으며 말을 했다.

　"따르시지요."

　금명 신니는 환야의 말에는 대꾸를 하지 않고 그를 대웅전으로 안내하고자 걸음을 옮겼다. 자신을 따라온 이들에게 소란 피우지 말고 있을 것을 명령한 후 금명 신니를 따라나선 환야는 얼마 지나지 않아 소림과 어깨를 나란히 하는 아미파의 대웅전 앞에 당도할 수 있었다. 하지만 금명 신니가 안내한 대웅전은 초라하기 그지없었다. 일견 보기에도 작아 보이는 전각의 규모하며 황금빛으로 번쩍거려야 할 불상(佛像)은 녹슬지는 않았는지 걱정될 정도로 허름했다.

　"허, 불문의 성지인 아미파의 대웅전이 이렇게 아담할 줄은 몰랐습니다."

　혹시나 말을 실수할 것을 염려한 환야는 자신이 느낀 심정을 최대한 부드러운 단어로 돌려 표현을 하고자 했다.

"아미타불, 모든 사람들이 이곳에 와서 놀라곤 하지요. 하나 규모가 무슨 상관이 있나요? 그저 마음을 단정히 하고 정성으로 부처를 모시는 게 진정한 불제자의 자세이자 불심(佛心)이지요."

"하지만 아미파의 위상(位相)도 있는데……."

"그까짓 위상이 뭐에 필요한 것인지요? 이 대웅전은 본 사가 생기기 이전부터 이곳에 자리해 있었습니다. 누가 만든 것인지, 언제부터 있었던 것인지는 아무도 모르지만 이후 이곳은 저희 아미파에서 가장 소중하고 중요한 곳이 되었지요. 때때로 시주와 같은 생각을 지닌 분도 있어서 보다 아름답고 웅장한 대웅전으로 꾸미자는 말들도 있었지만 그렇게 되지는 않았습니다. 그건 불심을 가장해서 자신들의 얼굴에 금칠을 하는 것이지요."

설명을 하는 금명 신니의 말에는 자부심이 가득 차 있었다. 환야는 더 이상 아무런 말도 하지 않고 대웅전 안으로 들어가 예불을 드렸다. 금명 신니의 말을 들어서 그런지 처음엔 보잘것없이 보였던 불상들에게서 알 수 없는 신비감이 솟아나는 듯했다.

"후, 어쩌면 나는 오늘 이곳에서 벼락을 맞아 죽을지도 모르겠군."

환야는 알 수 없는 말을 읊조리며 금명 신니에게 다가왔다.

"제가 오늘 아미파를 방문한 것은……."

"이곳은 예불을 드리는 곳입니다. 말씀은 자리를 피한 후에 하시지요."

환야는 자신의 말을 막는 금명 신니의 말에 묵묵히 고개를 끄덕이며 대웅전을 벗어났다.

대웅전을 벗어나 처음의 자리로 돌아온 그들은 아까와는 확연히 다른 분위기를 감지할 수 있었다. 자리에는 어느새 무장한 아미파의 제자들로 가득 차 있었고 그 중앙에 명신 사태가 살기를 풀풀 풍기며 서 있었다.

"하하, 이것 참, 분위기가 너무 살벌하군요. 이런 분위기를 원한 것은 아닌데."

환야가 자신의 뒤를 따라오는 금명 신니에게 웃으며 말을 하자 금명 신니도 부드럽게 말을 받았다.

"그건 전적으로 시주에게 달린 것이지요."

"흠, 그런가요? 그럴 수도 있겠군요. 하지만 전 피를 보려고 아미파를 방문한 것은 아닙니다. 물론 예불만 드리러 온 것도 아닙니다만."

"……."

금명 신니의 눈빛에서 계속 말을 하라는 무언의 압력을 받은 환야는 약간은 경색된 표정을 지으며 말을 이었다.

"봉문(封門)을 해주셨으면 합니다. 딱 오 년 간만!"

"닥쳐라! 네놈이 감히 여기가 어딘 줄 알고 그 따위 망발을 지껄이는 것이더냐? 봉문이라니!"

아미파의 여승들이 웅성거리는 가운데 중앙에서 이들을 이끌고 있던 명신 사태는 엄청난 분노를 터뜨리며 당장에라도 달려들듯 검집에 손을 대고 있었다.

"혹시 패천궁에서 온 것인가요?"

크게 흥분을 하고 있는 다른 여승들과는 달리 금명 신니는 평상심(平常心)을 유지하고 있었다. 가장 분노해야 할 인물이 아미파의 장문인이라 생각하고 있던 환야는 너무나 차분한 질문에 흠칫 놀라며 조용히 대답을 했다.

"그렇습니다. 패천궁에서 왔습니다. 그런데 어떻게?"

"아미타불! 역시… 중원에 그 누가 있어 아미파에 와서 이토록 당당히 봉문을 원할 수 있을까요? 하지만 아미는 결코 만만한 곳이 아닙니다. 시주의 말씀은 없던 일로 할 것이니 그만 물러가시지요."

"……."

환야는 아무런 반응을 보이지 않았다. 잠시 숨 막힐 듯한 침묵이 흐르고 긴장된 분위기를 반영하듯 양측에서 내뿜는 기운에 대기마저 흔들리고 있었다.

"저희를 막을 수 있겠습니까?"

"막고 못 막고는 부처님의 뜻이겠지요. 하지만 아까 말씀드렸듯 아미는 약하지 않습니다."

"사람들은 저희들을 일컬어 철혈(鐵血)의 승부사(勝負士)라 하지요. 아무런 결실도 없이 물러선다는 것은 저희들에겐 있을 수 없는 일입니다."

침묵 이후 환야의 입에서 나온 말에선 약간의 냉기가 흐르고 있었다.

"음……."

철혈의 승부사라니! 환야의 말에 금명 신니는 물론이고 지금껏 기세등등하게 그를 노려보던 명신 사태도 깜짝 놀라 다시금 정면에 대치하고 있는 이들을 살펴보았다.

중원무림의 수없이 많은 문파와 집단 속에서 철혈의 승부사라 불릴 수 있는 자들은 단 하나뿐이었다. 단일 세력으론 최강인 패천궁의 정예 중의 정예들로 이루어진 패천궁 궁주의 친위대(親衛隊), 오직 패천수호대(覇天守護隊)만이 그런 칭호를 받고 있었다.

'아미타불! 이들의 기세가 범상치가 않더니만… 하필이면…….'

금명 신니는 두 눈을 꼭 감았다. 이들이 그들의 말대로 패천수호대라면 이곳에서 살아남을 수 있는 제자는 아무도 없었다. 최상의 전력이라면 이들의 무위가 아무리 뛰어나도 그다지 걱정은 하지 않을 것이나 지금은 전력의 오 할이 넘는 제자들이 자리를 비운 터였다. 이대로 싸운다면 잘해야 양패구상(兩敗俱傷)이고 까딱 잘못하면 불문의 성지인 이곳이 짓밟힐 수도 있는 상황이었다. 그렇다고 그들의 말대로 봉문을 한다는 것 또한 도저히 받아들일 수 없는 제안이었다.

"저는 많은 살생을 하기 싫습니다. 그리고 신니께서 제자를 아끼시는 만큼 저 또한 제 수하들을 아낍니다. 그러나 저희는 아미파를 제압하라는 명령을 받고 왔고, 아미파에선 그걸 용납치 않을 것입니다."

"……."

"그래서 신니께 한 가지 방법을 제안하고자 합니다."

"어떤 방법인가요?"

"어차피 싸움은 피할 수 없는 일. 그렇다고 무턱대고 충돌을 한다면 서로에게도 불행한 일이 될 것입니다."

환야는 잠시 말을 멈추고 금명 신니를 바라보았다. 아미파의 운명이 결정되는 순간임에도 조금 전과 다름없이 한 치의 흔들림도 보이지 않고 있었다.

'역시 명불허전(名不虛傳)!'

금명 신니의 모습에 잠시 감탄을 하던 환야는 조용히, 그러면서도 힘이 실린 목소리로 말을 이었다.

"한 사람의 대표를 내세워 비무를 하는 것이 어떨런지요?"

"비무를?"

상당히 의외라는 듯 금명 신니는 재빨리 반문을 했다.

"비무를 해서 패한 쪽이 이긴 쪽의 요구를 들어주는 것으로 하지요. 저희의 요구는 오 년 간의 봉문입니다."

"……."

금명 신니는 쉽사리 결정을 내리지 못했다. 하지만 아무리 생각해도 다른 방법이 있을 것 같지가 않았다. 어차피 저들과 부딪치는 것은 불문가지였다. 그리고 그 싸움은 제자들의 희생은 둘째 치고 이길 가능성이 희박했다. 결국 다른 길은 없었다.

"알겠습니다. 그렇게 하지요. 저희들의 요구는 조용히 이곳을 떠나 달라는 것입니다."

"그럼 결정된 것이군요. 저의 쪽에서는 제가 나설 것입니다. 아미파에서는 어느 분께서 제게 가르침을 베푸실런지요?"

"아미타불, 미력하나마 제가 나서보겠습니다."

금명 신니가 대답을 하자 환야는 그럴 줄 알았다는 듯이 고개를 끄덕였다. 큰 희생을 요하는 싸움을 피하게 되어 안도의 한숨을 내쉰 그들은 잠시 서로를 응시하다 천천히 거리를 좁혀갔다. 그리고 아미파의 운명을 결정하는 싸움이 시작되었다.

*   *   *

"혈영 구호로부터 연락이 왔습니다."

"그래?"

하문도가 전해준 서찰을 받는 안당은 그저 대수롭지 않은 모습이었다. 그러나 서찰에 쓰인 내용을 읽어 나가던 그의 안색은 눈에 띄게 굳어졌다.

"이럴 수가?"

"무슨 연락이기에 그리 놀라십니까?"

하문도가 재빨리 질문을 했지만 그런 하문도를 보며 안당은 아무런 말도 없이 손가락으로 이마를 잡고 있었다. 항상 체신없는 안당이지만 어쩌다 한두 번씩 깊은 생각을 할 때마다 저런 행동을 하는 것을 알고 있는 하문도는 조용히 서서 그의 말을 기다렸다.

"철수시켜."

"예?"

"을지소문을 없애기 위해 보냈던 수하들을 다시 부르란 말이네."

"그게 무슨 말씀이신지?"

하문도는 뜬금없는 안당의 말이 이해 가지 않았다. 어떤 결정이 있으리라고는 생각을 하고 있었지만 철수라니… 위에서 내려온 명령은 을지소문을 제거하라는 것이었고, 비록 실패는 했지만 이미 한 번의 시도도 있었다. 그런데 만반의 준비가 끝난 지금 갑자기 철수하라는 명령은 전혀 생각하지도 못한 것이었다.

"위에서 내려온 명령입니다. 게다가 그 일은 우리 혈영대의 명예도 걸려 있는 일입니다. 그렇게 갑자기 결정을 하시면……."

하문도는 황당하다는 듯이 안당을 바라보았다.

"그렇게 바라보지 말게. 철수 명령을 내리는 나 역시 편한 마음은 아니니."

"……."

하문도가 여전히 수긍하지 못한다는 표정으로 서 있자 안당은 할 수 없다는 듯이 방금 전에 그가 전해준 서찰을 그에게 주었다.

"읽어보게. 내가 왜 철수를 시키라는지 자세히 나와 있을 것이니."

이미 철수 명령의 원인이 전서구(傳書鳩)에 달려온 서찰에 있을 것이라 생각하고 있던 하문도는 재빨리 읽어 내려갔다. 그리고 그의 안색은 좀 전의 안당과 별반 다르지 않게 변해갔다.

…을지소문과 사천당가를 치러 가는 만독문이 성도 인근의 팽산에서 충돌했습니다. 이유는 아직 밝혀내지 못했지만 을지소문이 먼저 선제공격을 감행했습니다. 싸움의 결과는 믿기 어렵게도 만독문의 괴멸로 끝을 맺었습니다. 만독문은 필사적으로 대항을 했지만 그의 신기에 가까운 활솜씨에 절반이 넘는 병력이 죽었고, 간신히 그를 포위해 공격을 했으나 그 누구도 그를 해하진 못했습니다. 결국 만독문에선 최후의 무기인 독혈인을 풀어 그를 제압하려 했습니다. 그들의 의도대로 독혈인은 잠깐 동안 우세를 보이긴 했습니다만 또한 실패하고 말았습니다. 도검이 불침한다는 독혈인도 그의 검을 막지 못하고 모조리 파괴당하고 말았습니다. 그가 만독문의 문도들과 장로들을 상대로 보여준 무위는 상상을 초월하는 경지였습니다. 특히 독혈인을 파괴하며 보여준 마지막 검법은 도저히 인간의 무공으로 보기가 어려울 정도로 절대적이었습니다. 그도 제법 많은 부상을 당한 것 같지만 만독문의 그 누구도 떠나는 그를 제지하지 못했습니다. 속하도 그의 검기에 부상을 당해 더 이상 그를 추격하는 것이 불가능합니다. 해서…….

"이, 이게?"
"어떤가? 이만하면 왜 내가 수하들을 철수시키라는 말을 하는지 이해가 가지 않나? 세상에 어떤 인간이 홀로 만독문과 맞서 이길 수 있단 말인가? 아니, 만독문은 둘째 치고 독혈인과 맞서 싸우는 인간이 있다니…….''

"……."

도저히 믿을 수 없는 소식에 하문도는 잠시 동안 얼이 빠져 있었다. 그러나 정신을 수습하고 그가 안당에게 한 말은 상당히 의외의 말이었다.

"이게 사실이라 해도 철수는 안 됩니다. 혈영대의 명예가 걸린 일입니다. 목숨을 잃을지라도 시도는 해봐야 되지 않겠습니까? 그리고 우리가 그놈하고 정식으로 비무를 하는 것도 아니고 암습을 하는 것 아닙니까? 아무리 절세의 고수라도 조금의 틈은 있기 마련입니다. 그 틈을 노린다면 충분히 가능한 일입니다. 제가 가겠습니다."

하문도는 놀랐던 가슴을 진정시키고 차분하게 말을 이었다. 적의 무공이 뛰어나고 목숨이 위험하다는 건 그리 문제가 되지 않는 일이었다. 시도도 해보지 않고 겁을 먹는다는 것, 혈영이나 혈영대의 부대주인 자신의 자존심으로선 용납이 되지 않는 일이었다.

"쯧쯧, 그놈의 자존심하곤……. 자네가 그리 자신있게 말한다고 죽음이 뻔히 보이는 곳에 자네와 수하들을 보낼 내가 아니네. 쓸데없는 소리 말게. 그리고 그렇게 우리가 죽으면 슬피 울어줄 사람이나 있는 줄 아나? 은근히 좋아하는 인간들은 있겠지. 그 꼴을 어찌 보겠나? 욕을 먹더라도 그냥 참아야지."

"허지만 명령이……."

"흥, 그까짓 명령은 무시해 버리지 뭐. 내가 이래 봬도 전임 궁주의 제자이자 현 궁주의 사제란 말일세. 내가 안 하겠다는데 누가 뭐라 할 수 있겠는가? 사형이? 절대 못하지. 그가 아무리 궁주라 해도."

사천 땅에 더 이상 점창이란 말은 없습니다. 이번에 점창파를 공격한 지옥벌은 확실히 강한 세력을 지니고 있었습니다. 비록 많은 수가 동원되기는 했지만 진짜 정예는 그 모습을 드러내지 않았습니다. 그럼에도 점창파를…….
 …점창파엔 더 이상 살아 있는 것이 없습니다. 저는 그들을 계속 따르며 관찰하겠습니다.

비혈(秘血).

"흠, 좋아! 예상대로군."
 귀곡자는 흐뭇한 미소를 지으며 다음 서찰을 살펴보았다. 그 내용은 별반 다르지 않았다.

 …청성산을 떠난 음자문은 되돌아가고 있습니다. 계속 따르겠습니다.

비혈(秘血).

귀곡자는 어느새 세 번째 서찰을 손에 들었다.

 …금명 신니의 손속은 불제자라 자부하는 그들의 말과는 다르게 상당히 날카롭고 살기가 짙었습니다. 아마도 아미를 대표하는 난파풍검법(亂波風劍法)이 아닌가 싶었습니다. 한매보(寒梅步)는 그런 그녀의 검법을 더욱 위력있게 만들었습니다. 하지만 선제공격에도 금명 신니는 우위를 점하지 못했습니다. 속하의 염려와는 달리 비무를 하는 환 대주를 바라보는 패천수호대의 대원들은 여유가 있었습니다. 그리고 그들의 여유를 반증하기라도 하듯이 너무나 쉽게 금명 신니의 공세를 피한 환 대주는 이후 단 한 번의 공격도 허락하지 않고 일방적인 공격을 퍼부어 결국 금명 신니 스스로 패배를 자인(自認)하게 만들었습니다. 패배한 금명 신니는 세 가지의 조치를 취했습니다. 약속대로

아미파의 오 년 봉문을 명했습니다. 그리고 장문인 직을 명정 사태에게 넘기더니 지금 정도맹에 파견된 제자들을 모조리 파문(破門)했습니다. 후에 모든 제자들 앞에서 스스로 천령개(天靈蓋)를 내려쳐 자진(自盡)하고 말았습니다. 비록 봉문으로 본산의 제자들은 움직이지 못하지만 파문된 아미파의 제자들은 계속 저희와 싸울 수 있도록 하려는 금명 신니의 고육지책(苦肉之策)이 아닌가 싶습니다. 그리고 패천수호대의 대주를 맡고 있는 환야의 무위가 실로 심상치 않습니다. 오히려 전임 대주였던 독고적보다 뛰어나면 뛰어났지 절대 부족함이 없었습니다. 게다가 간간이 드러난 무공은 그 출처(出處)를 알 길이 없었습니다. 한번 조사해 볼 만한 일이라 생각됩니다. 저는 계속 패천수호대를 따르겠습니다.

비혈(秘血).

"이런, 혹시나 했지만 역시… 환 대주의 무공이 그렇게 뛰어나단 말인가? 흠, 과연이라고 말을 해야 하나."

만족한 미소를 짓던 귀곡자는 마지막 서찰을 집으며 얼굴을 찌푸렸다.

"당가를 치러 간 만독문에선 아직 연락이 오지 않고 왜 혈영대에서?"

귀곡사는 항상 능글거리면 웃음을 짓는 안당의 징그러운 얼굴을 생각하며 전서구를 읽었다.

"이런 일이!"

와그작—

도저히 믿기지 않는 사실에 자리에서 벌떡 일어난 귀곡자의 손엔 무참히 구겨진 서찰이 들려 있었다.

"이런 어처구니없는 일을 나보고 믿으란 말인가? 나보고?"

"그래, 어찌 되었는가?"
관패는 사뭇 진지한 얼굴로 귀곡자를 바라보았다.
"예, 점창파는 지옥벌에 의해 개미새끼 하나 살아남지 못하고 전멸당했습니다."
"이런, 심하게 손을 썼구먼. 쯧쯧! 그 친구들은 그래서 영 맘에 안 들어."
"청성파 역시 회복 불능의 피해를 입고 음자문에 굴복했습니다."
고개를 끄덕이던 관패는 내뱉듯 질문을 했다.
"아미파는 어찌 되었나?"
"아미에 파견된 패천수호대는 아무런 피해 없이 아미를 봉문시켰습니다."
"아니, 어떻게? 아미에서 순순히 봉문을 허락하지 않았을 텐데."
관패는 귀곡자의 말에 의아한 표정을 지으며 반문을 했다.
"아미파의 문주와 패천수호대의 대주가 일 대 일로 비무를 한 모양이었습니다. 그리고 승자의 권리로 봉문을 요구한 듯싶습니다."
"하하하, 비무라? 그래, 그것도 좋은 방법이구먼."
관패는 뭐가 좋은지 커다란 웃음을 지으며 손뼉을 쳤다.
"하지만 싸움에 패한 아미의 문주가 봉문을 결정하며 지금 정도맹에 파견된 제자들을 모조리 파문하곤 자진을 했다 합니다."
"흠, 본산의 제자들은 싸움에 나서지 못해도 이미 내려간 제자들은 아무런 제약 없이 우리와 싸울 수 있게 만들어준 것인가? 역시 한 문파의 문주다운 기개구먼. 하지만 그 정도야 상관있겠나."

관패는 그 정도는 대수롭지 않은 일이라는 듯 별다른 말은 하지 않았다.

"그리고… 사천당가는 실패한 것처럼 보여집니다."

귀곡자가 머뭇거리며 말을 하자 지금껏 넉넉한 웃음을 짓던 관패의 안색에 싸늘한 냉기가 흘렀다.

"무슨 말인가? 실패라니? 지금의 만독문이라면 암왕이 없는 당가를 충분히 접수할 것이라는 것이 자네의 말이 아니었던가?"

"하지만……."

"하지만 무엇 말인가? 어서 말을 해보게. 답답하네."

귀곡자는 계속 재촉하는 관패를 바라보고는 천천히 안당에게서 온 전서구의 내용을 말하기 시작했다.

"혈영대의 대주가 제게 보내온 전서구에 의하면 당가를 치러 간 만독문은 성도에는 발도 디디지 못하고 패퇴(敗退)하고 말았답니다."

"패해? 누구에게?"

"전에 말씀드렸던 을지소문이라는 놈이 성도로 가는 길목에 있는 팽산이라는 곳에서 만독문을 가로막았다고 합니다."

"가만, 을지소문이라면 지난번에 혈궁단을 전멸시키고 태상장로에게 부상을 입힌 그 녀석을 말하는 것인가?"

잠시 동안 생각을 하던 관패는 감았던 눈을 뜨며 말을 했다.

"그렇습니다."

"그런데 왜 그 친구와 만독문이 싸움을 벌인 것인가?"

관패는 고개를 갸웃거리며 의아해했다.

"그건 저도 잘 모르겠습니다만 그놈이 만독문에게 결정적인 피해를 입힌 것은 사실인 것 같습니다. 만독문의 대부분의 문도들이 죽거나 다쳤다고 합니다."

"허! 대단하군. 한데 자네가 만독문에는 독… 어쩌구 하는 병기가 있다고 하지 않았나? 그래서 객관적으로 힘에 부치는 만독문으로 하여금 당가를 치라 한 것이었고."

"예, 만독문에는 독혈인이라고 절대고수를 만드는 무서운 수법이 비전으로 내려오고 있습니다. 하지만 약간의 착오가 있어 완벽한 독혈인을 만들지 못하고 정상적인 독혈인에 비해 그 수준이 조금은 떨어지는 강시를 만들어낸 것 같습니다. 하지만 그 정도라 할지라도 이미 웬만한 고수들로는 감히 대적하지 못하는 것이 독혈인입니다."

"그런데?"

귀곡자는 잠시 망설이다 말을 이었다.

"그런 독혈인도 놈을 막지 못했다고 합니다. 모조리 박살이 났다는 전갈입니다."

"……"

관패는 너무나 황당한 말에 잠시 침묵을 지켰다.

"하지만 이도 확실한 정보는 아닙니다. 아직 만독문에 있는 비혈대 요원으로부터 연락이 오지 않았습니다. 좀 더 자세한 사정은 그가 보내온 소식을 들어야 알 수 있을 것 같습니다."

"……"

귀곡자의 말에도 관패는 아무런 반응을 보이지 않았다. 말을 하는 귀곡자도, 듣는 관패도 이미 그 결과를 알고 있는 듯했다. 비혈대가 아니더라도 소문을 암살하기 위해 그를 추격하는 혈영대에서 올라온 정보가 틀릴 리가 없기 때문이다. 그리고 그런 사실을 증명이라도 하듯이 조심스럽게 귀곡자에게 다가온 한 수하가 한 장의 서찰을 내밀고 사라졌다. 군데군데 피가 묻어 있는 서찰은 그것을 보낼 때 상황이 얼마나 급박했는지 능히 짐작할 수 있었다.

"비혈대에서 온 소식이겠지?"

"그렇습니다."

"그래, 뭐라는가? 역시 실패인가?"

"직접… 보시지요……."

대답을 하는 귀곡자의 음성에서 약간의 떨림을 느낄 수 있었다. 관패는 귀곡자가 건네준 서찰을 읽기 시작했다.

…독혈인을 모조리 박살 낸 그는 조용히 경고를 하고 자리를 떠났습니다. 하지만 아무도 그를 막는 사람은 없었습니다. 심지어 독왕마저도 치욕감에 몸을 떨면서도 움직이지 못했습니다. 그는 인간이 아닙니다. 그와 대적한 자들은 모조리 죽었습니다. 속하 역시 그의 검기에 벗어나지 못하고 치명적인 상처를 입었습니다. 이것이 아마 마지막 소식이 될 것입니다. 패천궁에 영광을…….

비혈(秘血).

피를 묻혀 쓴 글은 한눈에 보기에도 비혈대 요원이 처한 상황을 능히 짐작게 해주었는데 글의 마지막은 겨우 알아볼 정도로 흐릿하고 휘갈겨져 있어 죽기 전에 겨우 보낸 듯했다.

"허허, 역시 그랬군. 결국 실패를 한 것인가? 겨우 한 사람 때문에?"

허탈하게 말을 하는 관패의 말에는 분노의 감정이 느껴지지 않았다. 오히려 강한 호기심이 느껴졌다.

"난 정말 궁금하다네. 도대체 어떻게 생겨먹은 인간이기에 이렇게 자네와 나를, 아니지, 우리 패천궁을 농락할 수 있는지."

"죄, 죄송합니다. 벌을 내려주십시오."

귀곡자는 모든 것이 자신의 잘못인 양 어쩔 줄을 몰라 하며 무릎을 꿇고 죄를 청했다.

"하하, 군사가 무슨 잘못이 있겠나. 내가 보기에도 계획은 완벽했고 또 그렇게 이루어지지 않았나. 다만 어디서 나타났는지 모를 한 청년 때문에 잠시 혼란스러운 것이지 실패한 것은 아니지 않는가? 일어나게. 비록 당가를 치진 못했지만 사천 땅에서 도모한 일들이 성공적으로 끝났으니 이제 앞날을 준비해야 하지 않겠나?"

"구, 궁주님!"

"어허, 어서 일어나래두! 패천궁의 앞날을 계획할 사람이 이리 마음이 약해서야… 쯧쯧쯧!"

"감사합니다, 궁주님!"

관패가 혀를 차며 하는 말에 귀곡자는 꿇었던 무릎을 펴고 일어나며 다시 한 번 인사를 했다.

"감사는 무슨… 이제 앞으로의 계획이나 말을 해보게."

"알겠습니다. 강남에서의 일도 마무리가 되었고 사천에서도 제법 성과가 있었습니다. 이제는 힘 싸움입니다. 두 번에 걸쳐 저희들에게 허를 찔린 백도에서도 더 이상 이런 기습을 당하지 않기 위해서 만반의 준비를 할 것입니다. 그러니 이제는 본격적인 세의 자랑과 함께 싸움이 시작될 것입니다. 하지만 웬만한 일로 전면전(全面戰)이 일어나지는 않을 것입니다."

"응? 그건 또 무슨 말인가? 힘 싸움이라면 전면전이 아닌가? 그런데 전면전이 일어나지 않는다는 말은 이해가 가지 않는구먼."

"지금 전선(戰線)은 장강을 사이에 두고 남북으로 백도와 저희 패천궁을 중심으로 한 흑도세가 대치하고 있는 상황입니다. 물론 힘 싸움은 계속되겠지만 단 한 번의 싸움으로 모든 것이 결정 날 전면전은 저쪽이나 이쪽에서 모두 망설일 수밖에 없습니다."

"하긴 그렇지. 아무리 나라도 그건 부담이 되는 일이지."

관패는 일리가 있는 귀곡자의 말에 고개를 끄덕였다.

"하지만 이대로 강남에 안주하지 않고 전쟁을 끝내려면 결국 전면전이 불가피한 상황이 아닌가?"

"그렇습니다. 확실한 결론을 얻기 위해선 전면전이 필수적인 요소입니다. 그러나 당분간은 아닙니다. 오히려 전면전을 대비해 적에게 조금이라도 더 피해를 주고, 유리한 곳을 얻고자 하는 국지전(局地戰)이 치열하게 벌어질 것입니다. 지금은 이 국지전에 신경을 써야 할 것입니다. 저들이 정도맹을 결성했다고는 하지만 아직 제대로 정비하지 못했습니다. 일견 지금이 기회인 듯 보이나 사정은 저희 흑도에서도 마찬가지입니다. 지금은 저희 패천궁이 절대적인 힘을 과시하고 있지만 상황은 어찌 변할지 아무도 모르는 것입니다. 강북을 도모하기 전에 우선 독자적으로 떨어져 있는 몇몇 흑도세를 포함해 모든 흑도를 패천궁의 발 아래에 두어야 할 것입니다."

"자네의 말에도 일리는 있지만 그대로 당하고 있을 저들이 아닐 텐데."

"약간의 피해는 감수하더라도 반드시 흑도의 통일을 먼저 이루고 강북을 도모해야 합니다. 과거의 일을 보더라도 안에서 반란이 일어나 일을 망친 일들이 종종 있었습니다. 이번에 절대 그런 우(愚)를 범해서는 안 될 것입니다."

흑도의 문파들을 먼저 쳐야 한다는 말에 약간은 꺼려하는 듯한 관패의 반응에 귀곡자는 더욱 강하게 자신의 의견을 피력했다.

"하긴, 어차피 우리의 발 아래에 두어야 할 문파들이지. 이참에 정리를 하는 것도 좋겠구먼. 물론 그에 대한 계획은 세워놓았겠지?"

"물론입니다. 맡겨주십시오."

"알았네. 자네의 생각대로 하도록 하게나. 그럼 이제 된 것인가? 그럼 오랜만에 술이나 한잔하려는가?"

참 대단한 인물을 얻었다고 생각하며 내심 흐뭇해한 관패는 웃으며 물었다. 하지만 귀곡자의 말은 다 끝난 것이 아닌 모양이었다.

"그리고……."

"응? 아직도 할 말이 남았는가?"

"예. 그것이……."

잠시 망설이고 있던 귀곡자는 결심을 한 듯 입을 열었다.

"혈영대의 일입니다. 지난번에 을지소문을 척살하라는 명을 내렸는데 이번에 전해온 소식에 의하면 수하들을 모조리 철수시켰다고 합니다. 비록 그들의 말대로 불가능한 일일지는 모르지만 위에서의 명령을 정면으로 거역한 것입니다. 무슨 조치가 있어야 할 것입니다."

"흠, 그런가? 하나 어쩔 수 없는 일이 아닌가? 내가 생각해도 불가능한 일이거늘."

관패는 대수롭지 않게 말을 했지만 귀곡자는 한층 강한 목소리로 주장을 했다.

"안 됩니다. 그렇다 하더라도 명령을 내린 상부의 허락이나 최소한의 양해는 구해야 할 사항이었습니다. 혈영대의 대주가 비록 사사로이는 궁주님의 사제가 되지만 엄연히 수하의 신분입니다. 반드시 문책(問

責)을 해야 할 것입니다."

 "자네의 말에도 일리가 있네. 하지만 이번만은 모른 체해 주게나. 자네도 알다시피 그가 막았으면 지난번의 일이 성공했을 리가 없지 않은가? 하지만 그가 알고도 모른 체했기에 가능했던 일이네. 그때를 생각해서 이번은 그냥 넘어가 주게. 그리고 자네 말대로 사사로이는 내 사제 아닌가?"

 관패의 목소리에 은근히 힘이 실리자 이쯤에서 물러나는 것이 좋겠다고 생각한 귀곡자는 더 이상 자신의 주장을 고집하지 않았다.

 "알겠습니다. 궁주님께서 그렇게까지 말씀하시니 문제 삼지 않겠습니다. 하지만 이번 한 번뿐입니다."

 "하하하! 알았네. 다음에도 이런 일이 있다면 내 그땐 자네의 말을 따르도록 하지. 그럼 이번의 승리를 자축하기 위한 술이나 한잔하도록 하세."

 "영광입니다."

 "이 정도에 무슨 영광은… 하하하!"

 관패가 호쾌하게 웃자 귀곡자도 마주 보며 가볍게 웃음 지었다. 하지만 머리 속에는 전혀 다른 생각을 하고 있었다.

 '어차피 그는 제거되어야 할 인물이거늘……'

정혼녀(定婚女)

정혼녀(定婚女)

성도(成都)!

사천 서부에 있는 도시로, 이곳은 예로부터 토지가 비옥(肥沃)하고 산물(産物)이 풍부해 중국인들이 동경해 마지않는 곳이었다. 기후 또한 온화하고 땅이 기름져 살기가 좋은 곳이었는 바 당연히 많은 사람들이 일찍부터 이곳에 정착하여 살기 시작했고 삼국 시대에는 촉한(蜀漢)의 도읍지(都邑地)로 사용되기도 하였다. 이후 많은 세력들이 이곳에 진주했고 중요한 거점을 삼았지만 훗날 이곳을 정복한 자들은 과거의 흔적을 없애고자 노력했다. 그러나 성도는 여전히 번성하여 사천제일의 도시이자 중원 서부의 관문으로 자리 잡고 있었다. 그리고 성도에는 사천당가가 있는 곳이기도 했다.

"후, 드디어 온 것인가?"

땅거미가 내려앉았지만 거리에 걸린 등불에 대낮같이 환한 관도를 걸으며 중얼거리는 사내가 있었다. 만독문과의 싸움에서 입은 내상을 치료하고자 시간을 보내고 어느 정도 치료가 끝나자 다시 꼬박 하루를 허비하고 이제야 겨우 성도에 도착한 소문이었다.

만독문과의 싸움에서 입은 소문의 상처는 생각보다 심각했다. 내공은 내공대로 탕진하여 단전(丹田)은 텅 비어 있었고, 나중에 빠져나가기는 했지만 몸 안으로 침투한 독기도 짧은 시간 동안 소문의 장기(臟器)에 상당히 심각한 피해를 입혔다. 그리고 무엇보다 중한 상처는 내상(內傷)이었다.

갈천악의 일장에 의해 내상을 당한 상태에서 무리하게 무극지검을 사용한 후유증은 엄청난 결과를 초래했다. 지난번 남궁검을 구할 때도 이번과 마찬가지로 거의 모든 내공을 소진했다. 그렇게 단 몇 번의 운공으로 본신 내공을 찾을 수 있었던 소문이었지만 이번엔 아니었다. 아무리 무위공을 운기(運氣)해도 좀처럼 내공이 모이지 않았다. 처음에는 이유를 몰라 당황도 하고 초조함에 많은 걱정을 하였지만 점차 몸 상태가 좋아지면서 그 이유를 알게 되었다.

사실 지난번에는 이번과 같이 심각한 내상을 입은 것은 아니었다. 내상이라는 것은 경혈(經穴)이 다친다는 것으로 내상이 가벼운 경우에는 단순한 운기만을 통해서도 내상을 치유하고 내공을 회복할 수 있지만, 심각한 내상을 당한 경우에는 다른 사람의 도움을 받거나 내상을 다스리는 데 탁월한 효능을 지닌 영약의 힘을 빌어야만 치료가 가능했다. 당연히 같은 내공을 소모했다 하더라도 내상을 입었을 때와 내상을 입지 않고 단순히 내공만을 소모했을 때의 회복 속도는 상당한 차이가 나는 것이었다. 그토록 막강한 내공을 지닌 구양풍이 아직도 본신 실력을 되찾지 못하고 있는 것도 이런 이유 때문이었다.

지금 소문이 입은 내상은 위험 수위를 넘어 거의 목숨을 위협할 정도로 심각한 것으로, 웬만한 고수의 도움과 영약으로는 도저히 회복할 상태가 아니었다. 그러나 소문에게는 무위공이 있었다. 중원의 어떠한 내공법보다 탁월한 위력을 지닌 무위공은 내상에 관한 한 모든 상식들을 모조리 깨버렸다. 게다가 몸에 잠재해 있던 반야심경도해의 기운이 더 이상 내상의 악화를 막고 무위공과 조화를 이루자 다른 누구의 도움도 영약의 힘도 빌리지 않고 그저 몇 번 무위공을 운기한 정도로 이미 어느 정도 내상이 치유되고 있었다. 그리고 하루를 더 운기에 힘쓰자 대부분의 내상이 치유되고, 아직은 미약하지만 내공도 회복되는 것을 느낄 수 있었다.

다른 사람들이 이 사실을 안다면 경악을 금치 못할 일이었지만 소문에게는 이런 엄청난 회복 속도도 답답하고 느리게만 느껴졌다. 더구나 사천당가를 코앞에 두고 시간을 보내고 있으려니 도저히 견디기 힘들었다. 결국 소문은 상처를 치료하고자 이틀 동안 운신하고 있던 팽산을 벗어나 성도로 향하였다.

팽산을 벗어나자 언제 산이 있었냐는 듯 드넓은 평원이 그를 반겼다. 팽산을 벗어나 성도를 찾는 것은 절대로 어려운 일이 아니었다. 그저 곧게 뻗어 있는 관도만 따라가면 되었다. 소문은 스스로 몸이 정상이 아니라는 것을 너무 잘 알고 있었기에 무리하지 않고 천천히 걸었다. 그리고 만 하루가 지나 어둠이 깔리기 시작할 때 성도에 들어설 수 있었다.

어둠이 깔리는 시간이었지만 성도의 밤은 이제 시작이었다. 중앙 관도를 따라 길게 늘어선 번화가(繁華街)의 수없이 많은 객점과 주루, 기루(妓樓)에서는 너나 할 것 없이 불을 밝히고 손님을 맞느라 정신이 없었다.

"하! 북경의 밤도 화려했지만 이곳도 그곳에 비해 전혀 손색이 없네. 하지만 나에게 필요한 것은 따로 있지."

지금 소문에게 필요한 것은 따뜻한 식사와 편안한 잠자리였다. 중간에 철면피가 잡아온 산짐승으로 간단히 끼니를 때우기는 했지만 성치 않은 몸을 이끌고 오랜 길을 걸어서인지 상당히 피곤했다. 관도를 따라 길게 늘어선 불길을 따라 자신이 원하는 모든 것이 준비되어 있는 객점을 찾는 것은 그다지 어려운 일이 아니었다.

소문이 성도에 들어선 그 시각, 사천을 대표하는 중원 오대세가의 하나로 당당히 자리 잡고 있는 당가에서는 부산한 움직임이 일고 있었다.

"준비는 되었는가?"

"예, 형님. 정도맹으로 떠날 식솔과 남을 식솔의 구분은 이미 끝났습니다. 날이 밝는 대로 제가 그들을 인솔하여 적당한 곳에 거처를 마련하고자 합니다."

"그래, 잘되었구먼."

당문천은 당문영의 말에 흡족한 미소를 지으며 고개를 끄덕였다.

"남은 것은 밖으로 알려져서는 안 되는 가문의 비기들인데……."

"알고 있으니 너무 염려하지 말게. 이미 중요한 것만 따로 간추려 준비를 해두었으니 내일 자네가 식솔들을 이끌고 세가를 나서면 나 역시 그것들을 들고 따로 길을 나설 것이네."

"그나저나 이것이 최선인지는 모르겠습니다."

당문영은 당문천의 빈 술잔에 술을 따르며 조심스레 말을 했다.
"......?"
당문천의 시선을 받은 당문영이 말을 이었다.
"이렇게 세가를 비우고 떠나도 되는 것인지 모르겠습니다. 여태까지 가문에 몇 번의 위기가 있었다는 것은 알고 있지만 단 한 번도 세가를 버리고 떠난 적은 없다고 들었습니다."
"하지만 어쩌겠는가? 들려온 소식에 의하면 이미 아미, 청성, 점창이 멸문을 당하거나 봉문을 했다지 않는가? 아직은 그들의 다른 움직임이 잡히지 않고 있지만 언제 이곳으로 쳐들어올지 모르네. 우리 당가가 비록 중원에 이름이 있다지만 이들 세 문파를 무너뜨리고 우리에게 밀려올 적을 감당할 정도는 아니네. 더구나 아버님도 계시지 않은 마당에 그들과 대적을 한다는 것 자체가 무리가 아니겠는가?"
당문천은 말을 마치자 목이 타는지 당문영이 따라놓은 술을 단숨에 들이키고는 말을 이어갔다.
"일순간의 객기(客氣)로 가문이 위험해지느니 잠깐의 비겁함을 택하겠네. 전장에 나서는 장수도 나아감과 물러남을 제대로 아는 자만이 명장(名將)이 될 수 있다 들었네. 지금은 우리가 힘이 부족해 잠시 물러서지만 반드시 이날의 수치를 되갚아줄 날이 올 것이네."
"알겠습니다. 이미 결정난 일에 대해 제가 너무 나섰습니다."
당문영은 스스로의 잘못을 인정하며 머리를 숙였다.
"아닐세. 자네의 마음을 모를 내가 아니고, 나 또한 자네와 같은 심정이거늘……."
감당하지 못할 적을 피해 세가를 버리는 것이 못내 가슴이 아픈 듯 연신 술을 마시는 당문천을 안쓰럽게 바라보던 당문영은 잠시 화제를 바꿨다.

"그러나 앞으로의 일이 걱정입니다."

"뭐가 말인가?"

"무림 말입니다. 모르긴 몰라도 조만간 백도와 흑도의 충돌이 있을 것 같습니다."

"그렇겠지."

당문천은 당연하다는 듯이 대답을 했다.

"아무리 생각해도 흑도의 전력이 만만치가 않습니다. 순식간에 강남을 점령하고 남궁세가를 쓰러뜨린 것도 모자라 어느새 이곳까지 손을 뻗칠 줄이야 누가 상상이나 했겠습니까? 단 하루 사이에 구파일방 중 세 개의 문파가 무너졌습니다. 지금껏 일어났던 흑도의 어느 세력도 이처럼 단시간에 엄청난 전과를 얻은 유래(由來)가 없었습니다. 아무리 백도가 정도맹을 결성하고 힘을 모은다 해도 패천궁을 중심으로 일어난 흑도의 세력을 감당하기가 요원(遼遠)하지 않나 싶습니다."

"그도 그렇네. 하지만 이대로 무너질 백도가 아니네. 비록 지금은 이렇게 속절없이 무너지고 있다지만 결코 흑도에게 무릎을 꿇는 일은 없을 것이네."

당문천은 절대 그럴 리가 없다는 듯 힘을 주어 말했지만 그걸 바라보는 당문영은 고개를 가로저었다.

"그렇게 낙관(樂觀)만을 할 일이 아닌 것 같습니다."

"그렇다고 너무 비관할 것도 아닐 듯싶네. 중요한 것은 이제 곧 우리 가문도 몰아쳐 올 회오리 속에 발을 들여놓는다는 것이지. 아니, 그 회오리를 피해 세가를 떠나게 되었으니 이미 휩쓸린 것인가… 이제 곧 알게 되겠지. 이제 그런 말은 그만 하고 술이나 마시세. 언제 다시 이런 여유를 가지게 될지 모르는 일이니…….”

"예, 형님!"

당문천과 당문영은 그렇게 시름을 잊고자 주거니 받거니 밤을 지새우며 몇 병의 술을 비웠다.

"고맙네. 그러니까 객점 밖에서 북서쪽으로 이어져 있는 관도를 따라가면 당가가 나온다는 말이지?"

"네, 손님. 관도를 따라 올라가면 한 시진이 되지 않아 주변이 온통 약초밭으로 둘러싸인 커다란 집이 나옵니다. 그곳이 바로 당가입니다. 워낙 독특한 곳이라 이곳이 초행이신 손님께서도 금방 찾을 수 있을 것입니다."

"고맙네."

소문은 어젯밤부터 자신에게 온갖 도움을 준 점원에게 간단한 사례를 하고 객점을 나섰다. 아침 일찍 일어나 목욕을 하고 점원에게 부탁하여 마련한 깔끔한 옷을 입고 길을 걸어가는 소문은 묘한 기분에 사로잡혀 있었다. 평생을 자신과 함께 보낼 여자를 곧 보게 된다는 설레임과 은근하게 느껴지는 긴장감은 아직까지 경험해 보지 못한 색다른 경험이었다.

"전에는 별 생각 없었는데 막상 이렇게 가까이 오고 나니 이거 은근히 떨리는데."

소문은 어깨에 앉아 있는 철면피를 보며 싱긋 웃었다.

"흥, 웃지 마라, 이놈아. 너는 안 그럴 줄 아느냐? 부러우면 너도 어디 가서 장가나 가거라! 하하하!"

평소와는 다르게 부리를 비벼대며 친근감을 표시하는 철면피와 농을 하며 길을 나선 소문의 얼굴에서는 웃음이 사라지지 않았다. 그렇게 얼마를 걸어갔을까? 관도에 붐비던 사람들의 모습이 뜸해지고 인가도 점차 사라지고 없을 때 점원이 말한대로 엄청난 크기의 약초밭이 소문의 눈에 들어왔다. 그 약초밭이 끝나는 곳에 상당한 규모의 장원(莊園)이 자리 잡고 있었다.

소문은 떨리는 마음을 진정시키며 발걸음을 빨리했다. 그리곤 잠시 후 장원의 정문 앞에 서 있는 자신을 발견할 수 있었다. 그런 소문을 가장 먼저 반긴 것은 거의 이 장에 이르는 정문 위의 편액(扁額)에 쓰여진 큼지막한 글씨였다.

당가(唐家)!

"드디어 왔구나!"
장백산을 떠난 지 거의 이 년이 다 되어서야 소문은 마침내 그의 정혼녀가 기다리는 당가에 도착할 수 있었다.
'흠, 이것 참. 뭐라고 하고 들어가야 하나? 대뜸 조선에서 정혼녀 데리러 왔다고 하기도 좀 그렇고…….'
당가의 입구를 서성거리며 한참을 고민하던 소문은 좀처럼 발걸음을 옮기지 못했다. 소문이 제아무리 남들의 시선보다는 자신의 생각대로 행동을 한다지만 이곳에 와서까지 그렇게 행동할 수는 없었다. 이번 방문은 비단 자신뿐만 아니라 을지 가문의 명예도 걸린 일이기 때문이다. 결혼이라는 것은 개인과 개인의 약속도 되지만 가문과 가문의 약속도 되는 것인지라 행동에 조심을 하고 만전을 기해야 했다.
'제기랄, 이럴 줄 알았으면 암왕 어르신께 서찰이라도 받아오는 건데 내가 왜 그 생각을 안 했는지… 그렇다고 여기까지 와서 뭐 마려운 똥개처럼 이리저리 방황할 수는 없잖아. 에라! 모르겠다!'

무려 반 시진을 문 앞에서 머뭇거리던 소문은 결국 마음의 준비를 마치고 당가에 발을 들여놓았다.

대부분의 문파에서는 손님을 안내하기 위함인지 번거로운 일을 피하기 위함인지는 모르나 항상 두어 명의 제자들을 정문 주위에 배치하는데 당가에서도 예외는 아니었다. 정문을 활짝 열어놓고 손님을 반기고는 있었지만 날카로운 눈매를 지닌 사내 두 명이 정문을 지키고 있었다.

"어떻게 오셨소?"

소문이 성큼 정문으로 들어서자 아까부터 문 주위를 어슬렁거리던 소문을 주의 깊게 살펴보던 그들은 긴장감을 감추지 못하고 소문의 정체를 물었다.

"하하! 안녕들 하신지요."

'제기랄! 이게 아닌데…….'

자기 딴에는 반갑게 인사한다고 했지만 말을 내뱉은 자기도 이상할 만큼 어색한 목소리였다.

"어디서 오신 분인지 물었소이다."

"아예, 저는 장백산에서 온 을지소문이라 합니다."

소문은 최대한 정중하게 자신을 소개했다. 하지만 인사를 받는 그들의 태도는 한결같았다.

"무슨 일로 본가를 방문하신 것이오?"

'딱딱하기는… 흠, 뭐라 한다… 그래!'

"저의 아버님과 이곳의 주인 되시는 분과 교류(交流)를 나누신 친구분이라 들었습니다. 해서 중원에 온 김에 인사를 드리러 이렇게 찾아 왔습니다."

"가주님의?"

소문의 말에 약간의 안색을 푼 그들은 소문을 아래위로 훑어보았다. 별다른 감정은 실리지 않은 눈초리였지만 한참을 그렇게 관찰을 당하는 소문은 기분이 나빴다.

'이것들이 그렇게 정중하게 인사를 했으면 냉큼 집 안으로 안내를 하든지 할 것이지.'

기분이야 어찌 되었든 참을 수밖에 없었는데… 한참 소문을 살펴보던 그들 중 보다 인상이 더러운 사내가 퉁명스럽게 말을 했다.

"지금은 가주님께서 출타 중이니 오후에 오도록 하시오."

"예? 그게 무슨 말씀이십니까?"

깜짝 놀란 소문의 반문에 돌아온 말은 이전과 변함이 없었다.

"가주님이 출타 중이신지라 미안하지만 오후에 다시 오셨으면 하오."

나중에 다시 오라니! 어림도 없는 소리였다.

"하지만 다시 돌아가 오후에 오기엔 제 마음이 너무 급합니다. 무려 이 년이나 걸려서 온 곳입니다. 가주님이 계시지 않는다면 죄송합니다만 안에 기별을 넣어주십시오. 가주님과 저의 사이를 아시는 어른들께서 계실 것입니다."

"미안하지만 문주님을 비롯하여 세가의 어르신들은 대부분이 잠시 자리를 비우셨으니 그리 알고 돌아가시오."

"이곳에도 손님을 맞이하는 곳이 있을 줄 압니다. 어르신들이 계시지 않는다면 잠시 그곳에 머무르면 아니 되겠습니까?"

소문은 다시 한 번 고개를 숙여 정중하게 청했다. 그러나 돌아온 대답은 냉랭한 축객령(逐客令)이었다.

무려 이 년이었다. 거리로만 따져도 수만 리에 달하는 길을 걸어온 소문이었다. 잠시의 시간이지만 이대로 물러선다는 것은 도저히 있을 수 없는 일이었다. '이 건방진 인간들은 이후에 버릇을 고쳐 주면 되겠지' 하는 심정으로 사정을 하고 또 사정을 했다. 하지만 그들은 추호의 흔들림도 없이 나중에 다시 오라는 말만 되풀이했다. 일이 이쯤 되자 체면이고 뭐고를 생각하기 전에 화가 나는 법이다. 머리끝까지 화가 치민 소문은 버럭 소리를 질렀다.

"세상에 빌어먹을 거지가 와도 집 안으로 들여 따뜻한 밥이라도 먹여 보내는 것이 인지상정(人之常情)이고, 손님이라면 그 지위고하(地位高下)를 막론하고 일단은 반기는 것이 예의일 것이다! 한데 그런 당연한 일을 이곳에선 볼 수 없으니 무슨 놈의 집안이 이리 인정머리가 없는 것인지… 하물며 나는 일반 손님도 아니고 세가를 대표하는 가주의 손님으로 이곳을 찾아온 몸이다! 비록 가주께서 자리를 비우셨다고는 하나 이리 손님 대접을 해서야 당가의 체면이 서겠느냐!"

갑작스런 소문의 호통에 일순 당황하여 잠시 얼굴을 붉힌 그들은 잠시 후 오히려 불같이 화를 내기 시작했다.

"네놈이 감히 이곳이 어디라고 소리를 지르는 것이더냐! 네놈처럼 가주님의 손님을 빙자해 찾아와서 수작을 부리는 놈이 어디 한둘인 줄 아느냐! 가뜩이나 주변 공기가 뒤숭숭하여 심란한데 어디서 굴러먹은 지도 모르는 놈이 찾아와서 감히 강짜를 부리는 것이더냐! 좋은 말로 할 때 돌아가거라. 이곳은 네놈 같은 놈이 와서 수작을 부릴 수 있는 그런 만만한 곳이 아니다! 행여나 치도곤을 당하고 싶지 않거든 냉큼

정혼녀(定婚女) 63

물러가거라!"

"……."

정혼녀가 있는 곳이었다. 그래서 좋은 인상을 보이기 위해 아침부터 목욕도 하고 옷도 갈아입는 등 수선을 피운 뒤에 설레는 마음으로 도착한 곳이었다. 그런데 돌아온 것은 반가운 인사도, 아름다운 정혼녀도 아닌 '어디서 굴러먹다 온지도 모르는 놈'이라는 욕이었다. 비록 몸이 정상이 아니어서 제대로 싸울지는 의문이었지만 더 이상 참을 수가 없었다.

"그렇게 보면 어쩌겠다는 것이냐? 덤비기라도 하겠다는 것이냐?"

"……."

"왜 가만히 있는 것이더냐? 왜, 막상 덤비려니 두려운 것이더냐?"

"하하하! 놔두게. 제깟 놈이 감히 어디서… 하하하!"

하지만 그의 조롱 섞인 말은 더 이상 이어지지 못했다. 어느새 그들 앞으로 다가온 소문의 주먹이 정확하게 명치에 적중했기 때문이었다.

챙!

"네놈이!"

소문의 공격으로 동료가 순식간에 쓰러지자 재빨리 검을 뽑아 든 사내는 짙은 살기를 풍기며 소문을 공격했다.

'빌어먹을! 역시 아직은 무리구나!'

방금 시전한 줄행랑으로 몸에 무리를 느낀 소문은 땅을 치며 후회를 했다. 어느 정도 치료가 되었다고 생각한 내상이 아직은 무공을 사용할 정도는 아닌 모양이었다. 자신의 성급한 판단을 후회하기엔 이미 너무 늦은 감이 있었다. 눈앞에는 벌써 자신의 생명을 노리는 검이 날아오고 있었다. 가까스로 몸을 움직여 피하긴 했지만 그것도 한계가 있었다.
"무슨 일인가요?"
소문이 힘겹게 몸을 움직이며 검을 피할 때 검을 들고 있던 사내들의 뒤에서 갑작스럽게 노기 띤 음성이 들려왔다.
"아, 아가씨?"
갑자기 들려온 말에 소문을 노려보던 사내들의 고개가 돌아가고 목소리의 주인을 알아본 그들은 힘없이 검을 내려놓으며 어쩔 줄을 몰라 했다. 그러자 소문도 온몸에 주었던 힘을 풀고 목소리의 주인공을 바라보았다. 소문의 시선이 머문 곳은 붉은색 경장을 차려입고 도도하게 서 있는 너무나 아름다운 모습의 아가씨였다.
'아, 아름답다!'
소문은 자신도 모르게 감탄을 하였다. 많지는 않았지만 그가 만난 여인들 중 미인이 아닌 사람이 없었다. 황보영도, 남궁가의 자매들도, 심지어 자신과 앙숙인 곽영도 얼굴만 따지자면 상당한 미인이었다. 하지만 그들 누구도 눈앞에 서 있는 여인의 미모를 따라올 사람은 없는 듯했다.
"도대체 무슨 일이길래 집 안이 떠나가라 고함 소리가 들리는 것인가요?"
"그게 이니오라……."
"되었습니다. 집안 어른들도 자리를 비우신 이때 이처럼 소란을 피워서 좋을 것은 하나도 없습니다. 주의하도록 하세요."
사내들은 재빨리 변명을 하려 했지만 아름다운 아가씨의 추상과 같은 질책에 자라목이 되어 아무런 말을 하지 못했다. 그들의 잘못을 지적하던 아름다운 아가씨는 곧 소문에게 다가왔다.

"집안 식솔들의 잘못을 용서하시지요. 그래, 무슨 일로 저희 세가에 오셨는지요?"

"예? 아, 아예……."

소문은 멍하니 그녀의 얼굴을 바라보다 들려오는 질문을 미처 알아듣지 못했다.

"무슨 일로 오셨는지 물었습니다."

안색을 약간 찌푸린 그녀의 말에 화들짝 놀란 소문은 재빨리 정신을 수습하고 대답을 했다.

"저는 장백산에 살고 있는 을지소문입니다. 제가 오늘 이곳을 방문한 것은 당가의 가주님과 저의 아버님께서 이십여 년 전에 하신 약속을 지키고자 온 것입니다."

"그게 무슨 말씀이신지… 약속이라니요?"

그녀는 의아하다는 듯이 되물었다.

"그 내용은 말씀드리기가 곤란하군요. 다만 제가 어릴 적에 가주님과 제 아버님이 하신 약속이 있습니다."

"흠……."

'아버님이 어떤 일로 저자의 아버지와 약속을 하신 걸까? 혹시 세가를 염탐하러 온 적의 간세? 하지만 저자의 말이 사실이라면? 알 수는 없으나 어찌 보면 중요한 손님일 수도 있겠구나. 언제 적이 쳐들어올지 모르는 상황인지라 그의 말을 곧이곧대로 믿기에도 무리가 있지만 그래도 일단 집 안으로 들이는 게 좋겠군. 아버님이 오실 때까지 철저히 감시만 하면 문제될 것은 없겠지.'

생각을 굳힌 그녀는 소문을 바라보며 정중하게 말을 했다.

"집 안에 좋지 않은 일이 있어 실수를 했습니다. 저들의 무례는 덮

어두시고 저를 따라오시지요."

"무슨 말씀을. 오히려 제가 무례를 저질렀습니다. 용서를 구할 사람은 오히려 접니다."

"그렇게 말씀해 주시니 감사할 뿐입니다. 어서 따르시지요."

그녀는 소문을 당가가 손님을 접대하는 접객실(接客室)로 안내를 했다. 평소라면 많은 사람들로 붐벼야 할 곳이었지만 곧 세가를 떠나야 하는 사정 때문인지 한적하기 그지없었다.

"이곳에서 잠시 쉬고 계시면 잠시 후에 가주님께서 오실 것입니다."

소문이 뭐라 대답을 하기 전에 고개를 돌린 그녀는 옆에 따라온 시녀에게 간단한 당부의 말을 했다.

"너는 손님께서 드실 간단한 음식을 준비하여라. 그리고 한 치의 소홀함도 없이 모셔야 할 것이다."

"예, 아가씨."

다시 소문에게 고개를 돌린 그녀는 정중하게 부탁의 말을 하였다.

"죄송한 말씀이지만 집 안이 몹시 소란스럽습니다. 그러니 가능하면 이곳에 머무르셨으면 합니다."

"그리하지요. 객이 어찌 주인의 허락 없이 함부로 움직이겠습니까? 너무 염려하지 마십시오."

소문 또한 정중하게 대답을 하자 그녀는 만족한 미소를 지었다.

"제 말을 이해해 주셔서 고맙습니다. 그럼 이만 가보겠습니다."

"다음에 뵙도록 하지요."

소문의 인사에 가볍게 고개를 끄덕인 그녀는 밖으로 발걸음을 옮겼다. 막 방을 나서던 그녀는 소문에게 몇 마디 말을 더 했다.

"참, 제 소개를 잊었군요. 저는 당소희라고 합니다. 그럼."

"아, 예, 그러시군요."

'당소희라… 얼굴만큼 이름도 참 예쁜데. 그런데 당소희라… 당소희?! 이런!'

"이보시오!"

소문이 그녀가 말한 이름의 의미를 깨닫고 황급히 방문을 열었지만 그녀의 모습은 어느새 사라지고 없었다.

"저를 부르신 이유가 무엇인지요? 아직 가주님께서 오시지 않았거늘… 혹 불편한 것이라도 있으셔서 그러신가요?"

시비를 시켜 자신을 부른 이유를 알지 못하겠다는 듯 당소희의 음성은 은연중 냉랭한 기운을 띠고 있었다.

"아, 아닙니다. 불편한 것은 없습니다. 다만……."

"…….'

"송구스럽지만 아까 아가씨께서 당소희 소저라고……."

"예, 그렇습니다. 제가 당소희입니다. 그런데 그게 저를 부르실 이유가 되나요?"

당소희가 서슴없이 자신이 당소희임을 다시 한 번 밝히자 순간 소문의 얼굴에 화기가 돌았다.

"아가씨께서 당소희 소저가 맞다면 이번 제가 이곳을 방문한 일엔 소저 또한 관계가 있는 일인지라……."

"제가요? 어른들께서 하신 약속에 제가 무엇 때문에 관계가 있다는 것이지요?"

당소희는 영문을 모르겠다는 듯 소문을 바라보았다. 빨리 그 이유를 말하라는 무언의 시위도 담긴 눈빛이었다.

"그, 그것이 사실은……."
"……."
'제길, 직접 내 입으로 말하려 하니 도무지 입이 열리지 않는구나.'
계속 머뭇거리는 소문은 얼굴은 물론이고 목과 귀까지 빨갛게 변해 있었다.
"그, 그것이 소저와 저의 호, 혼담(婚談) 얘기인지라……."
"옛? 혼담이라니요?"
소문이 한참을 망설이며 조심스럽게 말을 하자 깜짝 놀란 당소희는 주저없이 반문을 했다.
"지금 그게 무슨 말씀이신지요? 혼담이라니요?"
"그게, 그러니까……."
"그러니까 저의 아버님과 소협의 아버님께서 저와 소협의 혼인을 약속하셨다는 것인가요?"
미리 알고 있었던 소문보다 이제 겨우 말을 들은 당소희가 더 침착하게 행동을 했다.
"예… 그래서 그 약속을 지키고자 이렇게 이곳을……."
고개를 숙이고 쭈뼛거리며 말을 하는 소문은 지금껏 그가 보여준 인상과 행동을 감안하면 전혀 상상할 수도 없는 것이었다.
'미치겠구나. 별것도 아닌 줄 알았는데 막상 당사자와 이런 말을 나누려니 뭐가 뭔지도 모르겠고 게다가 이놈의 주둥이가 미쳤나 왜 그렇게 열리지 않는지!'
소문은 제대로 말도 하지 못하고 당황하고 있는 한심함에 스스로를 자책했다. 하지만 아무리 마음을 다잡으려 해도 두방망이 치는 가슴과 온몸으로 밀려오는 흥분을 감당한다는 것은 실로 만만치 않은 일이었다.

'역시, 조문 형님의 말이 옳은 것인가? 형님 말대로 많은 여자를 알아야 한다더니 어쩌면 그 말이 맞을지도 모르겠구나!'

형조문이 기를 쓰고 자신을 가르치려 할 때 외면한 것을 후회하며 아무런 말도 하지 못하고 있는 당소희를 슬쩍 쳐다보았는데, 마침 침묵을 지키던 당소희가 입을 열었다.

"혼담이라니… 너무나 갑작스런 말이라 무슨 말씀을 드려야 할지 모르겠습니다. 소협의 말씀을 부정하는 것은 아니지만 아버지님이 오셔야 보다 확실한 것을 알 수 있으리라 생각됩니다만."

상황과 맞지 않게 너무나 담담한 당소희였지만 그렇게 말을 하는 그녀의 내심은 절대로 담담하지 않았다.

'혼담이라니? 아버님이 언제 그런 약속을 하셨단 말인가? 아직 그런 내색을 하신 적이 없거늘… 하지만 아무런 이유 없이 저런 말을 할 수는 없는 일임에야… 게다가 '네 짝은 내가 구해주마. 세상에서 최고의 신랑감으로…' 라며 평소에 아버님이 입버릇처럼 말씀하시던 것을 감안하면 어쩌면 저자의 말이 사실일 수도 있겠구나.'

당소희는 슬쩍 소문을 살펴보았다.

남들보다 머리 하나는 더 되는 큰 키, 키에 어울리지 않는 마른 몸매, 게다가 남자가 무슨 수줍음을 저리도 타는지 말 몇 마디 하고는 어쩔 줄을 몰라 하는 소문을 보자 적잖이 실망이 갔다.

'후, 겉모습만 보고 사람을 판단할 수는 없지만 아쉽구나!'

당소희의 안색에 순간 실망의 기색이 나타났다 사라졌다. 평소의 눈치 빠른 소문이라면 당연히 알 수 있을 정도였지만 이미 정신을 못 차리고 있는 소문은 미처 알아채지 못할 정도로 순식간에 사라진 변화였다.

"이렇게 미리 말씀을 해주셔서 고맙습니다. 갑작스런 말씀에 당황도 되지만 전혀 모르고 있는 것보다는 조금이라도 알고 있는 것이 좋겠지요."

당소희의 말에 그나마 떨리는 마음을 진정시킨 소문이 차분하게 말을 받았다.

"아무리 어른들께서 하신 약속이지만 그래도 당사자는 알고 있어야 한다는 생각을 해서 이렇게 무례를 저질렀습니다."

"무례라니요, 배려해 주셔서 감사합니다."

소문의 말에 당소희는 정색을 하고 일어나 고개를 숙여 인사를 했다. 그러자 소문도 황급히 일어나 고개를 숙이며 마주 인사를 했다… 아니, 하려고 했다.

"아, 아닙니다. 아이쿠!"

우당탕!

급하게 일어나던 소문은 앉아 있던 의자에 다리가 걸리면서 그대로 당소희 앞으로 쓰러지고 말았는데… 순식간에 벌어진 일에 두 사람은 일순 어떠한 행동도 할 수 없었다.

'훗, 정말 어쩔 수 없는 사람이군.'

소문의 계속되는 실수에 실소(失笑)를 한 당소희는 넘어져서 헤매고 있는 소문을 재빨리 부축했다.

"조심하셔야지요. 괜찮으신지요?"

"가, 감사합니다."

창피하고 부끄러운 마음에 무슨 말도 행동도 못하고 넘어져 있는 소문에게 갑자기 다가온 당소희는 그런 소문을 더욱 곤란하게 했다. 게

다가 당소희의 몸에서 은은하게 배어 나오는 방향(芳香)에 소문의 오감(五感)은 순식간에 마비되고 말았다.

"그럼 저는 이만 가보겠습니다. 아버님이 오시면 다시 뵙겠습니다."

"…예? 예."

당소희는 어정쩡한 소문의 태도에 다시 한 번 실망을 하고는 방문을 나섰다.

'후, 저게 저 사람의 모든 것이 아니기를 바랄 뿐이다.'

고개를 흔들며 방을 나서던 당소희는 마침 문 앞을 지나가는 시비를 불러 세웠다.

"식사 준비는 되었느냐?"

"거의 끝났습니다, 아가씨."

"알았다. 중요한 손님이니 조금도 소홀함이 없어야 할 것이다."

"예, 아가씨."

"아니다. 내가 확인을 해봐야겠다. 가자."

당소희는 시비의 대답을 듣지도 않고 주방으로 성큼성큼 걸어갔다. 평소엔 전혀 볼 수 없었던 당소희의 행동에 재빨리 그녀의 뒤를 따라가는 시비는 영문을 모르겠다는 연신 고개를 갸웃거리고 있었다.

한편 당소희가 떠나고 혼자 남은 소문은 아직도 정신을 차리지 못하고 있었는데…

"그런 눈으로 보지 마라. 나도 내가 한심해서 죽겠으니까."

맞은편 침상에 앉아 자신을 바라보던 철면피에게 퉁명스레 말을 내뱉은 소문은 양손으로 머리를 쥐어뜯으며 괴로워하고 있었다.

"아, 이 등신. 어째서 그런 실수를… 평소의 나는 어디 가고 그런 머저리 같은 행동을 했단 말인가? 게다가 다른 누구도 아닌 부인 될 사람

앞에서… 부끄러워 고개를 들지 못하겠구나. 그녀가 나를 어찌 생각할 것이란 말인가? 아아!"

손을 한번 움직일 때마다 한 움큼씩의 머리카락이 뜯겨졌지만 전혀 고통을 느끼지 못한 소문의 이런 자책은 당소희가 직접 챙긴 점심을 들고 시비가 문을 두드릴 때까지 계속되었다.

"손님? 그게 무슨 소리더냐, 손님이라니?"

오후가 되어 세가로 돌아온 당문천은 갑작스런 당소희의 말에 의아한 듯이 되물었다.

"아버님의 친구라는 분의 아들이 찾아왔습니다. 집 안이 혼란하여 경황이 없었지만 그래도 귀한 손님이란 생각이 들어 접객실로 모셨습니다."

'귀한 손님이지요. 그의 말이 맞다면 소녀나 세가에나.'

약간 홍조(紅潮)를 띤 당소희의 말이 끝나기가 무섭게 당문천의 질문이 이어졌다.

"친구? 친구의 아들이라면 반가운 손님이겠지. 그래, 누구의 아들이란 말이냐?"

"그게……."

당소희가 아무런 말을 하지 못하고 어물거리자 막 복장(服裝)을 풀던 당문천이 고개를 갸웃거렸다.

"누구길래 네가 말을 하지 못하는 것이냐? 하하! 누가 보면 네 정혼자라도 온 줄 알겠다."

"예, 정혼자가 왔습니다."

"……."

정혼녀(定婚女) 73

평소에 냉철하고 단정한 당소희가 제대로 말을 하지 못하기에 부녀지간에 있을 수 있는 농을 한번 해보았는데 당소희가 기다렸다는 듯이 대답을 하자 오히려 당황한 것은 당문천이었다.

"예끼! 이 녀석. 아비의 농에 한술 더 뜨는구나. 하하하! 그래, 누가 왔는지는 가보면 알게 되겠지. 잠시만 기다리거라. 같이 가보자꾸나."

당문천이 기분 좋게 웃으며 멈춘 손을 다시 움직이기 시작했는데 이어지는 당소희의 차분한 말은 그의 손을 더 이상 움직일 수 없게 만들었다.

"정혼자라 했습니다. 그는 제게 틀림없이 그렇게 말을 했습니다."

"그게 무슨 소리더냐? 정혼자라니?"

"제가 오히려 아버님께 묻고 싶은 말입니다. 어려서 약조하신 혼담을 왜 제게 미리 알려주지 않으셨는지요? 그 말을 듣고 소녀 너무 당황스러웠습니다."

"허허, 그게 무슨 소리더냐? 정혼자는 뭐고 혼담이라니? 영문을 모르겠구나."

당문천은 도무지 딸이 하는 소리를 이해할 수 없었다. 어떻게 자기도 모르는 정혼자가 있고 혼담이 있을 수 있단 말인가?

"하하, 이 녀석. 좀 전에 아비가 장난을 친 것에 화가 난 모양이구나. 알았다. 내가 잘못했구나. 그리고 보니 네 나이 벌써 스물, 혼인(婚姻)이라는 말에 민감할 나이거늘 내가 말을 실수했다. 이제 그런 농은 하지 않을 테니 그만 화를 풀거라."

'훗, 그리고 보니 소희도 혼처(婚處)를 찾아야 할 나이가 되었구나. 어느새 다 컸어.'

막내인 당소문을 낳고 일찍 죽은 부인을 대신해 어려서부터 어미를 대신해 동생을 돌보던 당소희가 어느새 혼기(婚期)가 찬 것을 느낀 당문천은 만감(萬感)이 교차하는 표정을 지었는데 일은 그의 생각과는 전혀 다른 엉뚱한 방향으로 흘러가고 있었다.

"그게 무슨 말씀이십니까? 장난이라니요? 저는 장난을 하는 것이 아닙니다."

약간은 화가 난 딸의 말을 들은 당문천은 그제야 뭔가 이상한 느낌을 받았다.

"나도 어찌 된 영문인지 모르겠다. 그가 도대체 무슨 말을 한 것이더냐? 자세히 말해 보거라."

일이 이쯤 되자 당황한 당소희도 지금까지 있었던 일들을 빠른 어조(語調)로 설명하기 시작했다.

"…해서 제가 그를 접객실로 안내를 했습니다. 그런데 시비를 시켜서……"

"흠, 장백산에 살고 있는 친구가 없는데… 아니다. 혹시 누군가가 그곳으로 이주(移住)를 했을 수도 있으니… 계속하거라."

잠시 말을 끊은 당문천은 심각한 얼굴로 당소희를 재촉했다.

"제가 방 안에 들어가자 그가 설명을 하기 시작했습니다. 그와 제가 아주 어렸을 적에 어른들께서 그와 저의 혼담을 약속하셨고, 이제 때가 되어 저를 데리러 이곳으로 왔다고 말입니다. 비록 처음 듣는 말에 당황을 했지만 항상 남편감을 찾아주겠다는 아버님의 말씀도 있었고 비록 많이 실수를 하기는 했지만 그의 말이나 행동에서 조금의 가식(假飾)도 느낄 수 없었기에 저는 그리 알고 있었습니다. 그런데……"

"그자가 언제 세가에 들어온 것이더냐?"

"그, 그게 두 시진 정도 되었습니다."

"그 시간 동안 그자가 별다른 행동을 하지는 않더냐?"

순식간에 변한 당문천의 분위기와 진중한 말투에 절로 긴장을 한 당소희는 재빨리 대답을 했다.

"없었습니다. 저도 혹시 몰라 그가 다른 행동을 하는지 자세히 관찰하라 일러두었지만 특별한 움직임은 없었습니다."

"그랬구나. 하지만 네 말대로 아무 일이 없지는 않았을 것이다."

"그게 무슨 말씀이신지요?"

당소희의 물음에 물끄러미 그녀를 바라보던 당문천은 차분한 어조로 말을 했다.

"지금부터 하는 말을 잘 듣거라. 우선 지금까지 아비는 네 혼담을 그 누구와도 말한 적도 약조한 적도 없다. 당연히 너와 혼인을 하러 왔다는 그자의 말은 거짓이다."

"……."

"네 말대로 그자의 행동에 가식이 없어 보였다고 하니 어쩌면 그가 그의 아버지의 말을 잘못 알아들어 다른 집안을 이곳으로 착각한 걸 수도 있다. 하지만 그렇게 생각하기엔 사천이나 중원에 알려진 세가의 이름이 너무나 유명하고 또한 그가 나타난 시기도 좋지 않구나. 사천 땅에 있는 중요한 백도문파 중 점창, 아미, 청성이 당하고 남은 것은 오직 우리 세가뿐인데 내일 아침이면 우리도 이곳을 떠나지 않느냐? 그런데 하필 지금 그가 나타난 것이 너무 수상하지 않느냐?"

"그렇다면?"

"그래, 아비는 아무리 생각해도 그가 패천궁에서 우리의 동정을 살피기 위해 온 첩자로밖에 보이지 않는구나."

"하, 하지만 아버님, 그렇게 뻔히 드러날 거짓말을 하면서 세가로 들어올 멍청이가 있을런지요?"
"그러나 그는 이미 세가에 들어와 있지 않느냐?"
"그, 그건……."
"그는 아마 내가 세가를 비우는 것을 알고 있을 것이다. 내가 없는 데 그가 하는 말의 진위(眞僞)를 가려낼 수 있는 자가 누가 있겠느냐? 너마저도 그의 말이 사실인 줄 알고 있지 않느냐? 하지만 그자도 내가 이렇게 빨리 돌아올 줄은 미처 몰랐겠지."
"……."
당소희는 더 이상 아무런 말도 할 수 없었다. 뭔가를 부정하고 싶었지만 그게 정확하게 뭔지도 알 수 없었다. 그자에게 속았다는 분노만 가슴에서 솟아오르고 있었다. 실망은 했지만 그래도 가슴이 두근거리고 묘한 기분을 느꼈기에 손수 그의 점심까지 챙기는 성의를 보였건만, 그 모든 것이 거짓이었다니.
"내 이놈을!"
자리에서 벌떡 일어난 당소희는 벌써 방문을 잡고 있었다.
"잠시만 기다리거라."
"기다리다니요? 제 앞에서 정혼할 사이라고 저를 농락한 놈입니다. 당장 가서 목을 베겠습니다."
당소희는 얼굴 가득 한기를 내뿜으며 당장이라도 소문에게 달려갈 기세였다. 당문천은 그런 그녀를 만류하며 차분하게 말을 하였다.
"너무 서둘지 말거라. 그자는 아직 내가 온 것을 모르지 않느냐? 아직 정체가 드러나지 않았다고 안심하고 있을 것이다. 지금 그자를 주살하는 것은 어렵지 않으나 오히려 그자를 이용하여 저들의 움직임을 파악하는 것이 더 중요하다."

정혼녀(定婚女) 77

"……."
"게다가 단신으로 세가에 뛰어들 정도면 일신에 지니고 있는 실력 또한 대단할 것이다. 괜한 싸움을 하여 혹시라도 있을지 모르는 피해보다는 그저 조용히 사로잡기만 하면 될 것이다."
"그럼?"
"그래. 여기가 어디인 줄 쥐도 새도 모르게 몸으로 느끼게 해주거라. 싸울 필요도 없이 그저 차나 술 한 잔이면 끝날 것을."
"알… 겠습니다. 그리하지요."
차분했지만 듣는 이로 하여금 진한 살기를 느끼게 하는 말을 내뱉은 당소희는 곧 방문을 나섰다.

"여, 여기가 어디지?"
정신을 차린 소문은 눈앞에 드러나는 낯선 환경에 잠시 혼란을 느꼈다. 그가 있는 곳은 빛도 거의 있지 않은 어두운 밀실(密室)이었다.
"아이고, 머리야!"
혼란을 느낀 것도 잠시 머리가 깨지는 듯한 통증에 순간 자기도 모르게 비명을 지르며 손을 움직이던 소문은 뭔가가 몹시 부자연스러움을 느꼈다. 엄청난 고통 속에서도 이상한 생각이 들었는지 자신의 몸을 살펴본 소문은 깜짝 놀랄 수밖에 없었다. 갑자기 낯선 환경에 온 것도 이상하고 머리의 고통도 이상했지만 지금 자신이 처한 상황보다는 황당하지 않았다.
지금 소문은 양팔과 다리를 벌린 채 벽에 묶여 있었다. 손목과 발목에는 단단한 자물쇠가 채워져 있고 허리 또한 쇠사슬에 묶여 고정되어 있었다.

'도대체 이게 무슨 일이지? 난 분명히 당가의 방에서 쉬고 있었는데, 여기는 어디고 이건 도대체 뭐란 말인가? 크, 빌어먹을! 이 고통은 또 뭐지?'

주체할 수 없이 밀려오는 두통에 머리를 흔들던 소문은 문득 자신의 발 아래에 놓여져 있는 커다란 물건을 볼 수 있었다. 너무나 친숙한 빛깔과 모습, 철면피였다.

"면피야!"

대경실색(大驚失色)한 소문이 소리쳐 불러보았지만 철면피는 움직일 줄 몰랐다.

"서, 설마!"

몸을 움직여 어떻게 된 것인지 알고 싶었지만 결박(結縛)된 그가 할 수 있는 일은 아무것도 없었다. 그렇게 소리만 지르고 있을 때 갑자기 주위가 환해지며 사람의 말소리가 들려왔다.

"오! 정신이 들었구먼!"

소문은 얼굴을 찡그리며 목소리의 주인공을 찾아 고개를 돌렸다. 눈앞에 들이댄 횃불 탓에 그 모습이 자세히 보이진 않았지만 흐릿하게 두 사람이 서 있는 형체가 눈에 들어왔다.

"누구요?"

퍼억!

대답 대신 돌아온 것은 엄청난 고통이었다.

퍽! 퍽!

"욱! 크악!"

아무런 말도 없이 계속되는 매질에 소문은 절로 비명을 질렀다.

"그만 하여라, 소희야. 그러다 잘못되기라도 하면 안 되잖느냐?"

"헉! 헉!"

무자비한 매질이 멈추고 거친 호흡 소리가 밀실에 울려 퍼졌다. 맞은 소문의 호흡도 거칠었지만 때린 자도 얼마나 정신없이 두들겼는지 연신 가쁜 숨을 몰아쉬고 있었다.

"내가 누구인 줄 알겠느냐?"

잠시 후 소문의 코앞으로 다가온 거친 숨의 주인은 냉랭한 목소리로 질문을 했다.

"크윽!"

고개조차 들기 힘든 모양인지 신음을 지른 소문은 간신히 고개를 들어 자신을 노려보고 있는 시선의 주인을 바라보곤 두 눈을 부릅떴다.

"다, 당 소저!"

"그래, 나다. 네놈과 정혼한 당소희다."

"그, 그런데 이게 어찌 된 일이오. 무엇 때문에 이러는 것인……."

영문을 모르겠다는 말을 하려던 소문의 말은 더 이상 이어지지 못했다. 소문이 미처 말을 끝마치기도 전에 당소희가 들고 있던 몽둥이가 미친 듯이 춤을 추었기 때문이다. 한참을 정신없이 두들기던 당소희의 손속은 다시 한 번 같이 온 중년인의 만류로 멈춰졌다.

"왜 그러는지 네놈이 모르면 누가 안다는 것이냐? 뭐? 정혼녀?! 네놈이 나와 세가를 기만하고도 살아남을 수 있을 줄 알았느냐?"

"그, 그게 무슨 말이오. 나는 트, 틀림없는 당신의 정혼자거늘……."

"네, 네놈이 정녕!"

소문의 말에 전신을 부르르 떤 당소희는 끝장을 보겠다는 듯 소문에게 달려들었다.

"그만. 더 이상 하다가는 가주님의 말씀을 이행하지 못한다. 이제 나에게 맡겨두거라."

 길길이 날뛰는 당소희를 간신히 진정시킨 사내는 소문에게 다가왔다.

 "쯧쯧, 자네도 참 불쌍하네. 하필 당가에 와서는… 암튼 내 소개를 하지. 나는 당가의 집법당(執法堂)을 맡고 있는 당일기(唐鎰器)라 하네. 뭐, 하는 일이야 세가의 규율(規律)을 담당하는 자리기는 하지만 주로 자네와 같은 자를 다루는 일이 본업(本業)이라 할 수 있겠지."

 "도대체 무슨 일로 그러시는 겁니까? 도대체 왜?"

 "그거야 자네가 더 잘 알 것이고, 그나저나 실망했네. 그래도 당가를 농락하러 왔다기에 한가락 하는 실력을 지닌 줄 알았는데 겨우 군자산(君子散)에 그렇게 힘없이 쓰러지나? 내 자네를 위해 특별히 당가에서 제조(製造)한 미약(媚藥)을 따로 준비해 두었건만… 군자산이 비록 다른 독이나 미약과는 달리 무색(無色) 무취(無臭)라 구별이 쉽지 않다고는 하나 자네가 이렇게 맥없이 쓰러질 줄은 미처 몰랐네. 하긴 군자산에 몇 가지를 더하기는 했지만."

 '미약!'

 사내의 설명을 듣자 자신이 왜 이곳에 있는지 어렴풋이 기억이 나는 듯했다. 시비가 내온 술을 마시는 것까지는 좋았는데 그 이후가 문제였다. 힘이 하나도 없고 머리가 어지럽더니 잠이 쏟아졌다. 갑자기 방 안에 들어온 사내들을 보고도 아무런 말도 행동도 하지 못하고 눈을 감고 있었는데 그때 한쪽 침상에 앉아 있던 철면피가 날아오르고…….

 '면피!?'

 소문은 자신에게 일어났던 일들을 떠올리다가 갑자기 발 아래 쓰러져 있는 철면피를 생각했다.

"훗, 아직은 죽지 않았네. 비록 미물(微物)이지만 주인을 보호하고자 필사적으로 날뛰던 모습이 가상하여 숨은 남겨두었다. 하지만 내 목을 이리 만든 대가를 치러야 하겠지."

 당일기는 소문의 마음을 알기라도 하듯 말을 하며 자신의 목을 쓰다듬었다. 쓰러진 소문을 보호하고자 덤빈 철면피가 당일기의 목에 상처를 낸 모양이었다.

 "도대체 무슨 영문이오? 이러는 이유가 있을 것이 아니오."

 철면피가 그리되고 자신 또한 이유없이 매질을 당하자 소문의 목소리 또한 자연 차가워질 수밖에 없었다.

 "내가 마음에 안 드는 것이오? 그래서 혼인을 깨기 위해 이러는 것이오? 정녕 그렇다면 염려하지 마시오. 나 또한 이따위 혼인은 하기도 싫으니."

 "네, 네놈이! 정말 죽고 싶은 모양이구나!"

 당소희가 소문의 말에 또 한 번 발끈했지만 당일기의 말이 조금 더 빨랐다.

 "하하, 자네도 참 끈질기네. 상황이 이리되었으면 그런 말도 안 되는 거짓말보다 어떻게든지 살아 나갈 궁리를 해야 하는 게 정상 아니겠는가?"

 "무슨 소리요? 거짓말이라니! 내 그 따위 거짓말을 하고자 수만 리 길을 걸어온 줄 아시오. 그런 구차한 말보다는 차라리 나와 혼인을 하기 싫다고 하시오. 보아하니 당가가 중원에서 이름있는 집인지라 나와 같이 가진 거라고는 쥐뿔도 없는 놈에게 시집을 보내는 게 억울한 모양인데, 내 더러워서라도 이번 혼인을 물릴 테니 당장 이거나 푸시오!"

 기가 막힌 표정을 지으며 서 있는 당소희와 당일기의 뒤에서 싸늘한 말이 들려온 것은 소문의 호통이 막 끝났을 때였다.

"혼인이라… 네놈이 주장하는 혼인이란 무엇이냐?"

"아버님!"

"가주님, 오셨습니까?"

인사를 하는 당소희와 당일기를 외면한 당문천은 소문을 바라보며 말을 이었다.

"나는 네가 말하는 혼인의 약조를 한 적이 없는데, 너는 도대체 무슨 근거로 그런 말을 하는 것이냐?"

갑자기 나타난 중년인인데 당소희가 아버지라 부르는 것을 보니 죽은 아버지와 혼담을 말했다는 당가의 가주인 모양이었다.

"흥, 다 필요없소. 지난날의 약속을 그리 헌신짝 버리듯 하는 당신들과는 아무런 말도 하고 싶지 않으니 나를 보내주시오."

"말을 해야 할 것이다. 네놈의 목숨이 달린 일이다. 나는 네 아비와 혼인을 약속한 일이 없는데 왜 그렇게 주장하는 것이냐?"

거듭되는 당문천의 질문에 가소롭다는 표정을 지은 소문은 냉소를 지었다.

"내 품에 당신이 그 옛날 장백산에 와서 할아버님께 도움을 받고 나와 당 소저의 혼인을 약속한 것에 대해 돌아가신 아버지께서 남긴 당가의 증표(證票)가 있을 것이니 가져가시오. 그것을 보고도 과연 그런 소리가 나오는지 두고 봅시다."

당문천의 눈짓을 받은 당일기는 재빨리 소문의 품에서 반으로 갈라진 옥패를 가져다 당문천에게 바쳤다. 혈영일호에게서 소문의 목숨을 구한 예의 그 옥패였다.

"하하하하!"

혹시나 하여 옥패를 살펴보던 당문천은 밀실이 떠나가라 크게 웃고 는 소문의 눈앞에 옥패를 가져갔다.
　"네놈의 눈에는 이것이 우리 당가를 증명하는 증표로 보이겠지만 내 눈에는 그저 저잣거리에서 파는 계집의 노리개로밖에 보이지 않는구 나. 게다가 내가 지금껏 중원의 많은 곳을 돌아다녀 보았지만 장백산 근처는 가본 적도 없으며 네가 말한 그 당시는 한참 당문을 이끌 가주 를 선택하느라 정신이 없던 시기인즉 잠시도 세가를 비울 수 없었다. 그러니 네놈이 말한 그런 혼담이 있을 수도 없겠지. 이제 되었느냐?"
　"……."
　"왜 말이 없느냐? 아직도 믿지 못하겠다면 내 얼마든지 설명해 주 마. 무엇이 더 궁금한 것이냐?"
　당문천의 말이 끝났을 때 소문의 반응은 전혀 없었다. 도저히 있 을 수 없는 일이 있어났기 때문이다. 이미 직감적으로 그의 말이 사실이 라는 것을 알 수 있었던 소문인지라 무슨 말도 할 수 없었다.
　'제길, 할배…….'
　"내 말을 들었을 테니 이제 네놈 얘기를 들어봐야겠다. 넌 누구냐? 어디에서 파견된 자이더냐?"
　"……."
　당문천의 말에 소문은 아무런 말도 하지 못했다. 지금 그의 머리 속 은 텅 비어 있었다. 지난날 고생한 것이 주마등(走馬燈)처럼 뇌리를 스 쳤다. 구유크, 모사드와의 만남, 모사드의 죽음, 여행을 하며 빌어먹기 도 하고 거지처럼 돌아다니다가 두들겨 맞기도 했다. 쟁자수로 일하면 서 산적들과 물리치기도 하고 남궁세가를 도와 패천궁의 고수들과 싸 움도 했다. 죽을 고비를 수도 없이 넘기고 힘도 들었지만 그것이 다 정혼녀를 만나러 오는 길이었기에 참을 수 있었다. 그런데… 그런데 막상 만난 정혼녀, 아니, 정혼녀는 있지도 않고, 자신에게 남은 것은 할아버지의 거짓말에 이렇게 묶여 개처럼 두들겨 맞은 자신의 비참한 몰골뿐이었다.

사람이 너무 황당한 일을 겪으면 웃음만 나온다고 했던가? 지금 소문이 그러했다. 당문천이 계속해서 뭐라 말을 하는 것 같은데 소문은 그저 웃음만 나왔다. 이미 수없이 두들겨 맞아 엉망이 된 얼굴인지라 그 웃음마저 비참해 보였다.

"흠, 네놈이 아직도 정신을 차리지 못했구나. 이보게, 집법당주!"
"예, 가주님!"
당문천의 부름에 허리를 깊게 숙이며 당일기가 대답을 했다.
"아무래도 자네가 수고를 해줘야겠네. 이놈이 무슨 목적을 지니고 왔는지, 어디에 속한 놈이지 자세히 알고 싶으니."
"알겠습니다. 제게 맡겨주십시오."
"알았네. 그럼 자네를 믿고 일의 결과를 기다려 보겠네."
당문천은 허리를 숙이는 당일기를 바라보다 여전히 소문을 노려보고 있는 당소희를 불렀다.
"소희는 나와 함께 나가도록 하자꾸나. 가히 보기 좋은 장면만은 아닐 게다."
"아니요. 저는 이놈이 어떤 말을 하는지 보고 싶습니다. 여기 있겠습니다."
'쯧쯧, 하고 많은 사람 중에 하필 소희의 심기를 건드릴 게 뭐란 말이냐? 알고 있는 사실을 빨리 털어놓으면 혹시 모를까 엉뚱한 소리를 하다가는 아마 병신은 고사하고 목숨 구하기가 쉽지 않을 것이다.'

당소희의 당찬 말에 평소에는 인정도 많고 착하지만 한번 눈에 벗어나거나 도리에 어긋난 짓을 하는 사람에게는 야차(夜叉)와 같이 돌변하는 딸의 성정(性情)을 잘 알고 있는 당문천은 비록 적이 보낸 첩자였으나 그런 소문이 불쌍하다는 듯 고개를 흔들고 혀를 차며 밀실을 나섰다.

"흠, 가주께서 나에게 모든 걸 맡겼다네. 그건 어떤 방법을 쓰던지 자네의 입을 열라는 것이지. 하지만 난 자네에게 고통을 안겨주기는 싫다네. 그러니 서로 험한 꼴을 보기 전에 진실을 말해 보게. 그래, 패천궁에서 왔는가?"

"……"

"흠, 아무런 말을 하지 않는다고 일은 해결되지 않네. 그건 오히려 자네에게 고통만 안겨줄 뿐."

"다시 한 번 묻겠네. 패천궁에서 왔는가? 아니면 지옥벌, 음자문?"

"……"

소문이 계속해서 침묵을 지키자 부드럽게 말을 하던 당일기의 표정이 점차 살벌하게 변해갔다.

"자네에겐 잠시 시간이 필요할 것 같군. 시간을 줄 테니 잠시 생각을 해보게. 언제든지 털어놓을 마음이 생기면 말을 하게."

당일기는 검은 천을 소문의 머리에 뒤집어씌웠다.

'응? 뭘 하려는 것이지.'

그 와중에도 당일기의 행동에 의아심을 가진 소문이었지만 생각은 오래가지 않았다. 검은 천을 뒤집어씌운 당일기가 아무런 소리도 기척도 없이 소문의 전신을 난타(亂打)하기 시작한 것이다. 조금 전에 당소희의 매질이 솜방망이라면 당일기의 매질은 쇠몽둥이였다. 온몸 구석

구석 가리는 곳 없이 전신을 강타하는 그의 손속엔 거침이 없었다.

"크악! 으악!"

당일기의 손이 움직일 때마다 소문은 처절한 비명을 내질렀다. 얼마를 그렇게 맞았을까? 잠시 매질이 멈추는가 싶더니 다시 이어졌다. 그렇게 멈추었다 다시 매질을 하기를 수차례, 소문의 입에선 이제 신음성도 나오지 않았다. 무려 반 시진이나 계속된 당일기의 매질이 멈춘 것은 결국 소문이 정신을 잃은 다음이었다. 당일기는 소문에게 씌웠던 천을 벗기고 준비해 놓은 물을 뿌렸다.

"크으……"

비명인지 신음성인지 모를 이상한 소리를 지르며 정신을 차린 소문의 얼굴은 차마 볼 수 없을 정도로 엉망이 되어 있었다.

"이런, 내가 얼굴은 피한다고 했지만 그게 잘 안 된 모양이군, 쯧쯧쯧. 그래, 이제 말을 해볼 의향이 생기는가?"

당일기는 소문의 이마에서 흐르는 피를 닦아내며 안쓰럽다는 듯 말을 했다.

"도, 도대체… 나에게 원하는 마, 말이 무엇인… 가?"

소문의 입에 귀를 댄 당일기만이 알아들을 수 있는 목소리가 형편없이 터져 버린 입술에서 새어 나오고, 당일기는 회심의 미소를 지었다.

"오! 이제 말을 할 의향이 생기는 모양이군. 내가 원하는 것은 도대체 자네가 누구인가 하는 점이네. 어떤가 말을 해주겠는가?"

"나, 나는 장백산에서 정혼녀를 만나기 위해 중원에 온 을지소문이오. 물론 약간의 착… 오가 있기는 했지만 당신들이 말하는 첩자가 아니오."

"닥쳐라! 네놈이 아직도 정신을 차리지 못했구나!"

정혼녀(定婚女) 87

차마 악독한 할아버지에게 속았다는 말은 하지 못하고 그저 자신의 착각이라 말을 한 소문이었지만 듣고 있는 당소희나 당일기에는 씨도 먹히지 않는 소리였다. 소문의 말이 끝나기도 전에 발끈한 당소희는 당일기가 미처 만류할 사이도 없이 매질을 시작했다.

퍽! 퍽!

어차피 죄의 추궁은 시작됐고 당소희의 성격도 익히 알고 있는 당일기인지라 조금 전처럼 만류도 하지 않았다. 한참이 지나 당소희가 제풀에 지쳐 들고 있던 몽둥이를 바닥에 던질 때까지 매질은 계속됐다. 소문은 그녀의 매질이 끝나기도 전에 이미 정신을 잃은 상태였다.

촤악!

또 한 번 물이 뿌려지고 눈을 떠도 이미 정상이 아닌 소문이 정신을 차렸다.

"그러게 거짓을 말하지 말고 진실을 말하라 하지 않았나."

"나, 나는 으… 을지소… 문일 뿐 그 누구도 아… 니다……."

"……."

당일기의 얼굴이 다시 한 번 굳어졌지만 소문의 말은 계속됐다.

"비, 비러머글 영감탱이… 하… 할 짓이 없어 사기를… 크크크… 하긴 정혼녀라는 말에 좋… 다구나 하고 당한 내가 바보지……."

"뭐라 지껄이는 것이냐?"

"눈을 가리고 두들겨 팬다… 아주 좋더군. 겁도 나고 말이야. 좋은 걸 배웠어. 크크크!"

당소희의 외침에 약간은 정신이 돌아온 듯 아까보다는 또렷한 발음으로 말을 한 소문은 당일기를 바라보았다

"훗, 그래? 여유가 있어서 좋구먼. 하지만 아직 시작도 하지 않았는

데 벌써부터 감탄을 하기는 이르지."

당일기는 싸늘한 웃음을 지으며 소문의 손목을 잡아갔다. 그리고 또 한 번 소문의 고통은 시작되었다.

"하나!"

"크악!"

"둘!"

"크윽!"

숫자를 세는 당일기와 그에 발맞추어 소문의 비명이 들려오고 그들의 발 밑으로 이제 막 뽑혀져 나온 손톱이 나뒹굴었다.

"인간의 몸은 말이지, 참으로 신기하단 말이야. 칼로 난자(亂刺)를 당하는 것보다 이렇게 조그마한 것이 다치는 것을 더 고통스러워하니 말이야."

"크으윽!"

"게다가 이렇게 몇 가지를 더 첨부하면 효과가 더욱 좋아진다더군."

부드러운 웃음을 지은 당일기가 소문에게 보여준 것은 소금이었다. 바가지에 하나 가득 들어 있는 소금을 본 소문은 그게 무슨 의미인지 곧바로 알게 되었다.

"으아악!"

지금까지의 어떤 소리보다 큰 비명을 지른 소문은 바가지에서 손을 빼려고 발버둥쳤지만 묶여 있는 그로서는 헛된 발악이었다. 소문의 손을 바가지에 들이밀고 있는 당일기의 얼굴에 어떤 표정도 나타나지 않았다. 그건 옆에서 보고 있는 당소희 또한 마찬가지였는데 그녀는 소문의 고통을 너무나 당연시하는 얼굴로 바라보다 한마디를 툭 내던졌다.

"흥, 빌어도 당치 않을 놈이 감히 어디서 여유를 부리는 것이더냐! 건방진 놈 같으니라고."

말투마다 하나 가득 들어 있는 비웃음에 어디서 그런 힘이 났는지 고개를 숙이며 고통의 비명을 지르던 소문이 고개를 번쩍 들었다.

"크윽! 빌어먹을… 좋다. 그래, 아무리 내가 실수를 했다지만 어찌 사람을 이리 대할 수 있단 말이냐? 크크크! 패천궁의 첩자? 네 연놈들은 모르겠지만 그들과 나는 이미 처절한 싸움을 벌인 사이거늘… 크크크, 암왕이라는 영감은 이렇지 않았는데… 그 자손은 정말 멍청하고 독한 인간들만 있었구나……. 크크크! 좋아, 네 연놈들 마음대로 해보거라. 하하하!"

"암왕? 할아버지를 말하는 것이더냐?"

소문의 입에서 암왕이라는 말이 나오자 잠시 흠칫한 당소희가 반문을 했다.

"네년의 할아버지가 암왕이 아니더냐?"

"네놈이 할아버지를 어찌 아는 것이더냐?"

"흐흐흐, 그분과 나는 목숨을 걸고 같이 싸웠던 적이 있다. 물론 네년은 믿지 않겠지만!"

"당연히! 네놈이 정혼자라 칭한 것도 모자라 이제는 할아버지까지 끌어들이려 하다니 너 같은 놈에겐 조금의 아량도 베풀 가치가 없다!"

싸늘한 당소희의 말에 잠시 중단되었던 당일기의 고문이 다시 이어졌다.

더 이상의 비명은 없었다. 이미 감각도 없었지만 더 이상 비참한 꼴을 보이기 싫었던 소문인지라 이를 악물고 튀어나오려는 신음성을 목구멍 깊숙이 밀어 넣었다.

당일기의 수법은 점점 잔인하고 차마 눈 뜨고 볼 수 없을 정도로 심하게 그 강도를 더해가고 있었다. 이미 소문의 양쪽 팔과 손가락은 모두 부러지고 몸 곳곳에 난자된 상처에는 조금의 틈도 없이 소금이 채워져 있었다. 그럼에도 소문의 입에서는 아무런 소리도 나오지 않았다. 그저 자신을 괴롭히고 있는 당일기를 바라보며 웃고 있을 뿐이었다.
 '지독한 놈, 이쯤 했으면 무슨 말이라도 하련만⋯⋯.'
 무심한 소문의 눈을 보며 소름이 끼친 당일기는 약간 당황했다. 사실 말은 그럴듯하게 했지만 그가 알고 있는 고문(拷問)의 수법은 그다지 많지 않았다. 그리고 이제는 더 이상 사용할 수법이 남아 있지 않았건만 소문에겐 도무지 통할 것 같지가 않았다.
 '오냐. 네놈이 이기나 네가 이기나 어디 한번 해보자.'
 안색을 잔뜩 찌푸린 당일기는 밀실에서 나가더니 잠시 후 조그만 병 하나를 들고 왔다.
 "아저씨, 그건!"
 당일기가 들고 온 병이 무엇인지 알고 있는 듯 당소희는 자신도 모르게 당일기를 불렀다.
 "흥, 어쩔 수 없구나. 나도 이것까진 사용하기 싫었지만 저놈이 저리 완강하게 버티니 어쩌겠느냐."
 놀란 눈으로 자신을 바라보는 당소희를 비껴서 당일기는 소문에게 다가갔다.
 "소희에게도 말을 했지만 난 이것을 사용할 마음이 없었다. 하지만 네가 이리 버티니 이제 나도 어쩔 수 없다."
 당일기가 병을 기울여 보여준 것은 소문이 처음 보는 자그마한 벌레였다. 연한 나뭇잎 색을 띠고 있는 그 벌레는 조금의 미동도 없었다.

"네놈에게 이 녀석의 이름까지 알려줄 건 없겠지. 다만 이 녀석이 얼마나 대단한지는 간단하게 설명해 주마. 나는 이제 이것을 네 입속에 집어넣을 것이다. 그러면 정확하게 두 시진이 지나 네 스스로 몸에 어떤 이상이 있는지 알게 될 것이다. 처음엔 아무런 이상도 고통도 없지만 두 시진이 지나면 네 몸속에 있는 영양분을 먹고 알을 낳은 녀석의 새끼들이 부화(孵化)하여 움직일 터. 그놈들에게 서서히 몸이 갉아먹힐 것이다. 그 고통은 이루 헤아릴 수가 없는 것. 그렇다고 빨리 죽는 것도 아니라 그런 고통이 삼 일 밤낮은 계속될 것이다. 너무나 잔인하고 지독한 수법이기에 절대로 사용해서는 안 되는 방법이지만 가문의 존망(存亡)이 달린 일이라 어쩔 수가 없다. 중요한 것은 이놈을 한번 집어넣으면 다시는 꺼내기가 불가능하다는 것이다. 다만 우리가 네게 해줄 수 있는 것은 편안한 죽음뿐이다. 지금이라도 늦지 않았으니 솔직히 말을 하거라."

약간은 진심이 깃든 당일기의 말에도 소문은 코웃음을 쳤다.

"크크, 고양이가 쥐 생각을 하는구나. 난 쥐가 아니니 고양이의 말은 들을 필요도 없겠지. 어차피 네놈들 손에서 살 수 있다는 생각을 한 내가 아니다. 벌레보다 못한 네놈들보다는 차라리 벌레에게 죽고 말겠다. 헛소리하지 말고 먹이든 말든 마음대로 해라!"

"흠, 어쩔 수 없지. 그리 말을 했건만 이건 네가 자초한 것이니 날 원망하지 말아라!"

당일기는 한쪽 손에 장갑을 끼더니 병 속에 들어 있던 벌레를 잡아들었다. 벌레는 당일기의 손에 잡혔어도 전혀 움직이지 않았다.

"으헛!"

한 발 두 발 조심스럽게 소문에게 다가가던 당일기는 갑작스럽게 자신에게 달려드는 무언가에 깜짝 놀라 잡고 있던 벌레를 놓치곤 뒷걸음질쳤다.

"면피야!"

소문은 언제 쓰러져 있었냐는 듯 당일기에게 매섭게 달려드는 철면피를 보고 너무나 반가운 마음에 소리를 질렀다. 그러나 반가운 마음만큼 상황은 좋지 않았다. 날개를 다쳤는지 제대로 날지도 움직이지도 못하고 마치 닭과 같은 움직임으로 당일기를 공격하는 철면피의 모습은 너무나 처절했다.

"감히 미물 따위가!"

무공이 약한 당일기가 순간적으로 당황하여 어쩔 줄을 몰라 하자 옆에 서 있던 당소희가 앞으로 나섰다. 아무리 하늘의 제왕이고 보통의 새와는 다른 힘을 지니고 있다 하더라도 많은 약을 먹은 철면피는 한낱 매에 불과했다. 사람에게, 그것도 당소희처럼 무공을 익히 무인에게 덤빈다는 것은 애초에 무리였다.

꾸루룩!

당소희가 아무렇게나 펼친 일장에 소문이 묶여 있는 벽에 내쳐진 철면피는 제대로 움직이지 못했다.

"면… 피야……!"

어디를 다쳤는지 온몸이 피로 물든 철면피는 악착같이 움직이고 있었다. 그러나 안타깝게도 철면피는 이미 전투력을 상실한 상태였다.

"이놈의 새가!"

어느새 다가온 당일기는 바동거리는 철면피의 목을 밟더니 처음 잡힐 때 다친 날개를 분질러 버렸다.

우두둑!

듣기에도 끔찍한 소리가 울려 퍼지고 고통에 몸부림치는 철면피는 뭐라 소리를 지르는 듯했지만 그나마 목이 밟혀 있어 밖으로 흘러나오지도 않았다.

"어디 다시 한 번 덤벼보거라."

우두둑!

악에 받친 당일기는 그나마 성한 다른 날개마저 분질러 버렸다. 너무나 힘없이 부러진 날개는 밑으로 축 처져 버리고 철면피도 더 이상 움직이지 않았다. 다만 간간이 가슴께가 부풀어 오르는 것을 보니 아직은 살아 있는 모양이었다.

"그만! 그만 해라!"

첫 번째 날개가 부러질 때 이미 외치기 시작한 소문의 말은 두 번째 날개마저 부러지자 거의 비명에 가깝게 변해 버렸다.

"그만 해라! 더 이상 면피를 괴롭히지 마라!"

"호오, 주인과 새의 정리(情理)가 이리 각별할 줄이야! 하지만 내가 네놈의 말을 왜 들어야 하는 것이더냐?"

순간 소문의 약점을 파악한 당일기는 발을 뻗어 죽은 듯이 쓰러져 있는 철면피의 날개를 지그시 밟아버렸다. 순간 축 늘어져 있던 철면피가 고통에 몸부림쳤지만 그건 당일기의 발 아래에서 꿈틀거림에 불과할 뿐이었다.

"그만 해라! 네놈들이 원하는 것은 다 해줄 테니 이제 그만 괴롭혀라!"

어느새 소문의 말투는 사정조에 가까웠다. 득의에 미소를 지은 당일기는 철면피를 밟았던 발을 거두고 다시 부드러운 얼굴과 음성으로 소문을 대했다.

"허허, 진작에 그랬으면 이런 고통과 새가 다치는 일은 없었을 것을. 아무튼 지금에라도 말을 하겠다니 다행이네."

"……"

소문은 물끄러미 당일기를 노려보았다.

"험험, 그래, 말을 해보거나."

"그럴 것 없이 네놈들이 궁금한 것을 물어보거라."

"그래? 그것도 좋겠지. 그래, 너는 패천궁에서 온 것이냐?"

"그렇다고 해두지."

"흠, 무엇 때문에 당가에 침입한 것이더냐?"

"훗, 뻔한 것 아니더냐? 당가를 치기 위해서 그런 것이지."

"감히 네놈들이!"

갑자기 옆에서 듣고 있던 당소희가 당가를 친다는 말에 발끈하여 뭐라 말을 하려 했지만 참으라는 당일기의 눈빛에 입술을 부르르 떨며 뒤로 물러났다. 당소희가 물러나자 당일기의 질문은 계속되었고 그때마다 소문은 아무 생각 없이 입에서 나오는 대로 지껄였다.

"흠, 상황이 아주 안 좋군. 역시 예상대로 놈들이 가까이 왔구나. 빨리 가주님께 말씀드려야겠다."

잠시 후 모든 질문이 끝났는지 당일기는 낭소희를 바라보며 만족스런 웃음과 약간은 긴장한 표정을 동시에 나타내며 말을 했다. 그리곤 고개를 돌려 소문을 바라보았다.

"너를 어찌 처분할지는 가주님께서 결정하실 것이다. 아마도 살아남지 못하겠지만 그때까지는 편하게 해주마."

"아저씨!"

"괜찮다. 저런 몸으로 무얼 하겠느냐? 그리고 이곳은 따로 지킬 사람이 있으니 너무 염려하지 말고 너는 나와 가주님께 가도록 하자꾸나. 빨리 이 소식을 알려야겠다."

당소희의 만류에도 당일기는 소문을 결박하고 있던 자물쇠와 쇠사슬을 풀어주었다.

털썩!

자신을 지탱해 주던 자물쇠가 풀리자 소문은 그 자리에서 주저앉아 버렸다. 그리곤 천천히 기기 시작했다. 마음이야 반 장도 안 되는 곳에서 간간이 움직이고 있는 철면피에게 어떻게든지 빨리 가고 싶었지만 몸이 말을 듣지 않았다. 간신히 몸을 움직여 철면피에게 다가가는 순간 당소희의 싸늘한 음성이 들렸다.

"흥, 내 손을 이리 만든 놈을 내 가만히 놔둘 줄 알았더냐?"

"안 돼!"

소문의 만류에도 불구하고 당소희의 발은 멈추어지지 않았다.

"아저씨는 네놈을 그냥 놔두라고 했지만 나는 그렇게 못하겠다."

당소희는 싸늘히 웃으며 축 늘어진 철면피의 몸을 지그시 밟아갔다.

"그만 해라!"

소문이 다급히 외쳤지만 당소희는 눈 하나 깜짝이지 않았다.

"내가 왜 네놈 말을 들어야 하지?"

"그, 그건……."

당소희는 철면피를 밟은 발에 조금의 힘을 더 가하며 소문을 바라보았다.

"말해 보거라, 내가 왜 네놈의 말을 들어줘야 하는지."

"그, 그만두시오. 부탁이오. 제발……."

마침내 소문은 당소희에게 고개를 숙이며 사정을 했다. 자신의 자존심도, 치밀어 오르는 분노도 중요했지만 철면피의 목숨은 그 무엇보다 우선이었다.
　"흠, 네놈이 그렇게까지 말을 한다면."
　만족한 미소를 지은 당소희가 천천히 발을 떼었다.
　"고, 고맙소!"
　소문이 다시 한 번 머리를 숙이며 인사를 하는 동안 그는 똑똑하게 볼 수 있었다. 뒤로 물러서는 듯한 당소희의 발이 물러나는 속도보다 수십 배는 빠르게 앞으로 되돌아왔다.
　"안 돼!"
　퍼억!
　공력이 가득 담긴 당소희의 발길질은 소문의 마음과는 다르게 너무나 쉽게 철면피의 목숨을 앗아가 버렸다. 한쪽 벽에 날아가 부딪친 철면피의 몸은 말 그대로 피떡이 돼버렸다.
　"며, 면피야!"
　"다시 한 번 말하지만 네놈 따위의 말을 내가 왜 들어주어야 하는 것이더냐?"
　한 번의 발길질로 철면피를 절명(絶命)시킨 당소희는 그것으로 그치지 않았다.
　"아저씨, 저놈의 발톱을 뽑아오세요. 날카로운 것이 제법 쓸 만하겠군요."
　당소희는 덤벼드는 철면피를 격퇴(擊退)시키는 순간에 입은 손등의 상처를 바라보며 싸늘하게 외쳤다. 그런 그녀의 손등에는 세 줄기 상흔(傷痕)이 날카롭게 패어 있었다.

"흠, 알았다."

당일기 또한 철면피의 발톱으로 인해 목에 깊은 상처를 입은지라 그다지 망설이지 않고 피떡이 된 철면피에게 다가가 양쪽 발목을 잘라 들고는 당소희에게 걸어왔다.

"네 말대로 제법 괜찮은 물건이 되겠다. 내가 잘 다듬어서 돌려주마. 이제 가주님께 가자꾸나. 너무 늦었다."

당소희와 당일기는 바닥에 누워 꼼짝하지 않는 소문에겐 눈길조차 주지 않고 밀실을 빠져나갔다.

철면피의 죽음을 본 소문의 머리 속은 백지 상태가 되어 있었다. 그 어떤 것도 보이지 않았고 소리도 들리지 않았다. 그저 아주 어렸을 적 자신과 장백산을 헤집고 다녔던 철면피의 늠름한 모습만이 맴돌고 있었다.

'면피야……'

"이놈의 비둘기새끼가 감히 누굴 노려보고 있어! 간덩이가 부리 밖으로 튀어나왔나. 헤헤! 암튼 횡재했네. 금식이 풀리는 오늘 저녁에 오랜만에 포식이나 하라는 하늘의 선물이로구나. 하하하! 하늘도 나의 이 불쌍한 처지를 헤아리고 있었구나!"

"두 가지 제안을 하마. 굶을래? 살릴래?"

"예? 무슨 말씀이신지?"

"귀까지 처먹었느냐? 한… 보름 정도 굶을래… 아님 이 해동청을 살릴래?"

"오늘부터 네 이름은 '철면(鐵面)피' 야. 어때, 근사하지? 느낌이 오잖아. 지난번에 널 처음 봤을 때 강철 같은 얼굴에서 피가 흐르는 게 기억나서 지었어. 성은 강인한 철이요, 이름은 얼굴에서 흐르는 피!! 그래서 철면피! 정말 기막히게 지은 것 같지 않아?"

명한 상황에 과거의 일을 떠올리고 있던 소문이 정신을 차리는 데에는 그다지 오랜 시간이 필요하지 않았다. 제대로 움직이지도 않고 조그만 동작에도 전신에 쏟아지는 끔찍한 고통을 느끼면서도 소문은 기어코 철면피의 곁으로 다가갔다. 벽에 부딪친 머리는 그 형체를 알아볼 수 없을 정도로 망가져 버렸고 그나마 성한 몸통에서도 다리는 중간 마디에서 깨끗하게 잘려 있어 차마 말을 할 수 없는 비참한 모습이었다.

"크크크! 꼴좋다. 이놈아, 그러기에 나서길 왜 나서냐? 멍청한 놈 같으니……. 앞뒤 안 가리고 나서면 내가 좋아할 줄 알았냐. 행여나 내 입에서 고맙다는 소릴 기대하는 것은 아니겠지? 나쁜 놈 같으니라고……."

마치 철면피가 앞에 살아 있는 것처럼 실실 웃으며 퉁명스런 말투로 지껄이는 소문의 말과는 달리 눈에선 두 줄기의 눈물이 흘러내리고 있었다. 흘러내리는 눈물을 연신 닦아내며 땅에 흩어진 철면피의 살점들을 모두 모은 소문은 이미 옷이라고도 할 수 없이 찢어지고 자신의 피로 범벅이 된 윗옷을 벗어 힘겹게 모은 철면피의 사체(死體)를 수습했다. 그리곤 철면피를 수습한 옷가지를 품에 안고 한참 동안 아무런 말도 행동도 하지 않았다.

"그렇구나… 너는 결국 죽은 것이구나! 이제 다시는 여행도 사냥도 함께할 수 없는, 넌 그렇게 나만 남겨두고 먼저 떠난 것이구나. 면피야……."

옷가지를 품에 안고 한참을 침묵하던 소문의 입에서 조용하면서도 정감(情感)이 느껴지는 목소리가 잔잔히 흘러나왔다.
"하지만 말이지… 난 죽을 수가 없어. 나마저 죽으면 누가 너의 억울함을 풀어주겠느냐? 살아야지. 이대로 여기서 죽을 수는 없지! 저 쓰레기 같은 인간들을 멀쩡히 놔두고 내가 먼저 죽을 수는 없지. 안 그래, 철면피?"
소문의 말투가 점점 싸늘해지며 전신에선 엄청난 살기가 피어 오르고 있었다. 만약 지금 이 자리에 당일기나 당소희가 있었다면 소문의 눈빛만으로도 심장이 멎고 그 자리에서 죽음을 생각할 정도로 살벌한 기운이었다.
"하지만… 몸이 이러니… 우선은 이곳을 빠져나가는 것이 급선무겠지."
현재 소문의 몸에서 멀쩡한 곳이라고는 두 눈과 귀뿐이었다. 전신은 이미 난도질당하여 소금에 재어진 지 오래고 두 팔은 어깨에서부터 덜렁거리고 있었다. 그나마 무수한 매를 견디고 칼에 상처를 입으면서도 뼈마디는 무사한 두 다리가 소문에겐 유일한 위안이었다.
다리가 부러지지 않았다는 것! 그것은 곧 소문이 걸을 수도 있고 뛸 수도 있다는 것을 의미했다. 다시 말해 이 밀실만 벗어나면 실낱같은 희망이지만 탈출도 가능하다는 말이었다.
"우선은 조금이라도 내공을 모아야 한다. 조금이라도!"
소문은 가장 편한 자세로 몸을 누이고 무위공을 운기하기 시작했다. 상식을 깨는 운기법! 무위공은 그것을 가능케 하는 신공(神功)이었다.
당일기와 당소희에게 그렇게 당하면서도 다행인지 불행인지 그동안 회복해 놓은 내공은 아무런 이상도 없이 단전에 그대로 남아 있었는데 소문이 운기를 시작하자 그것이 바탕이 되어 보다 빨리, 그리고 편하게 내공이 모이기 시작했다.

단 한 번의 운기로 상당한 내공이 모인 것을 느낀 소문은 감았던 눈을 뜨고 몸을 일으켰다.

"아쉽구나! 시간만 좀 더 주어진다면 보다 많은 내공을 되찾으련만……."

몸을 일으킨 소문의 얼굴에 절로 안타까운 빛이 역력했다. 그도 그럴 것이 잠깐의 운기로 어느 정도 내공을 모았다고는 하지만 과거 자신이 지니고 있던 내공엔 차마 견주기가 부끄러운 그런 미약한 수준이었다.

"아니지. 지금 이 상황에서 이 정도의 내공을 모은 것도 어쩌면 기적일 수도 있음이니."

계속해서 운공을 하여 보다 완벽한 내공을 되찾고 싶었지만 시간이 이를 허락하지 않았다. 언제 어느 순간 당소희와 당일기가 들이닥칠지 모르는지라 더 이상 시간을 지체한다는 것은 너무나 큰 모험이었다.

"이제 이곳을 빠져나갈 차례인가?"

그러면서 소문이 바라보고 있는 것은 자신을 묶었던 쇠사슬이었다.

"흠, 그렇단 말이지. 역시 예상이 빗나가지 않았구나!"

당일기의 보고를 받은 당문천의 입에서 절로 신음성이 흘러나왔다.

"시간이 많지 않은 것 같습니다. 일을 조금 서두르심이……."

설명 도중 당문천을 바라본 당일기는 약간은 흥분된 어조로 말을 이어갔다.

"첩자의 말로는 이미 저들이 성도 근처에 머무르고 있다 합니다. 하지만 그자도 공격이 언제 시작되는지는 모르고 있어 적의 공격을 예측하기가 쉽지 않습니다."

"음……."

잠시 침묵을 지키던 당문천은 식솔들을 안전한 곳으로 대피시키고 이제 막 세가로 돌아온 당문영에게 눈을 돌렸다.

"얘기는 들었을 테니 알 것이고, 자네 생각은 어떤가?"

당문천의 질문을 받은 당문영은 심각한 얼굴로 조심스레 입을 열었다.

"그 첩자의 말이 사실이라면 최대한 서둘러 성도를 떠나야 할 것입니다. 그렇지 않아도 팽산 인근의 의원에 부상당한 많은 무인들이 모여 있다는 보고가 계속 들어오고 있었습니다. 정황을 살펴볼 때 다른 문파를 치다가 부상을 당한 자들로 생각됩니다. 일단 부상당한 자들은 의원에 맡겨 치료를 하고 나머지 인원들이 세가를 치기 위해 준비를 하는 듯합니다. 팽산 인근이라면 말 그대로 이곳에서 지척입니다. 그자가 세가에 그렇게 무리하여 잠입(潛入)한 것도 공격의 시점을 잡기 위한 정탐(偵探)이라 생각됩니다. 소희의 말로는 그자를 철저하게 감시했다고는 하지만 그 정도의 감시망(監視網)으론 저들이 보내는 소식을 차단할 수는 없습니다. 세가의 누구도 모르게 많은 정보들을 파악했을 것이고, 모르긴 몰라도 세가의 자세한 동향(動向)이 적에게 알려졌을 것입니다. 게다가 적들은 이미 자신들이 보낸 첩자가 저희에게 발각된 것도 눈치 채고 있을 것입니다."

"그건 무슨 말씀이신지요?"

못마땅한 얼굴로 듣고 있던 당소희가 퉁명스레 질문을 하였다.

"흠, 네가 아직 경험이 부족하여 첩자들의 행동 양식을 잘 모르겠지만 첩자는 정해진 시간에 무슨 수를 쓰더라도 반드시 연락을 취하도록 되어 있다. 만일 두 번 이상 정해진 시간이 지나도록 연락이 취해지지 않으면 첩자를 보낸 자들은 자신들이 보낸 첩자의 정체가 드러난 것으로 간주한다. 그리고 그 이후엔 연락이 오더라도 그 정보가 제대로 된 것이든 아니든 가리지 않고 철저히 무시한다. 역정보(逆情報)를 미연에 방지하겠다는 그들만의 자구책(自求策)이라 할 수 있는 것이지. 말을 들어보니 그자를 포박(捕縛)한 지 꽤 시간이 흘렀다고 하니 그를 보낸 자들도 그 사실을 알 수 있을 것이다."

당문영은 당소희에게 주었던 시선을 거두고 한층 더 진중한 목소리로 말을 했다.

"아무튼 지금이 가장 위험한 순간입니다. 저들도 이미 저희가 세가를 등지고 떠날 것을 예상하고 있을 것이고 이미 확인했을 것입니다. 파견(派遣)한 첩자가 발각된 사실을 안 이상 저들이 머뭇거릴 이유가 없습니다. 어쩌면 이미 공격이 시작되고 있는지도 모릅니다."

"그렇다면 자네의 생각은?"

"바로 떠나야 합니다. 최대한 빨리!"

당문영은 단호하게 말을 했다.

"나 또한 아우와 같은 생각을 하고 있었네. 저들의 의도가 드러난 이상 머뭇거릴 이유가 없겠지. 자네는 즉시 정도맹으로 떠날 준비를 하게. 서둘러야 할 것이네."

"알겠습니다."

대답을 한 당문영은 서둘러 방을 빠져나갔다.

"그놈은 어떻게 처리할 생각이신가요?"

"응?"

정혼녀(定婚女) 103

"그놈 말입니다. 밀실에 갇혀 있는 첩자."

당소희의 냉랭한 말에 당문천은 슬쩍 당일기를 바라보았다. 소문의 상태를 알고 싶다는 무언(無言)의 표현이었다.

"그대로 놔두면 며칠 못 가 목숨을 잃을 것입니다. 하지만 세가가 비워지고 적들이 온다면 그를 살리는 게 불가능한 일만은 아닐 것입니다."

"저와 당가를 농락한 놈입니다!"

당소희는 이글거리는 눈빛으로 당문천을 바라보았다.

"흠, 알았다. 그 문제는 집법당주와 네가 알아서 처리하도록 해라."

"알겠습니다."

그 말의 의미가 어떤 것인지 잘 알고 있는 당소희와 당일기는 대답과 동시에 방을 나섰다.

'네놈이 나를 우롱한 대가가 어떤 것이지 보여주마!'

하는 일이 일이니만큼 약간은 외진 곳에 위치한 집법당으로 걸어가는 당소희의 얼굴엔 싸늘한 웃음과 함께 살기가 물씬 풍겨났다.

"그사이 죽지는 않았는지 모르겠군요."

"그럴 수도 있겠지. 상처가 심해 피를 많이 흘렸으니. 하지만 아직은 살아 있을 것이다."

'어쩌면 죽는 것이 그놈에겐 편할 수도 있겠지.'

당일기는 앞서 걸어가는 당소희를 보며 고개를 절레절레 흔들었다. 자신도 독하기로 세가에서 유명하지만 평소엔 흠잡을 데 없는 성품의 당소희가 한번 화가 나면 그 누구도 따를 자가 없이 독랄해진다는 말이 정녕 사실인 모양이었다. 자신은 이미 그녀의 상대가 아니었다.

"이런!"

앞서 집법당으로 들어갔던 당소희의 외마디 소리가 들리자 깜짝 놀란 당일기도 서둘러 안으로 들어갔다. 언뜻 보기에 별다른 이상은 없었다. 하지만 첩자를 가두어두었던 밀실의 문이 활짝 열려 있고 출입문을 지키고 있던 제자들이 쓰러져 있는 것이 보였다.

쓰러져 있는 제자들의 상태는 실로 처참했다. 한 명은 목이 부러져 즉사한 모양이었고 다른 한 명은 얼굴에 심한 상처를 입고 신음성을 내고 있었다.

"어찌 된 것이냐?"

당소희에게 그들이 쓰러지고 생명이 경각(頃刻)에 달린 것은 중요한 것이 아니었다. 자신을 농락하고 고운 손에 상처까지 입힌―물론 소문이 그런 것은 아니지만―첩자 놈이 도망을 친 것이었다.

당소희의 외침에 간신히 정신을 차린 한 사내가 그들에게 일어난 일을 떠듬떠듬 설명하기 시작했다.

'문제는 내가 얼마나 버티느냐다.'

소문은 결정을 내렸다. 그가 탈출을 하기 위해서는 무엇보다도 밀실의 문이 열려야 했다. 그런 후에야 싸우든 도망을 치든 할 텐데 밀실의 문을 여는 뾰족한 방법이 있을 리가 없었다. 결국 소문이 택한 것은 목숨을 건 일종의 도박(賭博)이었다.

성치도 않은 몸을 이끌고 자신을 묶었던 쇠사슬을, 밀실에 놓여 있는 의자로는 어림도 없는 높이의 천장 기둥에 묶는 것부터 소문에겐 고역이었다. 거의 사용할 수 없는 팔을 대신해 입으로 쇠사슬을 물고 그나마 양호한 다리의 도약력(跳躍力)을 이용하여 쇠사슬을 걸고자 노력했다. 그때마다 덜렁거리는 팔에 밀려오는 고통에 이를 악물면서도 소문은 결국 몇 번의 실패 끝에 간신히 기둥에서 튀어나온 모서리에 쇠사슬을 고정시키고 늘어뜨릴 수 있었다. 그리고 의자에 올라 위에서 내려온 쇠사슬에 목을 집어넣었다.

'과연 내가 버틸 수 있을 것인가? 버틴다고 치자. 이 몸으로 그들을 제압할 수 있을까?'

여전히 축 늘어져 있는 자신의 팔과 만신창이가 된 몸을 보는 소문의 눈에서 초조한 빛이 흘러나왔다.

'반드시 해야 한다! 이 길만이 내가 이곳을 벗어나고 면피의, 나의 복수를 할 수 있는 길이다. 반드시!'

마음의 결심을 굳힌 소문은 최대한 크게 소리를 질렀다.

"당소희! 당일기! 이 더러운 연놈들아! 너희들에게 죽느니 차라리 스스로 목숨을 끊고 말겠다. 하지만 명심하여라! 내 비록 여기서 죽을지는 모르나 귀신(鬼神)이 되어서라도 반드시 너희 연놈들의 목숨은 가져가리라! 크하하하!"

'면피야! 나를 도와주거라!'

소문은 자신을 받치고 있던 의자를 걷어차 버렸다.

우당탕!

의자는 굳게 닫혀 있던 밀실의 문을 두들기고 쓰러졌다.

"응? 이게 무슨 소란가?"

"놔두게. 저놈이 고통에 못 이겨 소리를 지르는 것 아닌가?"

당일기의 명을 받아 밀실을 지키던 두 명의 사내는 한참 동안 당문에 닥친 위기에 대해 심각하게 얘기를 하다 갑자기 들려오는 소리에 의아해했다.

"흠, 하지만 밀실을 나가시던 소희 아가씨가 우리에게 하신 말씀을 자네도 듣지 않았나. 저놈의 목숨은 아가씨 것이라고. 혹여 저놈이 문에 머리라도 들이박고 죽어버리면 우리만 죽어나는 것이네. 어쩌면 소희 아가씨의 분노가 우리에게 고스란히 돌아올지도 모르지."

"하긴 자네의 말이 맞네. 그건 생각만 해도 끔찍한 일이지."

당소희가 자신들에게 당부한 말을 떠올린 그들은 당황한 표정을 지으며 문으로 다가갔다. 하지만 곧바로 밀실의 문을 연 것은 아니었다. 우선 문의 상부(上部)에 위치해 있는 조그만 관찰창(觀察窓)을 열고 안을 살펴보았다.

"뭔가 보이는가?"

"가만있어 보게. 아직 어두워서 아무것도 보이지 않네. 이런!"

"왜 그러는가?"

안을 살펴보던 사내가 화급히 눈을 떼고 말을 했다.

"저, 저놈이 목을 맸네."

"뭐라고? 그게 사실인가?"

질문을 하면서 관찰창을 살펴보던 사내 또한 짧은 신음성을 내뱉었다. 어두워서 잘 보이지는 않았지만 구석에 조용히 처박혀 신음해야 할 놈이 쇠사슬로 목을 매고 공중에 대롱대롱 매달려 있는 것이 아닌가?

"어서 문을 열고 서놈을 살리세! 저 미친놈이 누굴 잡으려고!"

앞서 밀실을 살핀 사내가 허겁지겁 밀실의 문을 열려고 했다. 하지만 그의 그런 행동은 동료의 제지로 멈출 수밖에 없었다.

"잠깐만 기다리게. 어쩌면 저놈이 수작을 부리는 것일지도 모르는 일이지 않는가?"

"그런 말도 안 되는 소리를! 자네도 저놈이 얼마나 심하게 당하는지

정혼녀(定婚女) 107

보지 않았나? 저놈은 지금 고통에 못 이겨 스스로 목숨을 끊으려 하는 것이네."

"하지만 만약 이게 저놈의 수작이라면 저놈이 죽어 나가는 것보다 우린 더 큰 문책(問責)을 당할 수 있으니 잠시만 기다리게."

"하, 하지만……."

동료를 말린 사내는 그의 대답을 기다리지도 않고 밀실을 살피고 있었다. 얼마의 시간이 흘렀을까? 미동도 하지 않던 소문의 몸이 마구 흔들리기 시작했다.

"흐흐흐! 역시 저것 보게. 처음엔 미동도 없다가 우리가 놈의 꾀임에 넘어가지 않자 이제야 살려고 발버둥을 치는구먼. 어리석은 놈! 우리가 네놈의 잔재주 따위에 넘어갈 줄 알았더냐! 어디 그렇게 버텨보거라!"

사내는 소문의 행동을 한껏 비웃었다.

"자네의 말이 맞았네. 휴~ 하마터면… 그런데 저러다 정말 죽는 것이 아닌가?"

"이 친구 참 걱정도! 염려하지 말게. 잠시 후면 죽음을 앞둔 놈의 움직임이 미약해질 것이네. 그때 내려주어도 생명엔 아무런 이상이 없을 것이네."

계속해서 소문의 상태를 살피던 사내는 소문의 움직임이 눈에 띄게 약해지자 회심의 미소를 지었다.

"후후! 이제 되었군. 문을 열게."

끼기깅!

쇠로 된 문 특유의 기분 나쁜 소리를 내며 밀실의 문이 열리고 밀실을 지키던 사내들이 안으로 들어섰다.

"그래도 혹시 모르니 조심하게."

"하하! 걱정하지 말게. 자네 말대로 이놈은 죽기 일보 직전 아닌가? 하하… 끄윽!"

매달린 소문의 몸을 툭툭 건드리며 비웃던 사내의 말은 더 이상 이어지지 않았다. 어느새 사내의 목은 공중에 매달린 소문의 다리 사이에 끼여 있었고, 그걸 느끼는 순간 그의 목은 벌써 꺾여 부러지고 말았다. 절명이었다.

"저, 저……!"

순식간에 벌어진 일에 그저 입을 딱 벌리고 지켜볼 수밖에 없던 사내는 당황한 몸짓을 하며 뒤로 물러섰다. 목이 부러진 사내가 쓰러지기 전에 그를 받침대로 하여 쇠사슬에서 목을 뺀 소문은 바닥에 내려오자마자 뒤로 물러선 사내에게 달려들었다. 사내는 무기도 있었고 소문처럼 다치지도 않은 건강한 몸을 지니고 있었지만, 지금 소문이 발하는 살기에 압도당하여 그가 할 수 있는 것이라고는 맹수같이 달려드는 소문을 멍하니 바라보는 것뿐이었다.

"크악!"

소문이 달려가는 힘을 이용해 그의 얼굴을 머리로 들이받아 버리자 밀실을 울리는 비명이 들리고 사내는 얼굴을 붙잡고 그 자리에 쓰러졌다. 그것으로 끝이 아니었다. 몇 번의 발길질이 이어지고 사내의 움직임이 멈추고 나서야 소문은 움직임을 멈췄다.

"캑캑!"

허리를 굽히고 거칠게 숨을 쉬는 소문의 얼굴에 고통의 빛이 가득했다.

"빌어먹을 놈들."

자신이 버틸 수 있는 한계점에 도달했을 때 비로소 밀실의 문이 열리고 자신을 감시하던 사내들이 들어온 것이다. 단 한 번의 기회를 멋지게 성공시킨 소문의 얼굴에 안도의 빛이 흘렀다.
"조금만 더 지체했으면 꼼짝없이 죽을 뻔했구나! 하지만 지금부터 시작이겠지. 사느냐 죽느냐는 모두 나의 의지에 달린 것이다."
자신을 감추어주는 적절한 도구가 될 어둠을 향하여 소문은 지체없이 밀실을 벗어났다.

"이, 이런 멍청한 놈들! 네놈들이 그러고도 당가의 무인이란 말이더냐!"
사내로부터 대충의 사정 얘기를 들은 당소희는 그가 생명이 위독하다는 사실도 잊고 호통을 쳤다.
"그만 하여라. 중한 상처를 입었다."
"하지만 그런 단순한 속임수에 넘어가는 이런 놈들은 살아 있을 가치가 없습니다!"
"우선은 도망가는 그놈을 잡는 것이 중요하지 않더냐? 네가 우선 놈을 추격하거라. 나는 가주께 이 사실을 알리고 세가의 무인들과 뒤를 따르마."
"알겠습니다. 어차피 그런 몸을 하고 도망을 해봐야 독 안에 든 쥐지요."
살기로 가득 찬 눈을 번뜩이던 당소희는 소문이 도망친 흔적을 찾고는 그대로 몸을 날렸다.

'제기랄! 어디가 어딘지 알 수가 없으니…….'

당가를 벗어난 소문은 미친 듯이 달리고 있었다. 혹시 몰라 인적이 없는 산길을 택해 도망을 치는 그의 몰골은 말이 아니었다. 지리(地理)에 어두워 산에서 헤매는 것은 둘째 치고, 다른 곳에 비해 다리만큼은 성하기에 비록 조금이지만 단전에 모인 내공을 이용해 충분히 출행랑을 펼 수 있을 것이라 생각했다. 하지만 그건 소문의 절대적인 오산(誤算)이었다. 경공이라는 것이 그저 두 다리로 달리기만 하면 되는 것처럼 보이지만 몸의 균형 상태와 적절히 조화가 되었을 때 비로소 최상의 자세가 나오고 제대로 된 경공을 펼칠 수 있는 것이다. 그런데 난자당한 몸 상태는 고사하고 덜렁거리는 두 팔은 소문이 속력을 내는 것에 지장을 줄 뿐만 아니라 조금이라도 빠르게 뛸라치면 전신에 밀려오는 그 고통이 이루 말할 수 없을 정도였으니 그저 답답할 뿐이었다.

'이만하면 제법 오랜 시간을 달려온 것 같은데……'

최소 몇백 년은 묵었을 것 같은 나무 아래 자리를 잡고 앉은 소문은 흩어진 숨을 고르고자 했다. 그러나 그에겐 그럴 여유조차 생기지 않았다.

'응?'

비록 몸 상태가 정상은 아니었지만 늑대들과 싸우며 익힌 감각(感覺)만큼은 그대로 남아 있는 소문이었다. 뭔가 끈적끈적한 느낌에 저절로 몸이 반응했다.

'살기!'

은연중 느껴지는 살기에 소문은 바싹 긴장을 하며 살기가 풍겨 나오는 곳을 관찰했다. 아니나 다를까, 지금껏 자신이 도망쳐 온 길로 붉은색 경장을 입은 당소희가 뛰쳐나왔다. 진한 살기를 내뿜으며 나타나는 당소희. 한 손에는 날렵한 검을 들고 사방을 쏘아보는 그녀는 소문에겐 진정 마귀 같은 모습이었는데 어두운 밤과 어울린 그녀의 붉은 옷은 살벌한 그녀의 기운을 더욱 부각시켰다.

'빌어먹을 년! 기어코!'

혹시나 했지만 이렇게 빨리 뒤를 밟힐 줄은 몰랐다.

'제길, 어쩐다… 다른 놈들은 몰라도 저년의 몸에서 풍기는 기운이 예사롭지 않은데.'

최대한 숨을 죽이고 자신의 흔적을 찾는 당소희를 주시하는 소문의 마음은 착잡했다. 철면피를 죽이고 자신을 이런 상황까지 몰아넣은 당사자였다. 무공이 반이라도 회복했다면… 아니, 그 반의 반만이라도 회복했다면 당장 달려들어 자신과 철면피가 당한 만큼 돌려줄 수 있을 텐데… 지금 그의 처지로는 어림도 없는 일이었다.

'이놈의 팔만 멀쩡했어도 죽음을 각오하고 싸웠을 것을…….'

그 와중에도 덜렁거리는 팔을 보며 안타까워하는 소문에게 더욱 절망적인 상황이 벌어졌다.

"아가씨!"

숲의 왼편에서 당소희를 부르는 목소리와 함께 일단의 무리들이 모습을 드러냈다. 저마다 한 손엔 검을 다른 한 손엔 활활 타오르는 횃불을 들고 있었는데 중간에 당일기의 모습도 눈에 띄었다. 소문의 소식을 들은 당문천이 대노하여 파견한 당가의 무인들이었다.

"아직 멀리는 못 갔어요. 틀림없이 이 근처에 있을 것입니다."

헉헉거리며 자신에게 다가오는 당일기에 간단하게 말을 한 당소희는 그를 따라온 세가의 무인들에게 명을 내렸다.

"놈은 이 근처에 있다. 감히 당가를 농락하려 했던 놈이다. 반드시 찾아야 한다. 발견 즉시 머뭇거리지 말고 공격을 해라. 단, 잠깐 동안이라도 목숨은 부지하게 만들어라. 그놈의 숨통을 끊어놓을 사람은 오직 나뿐이다. 그 점을 명심하고… 찾아라!"

듣기에도 소름이 끼치는 당소희의 명령에 당가의 무인들은 사방으로 흩어지기 시작했다.

'힘들게 됐구나. 잠깐이라도 쉬는 게 아니었는데…….'

후회해 본들 때는 늦어버렸다. 이제 그에겐 두 가지 길이 남아 있을 뿐이었다. 하나는 이대로 숨어 있다가 발각되어 죽는 것이고, 다른 하나는 죽을 때 죽더라도 전력을 다해 도주(逃走)하는 것이었다. 선택의 여지는 없었다.

'문제는 출행랑을 얼마나 시전할 수 있느냐, 그리고 몸이 버텨내느냐인데…….'

지금껏 도망 오면서도 가급적 출행랑의 시전을 자제했다. 자신이 지닌 무공 중에서 출행랑이 가장 적은 내공을 필요로 한다지만 지금의 내공으론 그마저도 벅찼기 때문이었다. 하지만 이제 방법이 없었다.

'까짓것! 해보는 거다.'

잠깐의 머뭇거림에 당가의 무인이 어느새 삼 장까지 접근했을 때였다. 몸을 일으킨 소문은 그들의 반대 편으로 달리기 시작했다.

"여기다! 잡아라!"

제일 먼저 소문을 발견한 자는 고래고래 소리를 질러가며 소문을 뒤쫓았다.

'크윽!'

출행랑을 시전했으나 출행랑이 아니었다. 소문이 생각하기엔 굼벵이가 기어가는 듯한 속도에도 온몸이 찢어질 듯 엄청난 고통이 느껴졌다. 비단 부러진 팔뿐만이 아니라 몸에 난 상처들이 일시에 폭발하는 듯했다. 하지만 멈출 수는 없었다.
"으아아아아!!"
 엄청난 고통에도 발을 멈출 수 없었던 소문이 할 수 있는 것이라고는 천지가 떠나가라 비명을 지르는 것뿐이었다. 다행히 출행랑의 속도가 당가에서 파견된 무인들의 경공을 압도한 것은 아니지만 좀처럼 따라잡히지도 않았다. 출행랑을 시전하면서 자연스럽게 일어나는 살기, 더구나 지금은 소문의 고통과 분노가 극에 달해 있었기에 그 위력은 평소에 비견될 바가 아니었다. 아무런 무기도 무공도 없이 달아나는 소문에게는 천만다행한 일이었다. 하지만 그 살기도 단 한 사람에게는 예외였다.
"머저리 같은 놈들!"
 소문의 몸에서 일어나는 살기에 그를 추격하는 무인들이 계속해서 멈칫거리자 분통이 터진 당소희는 누구라 할 것 없이 책망(責望)을 하고는 앞으로 뛰어나갔다. 소문과는 약간 성격이 다른 살기를 내뿜으며 뒤를 쫓는 당소희의 얼굴은 심하게 일그러지고 있었다. 소문의 뒤를 바로 쫓게 되자 왜 세가의 무인들이 멈칫거렸는지 그 이유를 알 수 있었기 때문인데, 하지만 한낱 살기에 두려움을 느끼는 자신에게 더 화가 난 당소희는 이를 악물고 소문을 쫓았다.
'큰일이다!'
 비명을 지르며 그렇게 얼마나 도망을 쳤을까? 더 이상 출행랑을 사용하는 것이 무리라는 신호가 몸 곳곳에서 나타났다. 우선 내공이 바닥을 드러냈고 심하게 움직인 몸은 이미 사람의 몸이 아니었다.
'겨우 탈출에 성공했는데… 안 돼! 조금만, 조금만 더!'
 자신의 몸이 조금만 더 버텨주기를 간절히 바라며 소문은 출행랑을 멈추지 않았다.
 '어리석은 놈! 이 길의 끝은 장강의 지류(支流)로 이어지는 절벽일 뿐이다. 이놈!'
 소문과는 달리 이곳의 지형을 꿰뚫고 있는 당소희는 이제 곧 나타날 절벽과 막다른 골목에 몰린 소문을 상상하며 기분 좋은 미소를 지었다. 이제 이런 지루한 줄다리기가 끝이 나는 것이었다.
 "절대로 그냥 죽이진 않을 것이다."
 싸늘한 냉소와 함께 발걸음을 빨리하는 당소희의 곁에는 아무도 없었다. 소문의 살기를 두려워한 당가의 무인들이 어느새 한참을 뒤처졌기 때문이다.
 "이, 이런!"
 갑자기 숲이 사라지고 나타난 절벽! 밑이 제대로 보이지도 않는 절벽이 드러나자 갑자기 몸을 멈춘 소문은 멍하니 서 있을 수밖에 없었다.
 '어떻게 이곳까지 왔는데… 절벽이라니…….'
 "호호호! 어디 더 도망을 가보거라!"
 갑자기 들려오는 비웃음에 소문의 고개가 돌아갔고 어두운 숲에서 오연히 걸어오는 사람은 절대로 잊을 수 없는 얼굴을 지닌 당소희였다.
 "더 도망을 가래두. 어째서 그러고 있는 것이냐?"
 들고 있는 장검(長劍)을 빙글빙글 돌리며 다가오는 당소희를 당장에 쳐 죽이고 싶었지만 지금 소문은 그나마 있던 내공도 다 소진해 버렸고 몸도 말이 아니었다. 이제 다른 결정을 내려야 했다.
 '살 수 있을까?'

소문은 다가오는 당소희와 절벽 아래에 흐르고 있는, 얼마나 넓은지 깊은지도 가늠이 안 되는 물을 바라보며 갈등하고 있었다. 하지만 이론의 여지가 없었다.

"흐흐흐, 내 지금은 힘이 없어 네년에게 당하고 있지만 어디 두고 보거라. 그 낯짝에서 웃음이 지워질 날이 있을 것이다."

"흥, 곧 죽을 놈이 말은 많구나. 오냐, 어디 그리 한번 해보거라! 하지만 그전에 내 칼이나 받아보거라!"

당소희는 소문을 향해 몸을 날렸다. 그러나 그땐 이미 소문의 몸도 허공을 가르고 있을 때였다. 소문은 모든 것을 하늘에 맡기고 마침내 절벽에서 뛰어내렸다.

"네, 네놈이! 흥, 어디 네놈 뜻대로 될 성싶으냐!"

공격의 대상을 잃자 일순 당황한 당소희는 들고 있던 검을 암기 삼아 이미 아래로 떨어지고 있는 소문을 향해 집어 던졌다. 그리고 그 검은 정확하게 소문의 몸에 박혔다. 자신이 던진 검이 정확했음을 확인한 당소희가 아래를 내려다보는 순간 추락하고 있던 소문의 고개가 들렸다. 소문은 절벽 위의 당소희를 무심한 눈빛으로 바라보고 있었다.

흠칫!

왜 그런지는 모른 채 당소희는 갑자기 밀려오는 소름에 기분이 상하여 큰 소리로 외쳤다.

"꺼져 버려라!"

* * *

"그, 그게 정말입니까? 설마!"

정도맹의 거취에 대한 대책을 논의하기 위해 제갈세가에 모인 구파일방의 대표들과 오대세가, 백도의 명숙(名宿)들은 하나같이 경악의 표정을 짓고 있었다.

"믿기 어려운 일이지만 모든 것이 사실인 듯 보입니다."

말을 하는 황충의 얼굴에선 비통함이 느껴졌다.

"어, 어디서 그런 말을 들은 것이오?"

석부성이 당황한 목소리로 물었다.

"사천에 있는 개방의 지부에서 연락이 왔소이다. 그것도 한두 번이 아니라 지금도 계속해서 올라오고 있소이다. 그걸 보아 아마도……."

황충의 말은 더 이상 이어지지 않았다. 회의실로 아미파의 제자인 혜소(惠炤)가 황급히 뛰어 들어왔기 때문이다.

"사, 사부님!"

"어허, 이 자리가 어느 자리라고 그리 경망스럽더란 말이냐!"

금정 신니의 곁을 지키던 명진(明眞) 사태는 갑자기 뛰어든 제자에게 호통을 치면서도 뭔가 불안한 예감에 목소리가 은근히 떨리고 있었다.

"아미에서 연락이 왔습니다. 그, 그런데……."

혜소는 차마 말을 잇지 못하고 들고 있던 서찰을 전했다. 명진 사태는 급한 마음에 체면도 가릴 것 없이 뛰어가 빼앗듯 서찰을 잡아채고는 금정 신니에게 전달했다.

"아미타불! 아미타불!"

서찰을 읽어 내려가는 금정 신니의 입에서 계속해서 불호가 나오고 얼굴은 안타까운 빛으로 물들었다. 그리곤 장탄식과 함께 고개를 떨구고 말았다.

"신니, 어떤 소식이기에 그러시는 겁니까? 혹?"

석부성이 답답하다는 듯 가슴을 치며 묻자 그녀는 천천히 입을 열었다.

"아미타불, 불행히도 황충 방주께서 말씀하신 것이 모두 사실인 모양입니다."

"서, 설마!"

"아미… 아미는 장문인인 사형께서 패천수호대의 대주와의 비무에서 패하고 그들과의 약속대로 오 년 간의 봉문을 선언하셨다고 합니다. 그리고 사형은 장문 자리를 대제자인 명정에게 넘기시고 스스로 자진하셨다고 합니다."

"저, 저런!"

"아!"

너무나 엄청난 소식에 그 누구도 입을 여는 사람이 없었다. 슬픔이 가득 담긴 금정 신니의 설명은 계속되었다.

"그리고……."

모든 사람의 시선이 금정 신니를 쫓았다. 특히 아미와 함께 사천에 있는, 이미 개방 장문인인 황충으로부터 불길한 말을 들은 청성파의 석부성과 점창파를 이끌고 온 하일청(夏一淸)은 긴장된 모습이 역력했다.

"아미타불! 지옥벌의 공격을 받은 점창파는 살아남은 사람을 찾아볼 수가 없고, 청성파 역시 장문인을 비롯하여 대부분이 음자문의 마수(魔手)에 목숨을 잃으셨다고 합니다."

"아미타불!"

"무량수불!"

"헉! 이런 일이……!"

좌중의 인물들은 저마다 경악의 신음성을 지르고 회의실은 일순 엄청난 혼란 속으로 빠지고 말았다. 특히 자신들의 문파에 일어났다는 참사(慘事)가 사실로 드러나자 석부성과 하일청은 말을 잃고 그저 멍하니 허공만 바라보고 서 있었다. 아무런 말도 없이 허공을 응시하는 그들의 노안(老眼)에선 어느새 눈물이 흐르고 있었다.

"잠시 자리를 떠나겠습니다."

석부성이 조용히 말을 하더니 회의실을 나섰다. 그 뒤를 하일청이 따라나섰다. 그 어떤 위안의 말로도 졸지에 본산이 적에게 짓밟힌 그들의 마음을 달랠 수 없음을 알고 있는 사람들은 아무런 말도 할 수 없었다.

"당가는… 혹 당가는 어찌 되었는지 연락이 있었는지요?"

하일청과 석부성이 자리를 뜨자 당천호와 함께 회의에 참석한 당문성이 떨리는 목소리로 금정 신니에게 물었다.

"서찰엔 당가의 말이 언급되어 있지 않아 저로서도 알 수가 없습니다."

"당가라면 내가 얘기해 주겠소."

당문성의 말을 듣고 있던 황충이 입을 열었다. 좌중의 시선이 다시 황충에게 쏠렸다.

"역시 성도 지부에서 올라온 소식에 의하면 삼대문파가 공격을 당하던 그 시간 당가가 있는 성도 근처에서 상당한 싸움이 있었던 모양입니다. 자세한 사정은 알 길이 없지만 성도 인근에 있는 의원에 많은 무인들이 심한 상처를 입고 몰려들었다고 합니다. 이를 이상히 여긴 제자들이 조사한 바에 의하면, 상처를 치료하고자 의원을 찾은 이들은 모두 만독문의 문도들이라 하더이다."

"만독문!"

당문성은 자신도 모르게 소리를 질렀다. 만독문이라면 당가와 함께 독(毒)으로써 명성이 높은 곳, 틀림없이 세가를 치러 온 것이었다.

"그래서 어찌 되었는가?"

지금껏 침묵을 지키고 있던 당천호가 입을 열었다.

"예, 어르신. 자세한 사실은 접근하기가 어려워 알지 못했다고는 하지만 만독문은 엄청난 피해를 입고 싸움에서 패한 듯 보인다고 했습니다. 또한 그들 만독문을 그렇게 만든 사람은 단 한 명의 청년이란 연락입니다. 팽산이라는 곳에서 당가를 치러 가는 만독문과 그와의 치열한 사투 끝에 만독문의 대부분의 문도들이 죽고, 특히 독혈인이라는 것도 파괴를 당했다고 합니다."

"도, 독혈인! 아니, 만독문이 독혈인까지 만들었단 말인가?"

당천호가 깜짝 놀라 외치자 그런 모습에 오히려 좌중의 인물들이 더 놀라는 눈치였다. 천하의 암왕을 놀라게 하는 일도 있다는 말인가!

"아시는 분은 알겠지만 독혈인이라는 것은 만독문의 비전절기로 온 몸이 독으로 둘러싸이고 도검이 불침하는 금강불괴(金剛不壞)의 경지를 이룬 것을 말합니다. 가히 그 위력을 가늠할 수 없는 위험한 것이지요."

당문성이 독혈인에 대해 간단히 설명하자 놀라지 않는 사람이 없었다.

"그런데 그런 것을 파괴했다는 것이오? 그 괴청년이?"

"도대체 누구란 말입니까? 그런 엄청난 실력을 지닌 자가?"

"그게, 누군지는……."

운검자가 황충을 보며 물었지만 황충 또한 알 길이 없는지라 뭐라 대답을 하지 못했다.
"혹 청년이 활을 썼다는 소리는 없던가?"
당문천이 넌지시 물어왔다.
"활이라… 그렇군요. 대부분이 검기에 당했다고 하지만 그보다 먼저 신기에 가까운 활 솜씨에 수없이 많은 만독문도들이 죽었다고 보고되었습니다."
"허허, 이제 알겠구나, 우리 당가를 지켜준 게 누군지를."
당천호는 너털웃음을 터뜨리며 말을 했다.
"그, 그렇군요. 소문! 당가로 갔다던 궁귀(弓鬼) 을지 소협입니다!"
그제야 황보천악과 팽언문이 함성을 질렀다. 그러나 소문의 무위를 본 적이 없는 나머지 사람들은 상당히 의아한 표정을 지었다. 요 며칠 동안 남궁세가의 싸움에서 혁혁한 공을 세웠다는 을지소문! 비록 소문은 무성했지만 제대로 만나보지도 못했기에 그 소문이 약간은 과장되었으리라 생각하고 있었는데 그 소문이 빈말이 아닌 모양이었다. 그들의 생각을 알기라도 하듯이 곽무웅이 소문에 대한 설명을 하기 시작했다.
"지난번에 이미 그에 대해 말씀드린 적이 있을 겁니다. 다시 한 번 말씀드리지만 그는 실로 엄청난 실력을 지닌 청년입니다. 어쩌면 이 자리의 그 누구보다도 무위가 뛰어날지도 모르는 일이지요. 화살을 날리는 솜씨도 뛰어나지만 검법은 그 활 솜씨를 능가합니다. 그런 그가 만독문을 막았다는 것은 아마 거짓이 아닐 것입니다."
곽무웅이 비록 화산파의 장문인이지만 이 자리에는 그보다 연배(年輩) 높은 선배들이 많이 모여 있었다. 그런 자리에서 그 누구도 소문의 실력을 능가할 수 없을지도 모른다는 말은 어쩌면 큰 실례였으나 평소 군자검으로 명성이 자자하고 누구보다 신중한 성품을 지닌 자가 곽무 웅임을 익히 알고 있는 사람들인지라 그의 말에 그저 감탄사를 연발할 뿐이었다.

 내색은 하지 않았지만 당천호의 기쁨이 어느 정도일 줄 아는 남궁상 인이 슬쩍 다가와 조용히 말을 하였다.

 "자넨 정말 대단한 손녀 사위를 얻은 것이라니까."

 "훗, 그런가?"

 당천호는 그저 가볍게 웃음 지었다.

 "아미타불, 앞으로 정도맹을 어찌 꾸려갈지 결정하고자 이렇게 제갈 세가에 모였지만 안타깝고 비통(悲痛)한 소식에 슬픔을 금할 길이 없습 니다. 그나마 당가가 무사하다니 다행이지만, 이렇게 슬퍼하고만 있다 가는 언제 이와 같은 일이 또다시 벌어지지 않는다고는 아무도 장담하 지 못할 것입니다. 지금이라도 우선적으로 정도맹에 산적해 있는 사항 들을 결정해야 할 것입니다."

 맹주인 영오 대사의 침통한 말이 이어지고 좌중은 모두 숙연(肅然) 한 자세로 그의 말을 경청했다.

 "가장 급한 것은 정도맹이 들어설 자리를 찾는 것입니다. 이렇게 저 희 세가와 무당파에 힘이 분산되어 있으면 저들의 도발에 신속히 대응 할 수가 없습니다. 게다가 지금은 여러 대표께서 저희 세가로 내려오 셨지만 항상 그럴 수는 없는 노릇 아니겠습니까? 한시라도 빨리 한곳 에 자리를 마련해 백도의 힘을 결집(結集)해야 할 것입니다."

 정도맹의 군사 격인 제갈세가의 가주 제갈공의 말을 시작으로 저마 다의 슬픈 감정은 우선 접고 정도맹, 아니, 백도의 미래에 대해 활발한

토론이 본격적으로 시작되었으니 소문이 당가의 정문에서 한참 당가의 무인들과 시비를 벌이고 있을 때였다.

*　　　*　　　*

…당가엔 개미새끼 한 마리 남아 있지 않습니다. 이미 식솔들은 대피를 시켰고 가주인 당문천은 당가의 무인들을 이끌고 암왕이 있는 제갈세가를 향해 출발했습니다.

추신:만독문을 쓰러뜨렸다는 그 을지소문은 무슨 이유인지 당가에 구금(拘禁)되어 고문을 당하다가 탈출을 했습니다. 하지만 곧 그를 추격한 당소희에게 검을 맞고 절벽에서 떨어졌다고 합니다. 아마도 죽은 것으로 사료되옵니다.

비혈(秘血).

"하하하하! 멍청한 놈들! 이것 참, 손도 안 대고 코를 푼 격이 아닌가? 이것으로 큰 짐을 덜었구나! 하하하하!"

한참을 그렇게 웃어 젖힌 귀곡자는 다음 서찰을 읽어갔다.

…지옥벌과 음사문, 패천수호대가 무사히 임무를 마치고 복귀하고 있습니다. 다만 패천수호대의 대주인 환야는 패천수호대를 부대주에게 맡기고 대를 이탈하여 홀로 길을 나섰습니다. 아무래도 이상합니다. 지난번 말씀드렸지만 세심한 조사가 있어야 할 것으로 생각합니다.

비혈(秘血).

"흠, 조사라… 하하하! 암튼 엉뚱하기는… 휴~ 당가를 놓쳐 아쉽기는 하지만 이것으로 사천에서 도모한 모든 일이 끝난 것인가. 하나 본격적인 싸움은 이제부터 시작이겠지."

귀곡자는 서찰을 내려놓으면서 의자에 깊게 몸을 누이며 크게 한숨을 쉬었다.

　　　　　　＊　　　＊　　　＊

산을 내려왔던 구파일방의 수뇌들은 다시 돌아갔지만 며칠 전 수뇌회의에서 결정된 사항대로 정도맹이 들어설 장소에 대해 전적인 책임을 맡은 제갈세가는 몹시 분주한 나날을 보내고 있었다.

"아버님!"

여러 부지(敷地)를 놓고 고심하던 제갈공을 부르는 소리가 들리고 곧 머리를 곱게 묶은 아가씨가 방으로 들어섰다.

"영영(盈英)이구나! 그래, 무슨 일이더냐?"

"방금 연락이 왔는데 사천에서 출발한 당가가 지금 막 정문에 도착했다 합니다."

"오! 그래, 알았다. 참, 당가의 큰어른께는 말씀을 드렸더냐?"

"예, 방금 기별을 넣었습니다."

"잘했다. 내 곧 나가마."

제갈공은 서둘러 의관(衣冠)을 정비하고 방을 나섰다. 정문에는 어느새 당가를 비롯한 나머지 세가의 대부분의 인물들이 나와 마중을 하고 있었다.

"어서 오십시오, 형님! 먼 길에 고생이 많으셨습니다."

"세가를 등지고 떠나는 길인데 고생은 무슨······. 그래, 아버님은 어디 계시는가?"

당문성을 보며 가볍게 미소 지은 당문천은 남궁상인과 천천히 걸어오는 당천호를 발견하자 재빨리 뛰어가 허리 굽혀 인사했다.

"아버님! 그동안 편안하셨습니까?"

"그래, 이렇게 무사해서 다행이구나. 서찰을 받아서 알고 있었다. 세가의 식솔들은 모두 무사히 대피를 시켰다고?"

"예, 하오나 세가를 등지게 되어······."

"되었다. 이렇게 살아 있는 것이 중요한 것이지. 다른 문파들은 초토화(焦土化)되었는데 그나마 당가는 멀쩡하지 않느냐? 더 바란다면 욕심이겠지."

"그런데 자네 사위는 왜 안 보이는가?"

고개를 빼고 속속 정문을 통과하는 당가의 무인들 속에서 소문을 찾던 남궁상인이 의아하다는 듯 물어왔다.

"설마 벌써 고향으로 떠난 것은 아니겠지?"

"예? 그게 무슨 말씀이신지··· 사위라니요?"

당문천이 영문을 모르겠다는 듯 두 눈을 껌뻑이자 소문이 당가로 떠난 이유를 알고 있는 사람들이 오히려 의아해했다.

"며칠 전에 이곳을 떠난 소문이 말이다. 소희와······."

당천호의 말은 갑자기 달려든 당소희에 의해 더 이상 이어지지 않았다.

"할아버지!"

당가에서 유일하게 당천호를 어려워하지 않는 사람이 당소희였다. 그런 당소희를 또한 끔찍하게 생각하는 이가 당천호였다.

정혼녀(定婚女) 125

"허허, 그만 하거라. 다 큰 처녀가 이렇게 덜렁거려서야 어디……."

말은 그렇게 하면서도 자신에게 살갑게 구는 손녀를 오랜만에 본 당천호의 얼굴엔 하나 가득 훈훈한 웃음꽃이 피어 올랐다.

"할아버지, 이것 보세요."

당천호의 품에서 떨어진 당소희가 손등을 내밀며 울상을 지었다. 그곳엔 이제 막 아문 듯한 세 줄기의 상처가 선명하게 자리 잡고 있었다.

"이런, 어쩌다가 이리되었느냐?"

"흥, 패천궁에서 보낸 첩자가 데리고 다니던 못된 새에게 이리되었어요. 하지만 내가 그 새를 죽이고 그놈의 발톱으로 이렇게 멋진 암기를 만들었어요."

당소희는 자신의 팔목에 차고 있는 팔찌를 보여주었다. 어른 손가락만한 발톱으로 만들어진 그럴듯한 모양의 팔찌였다. 하지만 그것이 당가의 인물에겐 곧 무서운 암기가 된다는 것을 모르는 사람은 없었다.

"그랬구나! 쯧쯧, 조심하지 않고."

당천호가 짐짓 안타까운 표정을 짓자 기가 산 당소희는 뒤를 보고 외쳤다.

"이리 가지고 오거라!"

그러자 한 사내가 무언가를 둘둘 만 듯한 하나의 보자기를 힘겹게 들고 왔다.

"그건 또 무엇이더냐?"

"헤헤, 이건 그 망할 놈의 새를 데리고 다니던 첩자로부터 빼앗은 물건이에요. 소문에 듣자니 이곳에 엄청난 궁술을 지닌 고수가 있다면서요? 그에게 선물로 주려고 가지고 왔지요. 그런데 너무 무거워요."

당소희는 자랑스럽게 말을 하며 보자기를 풀었다. 그러자 그 보자기에선 그 무게가 실로 무거워 팔을 다친 소문이 탈출하면서 차마 들지 못하고 밀실 안에 두고 온 철궁이 드러났다.

"그 철궁의 주인이 첩자라구요?"

갑자기 들려온 싸늘한 음성!

당소희는 물론이고 주변에 모인 사람들은 음성의 주인을 찾았다. 한쪽 구석에 남궁혜가 서 있었다.

"그래요. 패천궁에서 우리 당가를 염탐하러 보낸 첩자에게서 뺏은 겁니다."

말을 하는 당소희는 당천호에게 어리광 부리던 말투를 바꿔 정중하게 대답을 했다.

"그, 그는 어찌 되었지요?"

남궁혜의 목소리는 은근히 떨리고 있었다. 그러나 그런 낌새를 알아차린 사람은 아무도 없었다.

"음, 처음에 강하게 부정을 했지만 결국 패천궁의 첩자임을 자백했지요. 하나 잠시 한눈을 판 사이에 그놈을 지키던 세가의 식구를 해치고 달아났습니다. 우리 당가는 세가를 우롱하고 식구를 해한 첩자 따위를 살려줄 만큼 인정이 있지 않아요. 그놈은 제 칼을 맞고 천길 낭떠러지로 떨어졌습니다."

"그, 그가 죽었다고요?"

"절대로 살아날 수 없을 거예요. 제 칼을 맞고 떨어진 이상!"

당소희는 자부심이 섞인 말로 소문의 죽음을 확정 지었다.

"악!"

당당하게 말을 하던 당소희의 비명이 들리고 어느새 그녀의 목에는 날카로운 검날이 닿아 있었다. 분노한 남궁혜가 뽑아 든 검이었으나 그녀의 검은 더 이상 앞으로 나갈 수는 없었다.

"그만 하여라!"

나직하면서도 안타까움이 섞인 음성! 그녀의 손을 잡고 있는 사람은 남궁상인이었다.

"이게 무슨 짓이더냐?"

남궁혜의 손속은 눈치를 챘지만 친우인 남궁상인이 이미 출수(出手)를 하고 있어 참고 있던 당천호가 노기(怒氣)를 드러냈다. 하지만 남궁혜는 아무런 말도 하지 않고 당소희를 노려보았다.

"어허, 네가 이게 무슨 짓이더냐? 당장 그만두지 못하겠느냐?"

"백부님……."

남궁검 또한 경악을 하며 남궁혜를 꾸짖자 남궁혜는 결국 울음을 터뜨리고 말았다. 하지만 남궁검의 분노는 멈추지 않았다.

"네가 어디서 이런 무례를 저지르는 것이냐? 어서 당가의 어른들께 사죄를 드리거라!"

"되었다."

남궁혜가 검을 놓고 눈물을 흘리자 손녀의 손을 잡고 있던 남궁상인이 조용히 말을 하였다.

"아버님!"

"되었다지 않느냐! 네놈은 눈을 달고 다니기는 하는 것이더냐?"

"……."

갑작스런 호통에 일순 말을 잃은 남궁검을 뒤로하고 남궁상인은 당천호를 바라보았다.

"자네, 아직도 저 궁이 누구의 것인지를 알지 못하겠는가?"

"누구의 것이라니?"

남궁상인의 허탈해하는 목소리를 들은 당천호는 여간해선 이런 모습을 보여주지 않는 친우의 행동에 영문을 모르겠다는 듯이 말을 하며 좀 전엔 그냥 흘깃 스쳐 보았던, 당소희가 첩자에게서 빼앗았다던 궁을 다시 한 번 유심히 바라보았다.

"서, 설마?!"

잠시 철궁을 살펴보던 당천호의 얼굴이 굳어지고 확인을 요구하는 눈빛을 남궁상인에게 보냈다.

"자네와 나의 눈이 틀리지 않았다면 틀림없이 그의 궁이네. 당가의 사위가 되겠다고 사천으로 떠난 소문이 지닌 궁 말일세. 말을 들어보니 소희가 죽였다는 새 또한 그가 데리고 다니던 철면피가 아닌가 싶고."

남궁상인의 말에는 힘이 없었지만 그 말이 몰고 온 파장은 실로 간단하지 않았다.

"지, 지금 무슨 말씀을 하시는 겁니까? 그, 그럼 당가에서 을지 소협을 죽였다는……?"

황보천악이 떨리는 음성으로 묻고 남궁검은 어느새 당소희가 가지고 온 활을 집어 들었다.

"이, 이런! 트, 틀림없이 을지 소협이 들고 다니던 궁이로구나! 허허, 이를 어찌할꼬!"

"이게 어찌 된 일이더냐?"

갑작스런 상황에 내심 당황하던 당문천은 당천호의 싸늘한 음성에 어찌할 바를 몰랐다.

"어찌 된 것이지 묻지 않더냐?"

"그, 그게……."

"제가 말씀드리겠습니다."

솔직히 자신도 무슨 일인지 알지 못하기에 아무런 말도 하지 못하는 당문천을 대신해 당문영이 나섰다. 당천호의 눈빛을 받은 당문영은 조심스레 그동안 세가에 있었던 일을 설명하기 시작했다.

"…그리고 질녀(姪女)가 던진 검이 적중을 하여 그는 절벽 아래로 떨어졌습니다."

"허허허……."

설명을 들은 당천호는 아무런 말도 할 수가 없었다. 어떻게 이런 일이 일어날 수 있단 말인가?

"그런데 그가 혹 첩자가 아니라……."

"첩자라니요? 허허, 당가에서는 이번 강남에서 벌어진 싸움의 소문도 듣지 못했습니까? 답답합니다. 그가 궁귀로 명성을 날리고 있는 을지소문, 을지 소협이거늘……."

쾅!

당문영의 말을 단번에 일축한 황보천악은 끓어오르는 화를 참을 수 없는지 옆에 서 있던 아름드리 나무에 일권을 날렸다.

"허허, 강호동도들을 볼 낯이 없구나. 이를 어찌 한단 말이더냐! 네가 도대체 무슨 짓을 한 것이지 알고나 있더냐? 비록 그 녀석의 착각이었는지는 모르지만 그만한 인물을 알아보지도 못하는 안목(眼目)으로 어찌 일문의 문주요, 세가의 가주라 하겠느냐? 비록 그 상황이 어렵고 위험했다고는 하나 우리 당가가 찾아오는 손님을 제대로 확인하지 않고 첩자로 모는 그런 졸렬한 행동을 해야 할 만큼 약한 가문이더냐?"

"하지만 그는 무공도 약하고……."

당소희의 변명에 당천호는 더욱 화를 냈다.

"닥쳐라! 다른 문파는 모조리 화(禍)를 입었는데 우리 당가만 어째서 화를 면했는지 아느냐? 설마 네 녀석들이 상황 판단을 잘해서 화를 면했다고 생각하느냐? 네놈들이 집 안에 틀어박혀 겁을 먹고 있을 때, 다른 문파가 화를 입고 있을 때, 그 녀석은 당가를 치러 가는 만독문을 상대로 팽산에서 홀로 처절한 싸움을 벌였다! 단 한 사람이 당가를 치러 온 만독문을 막은 것이다. 어쩌면 아무것도 아닌 이유로, 겨우 정혼녀가 있다는 사실 하나만을 가지고 자신의 목숨을 건 것이다. 말이 좋아 그렇지, 그 누가 혼자서 독혈인을 보유한 만독문을 상대할 수 있겠느냐! 겨우 막아내긴 했지만 결코 심상치 않은 부상을 입었을 것이다! 그럼에도 그는 기쁜 마음으로, 설레는 마음으로 당가를 찾았다! 그런데 네놈들은 그를 어찌 대했느냐? 착각을 했다는 이유 하나만을 가지고 전후 사정을 제대로 살펴볼 생각은 하지도 않고 가문의 은인을 핍박하는 우를 범하다니… 당하는 소문의 심정이 어찌했을지 눈에 훤하구나!"

당문천과 당소희를 꾸짖는 당천호의 눈에 핏발이 서고 분위기가 점점 살벌하게 변해갔다. 그가 무슨 짓을 하려 하는지 아는 사람은 남궁상인과 당분천뿐이었다.

"그만두게. 어차피 죽은 사람일세. 여기서 자네 아들하고 손녀를 죽여서 무엇 한단 말인가?"

남궁상인은 조용히 고개를 숙이고 목숨을 맡긴 당문천에게 검을 들고 다가가는 당천호를 만류했다.

"어쩔 수 없네. 남궁가를 구하고 위기에 빠진 당가를 구한 아이일세.

이 길만이 먼저 간 그 아이와 강호의 동도들에게 속죄(贖罪)하는 길이네. 말리지 말게."

"하나 상황이 좋지 않았네. 누구라도 그 상황이면 그런 실수를 할 수도 있는 것이네."

"실수? 그건 실수라고 하기엔 너무나 엄청난 짓이지!"

당천호는 조금도 물러설 기미가 보이지 않았다.

"하, 할아버지……."

당소희는 당천호가 저리 분노하는 것을 처음 보았다. 말을 들어보니 아버지와 자신을 죽이려는 기세가 아닌가? 덜컥 겁에 질린 그녀는 울며 당천호에게 매달렸다. 또한 이제 막 이곳에 도착한 제갈공과 다른 세가의 인물들도 어쩔 수 없는 실수라며 분노한 당천호를 뜯어말렸다. 다만 그동안 소문이 어떤 인물인지 지켜봤고 그에게 많은 도움을 받았던 팽가나 황보가의 사람들은 그저 분노의 눈빛으로 냉소를 지으며 당가의 인물들을 바라볼 뿐이었다. 하지만 그들 또한 지금 이 상황에서 당가에 책임을 묻는다는 것이 불가능하다는 것은 잘 알고 있었다.

피는 물보다 진하다고 하던가? 그렇게 살기를 뿌리며 검을 빼 든 당천호는 결국 당문천에게 다가가는 것을 포기하고 말았다.

"당장 눈앞에서 사라지거라! 당분간 내 눈에 띄지 않는 것이 좋을 것이다. 언제 내 마음이 바뀔지는 나도 모르니!"

떨그렁!

당천호는 들고 있던 검은 땅에 집어 던지고 자신의 거처로 돌아갔다.

"후, 그렇지만 정말 아까운 인재(人才)를 잃었어."

남궁상인도 한숨을 내쉬고 당천호를 따라갔다.
"자넨 어떻게 일을 처리한 것인가? 왜 지난번 보낸 서찰에 그에 대한 아무런 말도 하지 않은 것이지?"
당문영은 침통한 표정으로 서 있는 당문성을 질책했다.
"다 나의 불찰입니다. 저도 소문이 소희의 짝인 줄 알고 한번 놀라보라고 일부러 중요한 손님이라고만 적은 것인데……."
"허, 그럼 그때 적힌 그 말이……."
그제야 지난번 남궁세가를 도우러 떠났던 세가의 무인들의 소식을 알리고자 당문성이 보내온 편지의 내용을 기억할 수 있었다. 이런저런 소식 뒤에 '당가에 아주 중요한 손님이 곧 방문할 것입니다' 라고 적혀 있던 한 줄 문구가 생각이 나자 절로 한숨이 나왔다.
당문영의 탄식에 자신의 실수로 소문이 죽었다는 생각을 하고 있는 당문성은 고개를 들지 못했다.
"사람이 하는 일에는 다 실수가 있는 법입니다. 안타깝고 아쉬운 일이기는 하나 이미 돌이킬 수 없는 일입니다. 앞으로 이보다 더 큰일들이 있을 수 있습니다. 당가의 형제들은 어서 안으로 들어가서 여장(旅裝)을 풀도록 하십시오."
이 엄청난 상황은 당천호가 사라지고 당문천과 당소희가 당문성의 인내로 힘없이 발길음을 옮기사 약간은 진정이 되는 듯했다. 그리고 일부러 호들갑을 떠는 제갈공의 말에 사람들은 하나둘 자리를 떠나기 시작했다. 하지만 그들의 마음에 자리 잡고 있는 비극(悲劇)마저 떠난 것은 아니었다.
덩그러니 떨어져 있는 소문의 철궁! 누구도 감히 손댈 엄두를 못 내고 있었는데 여전히 눈물을 흘리고 있던 남궁혜가 다가가 철궁을 집어

들었다. 누구도 남궁혜를 말리지 못했다. 묵직한 느낌만큼 아픔 또한 무겁게 가슴을 짓눌렀다. 철궁을 집는 남궁혜의 바램은 단 한 가지였다.

'죽지 않았을 거야! 절대로! 그는 틀림없이 돌아올 거야…….'

양분무림(兩分武林)

양분무림(兩分武林)

 하남성의 정주에서 남서쪽으로 삼백여 리 떨어진 곳에 위치한 봉수현(蓬岫縣)은 특별히 빼어난 경치를 자랑하는 곳도 아니었고, 물산(物産)으로 유명한 곳도 아닌 그저 중원에 수없이 산재(散在)해 있는 고장의 하나일 뿐이었다. 하지만 지난 늦가을에 정도맹이 이곳에 거처를 정하기로 의견을 모으고 약 육 개월이 지난 지금은 중원의 그 어느 곳보다 유명한 곳으로 자리 잡았다.
 정도맹의 부지 선정의 선권(全權)을 부여받은 제갈세가는 근 보름 동안 여러 장소를 물색하고 후보지에 대한 격론을 벌인 바 무당과 제갈세가에서 그 거리가 제법 됨에도 봉수현에 정도맹의 근거지를 마련하기로 최종 결정을 했다.
 봉수현은 그다지 이름있는 고장은 아니었지만 나름대로 교통의 요지인지라 강북에 위치한 많은 백도의 문파에서 병력의 빠른 이동이 용이했고, 반대로 정도맹에서 각지로의 병력 파견 또한 용이했다. 게다가 지난 정변 때 건문제의 편에서 연왕과 대치하다 멸문을 당했지만 그 가옥과 건물들은 아직도 남아 있는, 제법 이름있는 장군가가 위치했던 곳 또한 이곳인지라 정도맹의 거처로 삼기에 그 어떤 곳보다 적지(敵地)였기 때문이다.

이미 패천궁의 신속하고 전격적인 기습에 말려 미처 대응하기도 전에 두 번에 걸쳐 처참한 경험을 한 백도의 움직임은 상당히 기민했다. 봉수현으로 최종 부지가 결정되자마자 우선적으로 제갈세가에 머무르고 있던 오대세가의 무인들이 봉수현으로 신속히 이동, 최소한 정도맹이라는 이름에 걸맞는 규모(規模)와 위용(威容)을 자랑하는 전각들과 생활 시설 등을 책임지고 건설하기 시작했다. 각 지역에서 이름깨나 있다 하는 목수들이 총동원되고, 기존 일꾼에 무공을 지닌 세가의 무인들이 발벗고 나서자 봉수현에 자리 잡은 정도맹의 본성은 하루가 다르게 변모하고 있었다.

이렇게 오대세가가 정도맹의 본성을 구축하고 있을 때 무당산을 내려온 구파일방과 오대세가를 따라가지 않은 나머지 백도인들은 장강을 기점으로 패천궁의 북상을 막고 있었다.

백도가 이렇게 진영(陣營)을 정비하며 차근차근 대전(大戰)을 준비하고 있을 때 패천궁이라고 막연히 놀고 있지 만은 않았다.

귀곡자의 지적대로 강북으로 진출하기 전에 흑도세의 완벽한 통일을 위해 전면적인 숙청(肅淸)이 있었는 바, 소문과의 싸움에서 심각한 타격을 입어 이미 그 힘의 대부분을 잃은 만독문은 패천궁이 움직이기 전에 자발적으로 머리를 숙이고 패천궁에 소속됐고, 청성을 굴복시킨 음자문 또한 관패가 보낸 사신(使臣)의 정중한 요청에 의해 문주였던 부인곡(釜人曲)이 '비록 어둠에서 나왔다고는 하지만 음자문의 뿌리는 아직 어둠이다. 대국(大局)을 관장하기란 힘들 뿐더러 그럴 마음도 없으나 흑도의 영광을 위하는 길이라면 기꺼이 따르겠다' 라는 말과 함께 사백 음자문의 제자와 더불어 패천궁에 입성했는데, 이에 크게 기뻐한 관패는 극진한 대우로써 그들을 반겼다.

　패천궁에 소속되지 않고 큰 세력을 지닌 문파 중 두 곳이 패천궁에 예속되자 그때까지 눈치를 보던 여러 문파들이 속속 패천궁의 발 아래에 모이게 되었다. 이제 남은 곳은 그 규모와 전력이 가장 막강한, 그런 자신감을 바탕으로 예속(隸屬)이 아닌 동맹자(同盟者)로서의 권리를 요구하고 있는 지옥벌뿐이었다. 결국 무림의 판도를 바꾸는 싸움은 패천궁과 정도맹이 아닌 패천궁과 지옥벌의 싸움으로 그 막이 오르게 되었다.

　"장강을 지키는 데엔 문제가 없겠는가? 이 틈을 이용하여 혹 저들이 밀고 내려온다면?"

　"염려하지 마십시오, 궁주님. 이번 싸움은 비록 본 궁에 예속은 되었지만 대부분의 흑도문파는 그저 지켜보는 가운데 벌어질 지옥벌과 본 궁의 전면적인 힘 싸움입니다. 자연 장강은 지켜보는 나머지 흑도문파에서 지킬 것입니다. 게다가 오대세가와 상당수의 백도인들이 장강을 비우고 정도맹이 거주할 곳을 마련하는지라 나머지 인원으론 감히 장강을 넘는 짓은 하지 못할 것입니다. 또한 지난날 사천에서 도모했던 일의 성공으로 혹 본산을 공격당할까 두려워한 저들이 모든 힘을 장강에 집중시키지 못하고 있습니다."

　"하하하! 그렇지! 내 듣자 하니 상당수의 무인들이 각기 자신의 문파로 돌아갔다고 하더구먼!"

관패가 껄껄 웃으며 말을 했다.

"그렇습니다. 비록 무인의 숫자에선 별다른 차이가 없으나 그 수준에서 많은 차이가 있습니다. 문파의 최정예(最精銳)들은 공격당할 일도 없는 본산에 머무르고 있다고 합니다."

이 모든 것이 자신의 계책(計策)에 의한 것임을 은연중 자랑이라도 하려는 듯 설명을 하는 귀곡자의 음성엔 자부심이 가득했다.

"그러니 어리석은 놈들 아닌가! 뭐, 우리에겐 잘된 일이겠지만."

"이 기회에 저희는 지옥벌을 굴복시키고 흑도의 확실한 통일을 이루어야 합니다. 보고에 의하면 오대세가를 몇 달 동안 잡아두었던 정도맹 본성의 건설이 조만간 마무리될 것이라 합니다. 그렇게 되면 저들 또한 본격적으로 힘을 기르고 그동안 저희에게 당한 수모를 갚고 빼앗겼던 남궁세가를 비롯하여 강남을 되찾으려 할 것입니다."

귀곡자가 우려 섞인 어조로 말을 했지만 관패는 그런 것엔 흥미가 없었다.

"그런 건 아무래도 좋아. 어차피 그때 가면 그것이 얼마나 어리석은 생각인지 알게 될 것이니… 지금은 지옥벌의 정벌에만 신경을 쓰게. 그래, 지옥벌을 칠 병력은 준비되었는가?"

"어차피 이번 싸움은 최소한의 피해로 최대한 빠른 시간 안에 승부를 보아야 합니다. 그리고 대외적으로 단편적(斷片的)으로만 보여주었던 패천궁의 힘을 만천하에 알릴까 합니다. 패천궁의 절대적인 힘을 본 순간 그 누구도, 어떤 세력도 감히 본 궁에 반기를 드는 일은 없을 것입니다. 해서 이번 싸움엔 패천궁의 최고 고수들을 파견할 생각입니다."

귀곡자의 음성엔 힘이 실려 있었다. 그리고 자신감도 있었다.

"그것도 좋겠지. 이번 기회에 말이지…….."

"이번엔 흑기당과 적기당은 물론이고 혈참마대와 패천수호대까지 참여할 것입니다. 또한 이번 싸움 역시 그 상징성이 있는지라 태상장 로이신 궁사혼 어르신과 여러 장로(長老)들께서도 직접 싸움에 참여한 다고 하셨습니다."

계속된 귀곡자의 말에 관패도 의외라는 듯이 말을 받았다.

"장로원에서 움직인단 말인가? 흠, 이건 의외인데."

물론 자신의 명령이 있으면 과거 구양풍과 함께 패천궁을 세운 최고 어른들이 계신 원로원(元老院)은 몰라도 장로들을 움직이는 데엔 그다지 큰 문제가 없지만, 장로전(長老殿)에 속한 장로들 또한 그 나이와 연배에서 까마득한 선배들이 많은지라 될 수 있으면 최대한 정중하게 대하고 있던 그이기에 그들의 자발적인 참여는 실로 의외였다.

"태상장로께서 많이 애쓰신 모양입니다. 지난번 싸움에서 약간의 낭패를 당하신지라 그동안 장로전에서 편하게 지내고 있던 장로들의 평소 자세로는 과거 그분들이 지니신 무위가 제대로 살아나지 않는다는 것을 아시고 앞으로 있을 정도맹과의 싸움에 대비하여 장로들의 감각을 미리 일깨우시려는 의도인 듯합니다. 대부분의 장로들께서 이번 싸움에 참여하시기로 이미 결정이 났습니다."

"하하! 이것 참, 그분들이 나서시면 우리의 생각대로이긴 하지만 너무 싱겁게 싸움이 끝나지 않겠는가? 하하!"

귀곡자의 설명에 몹시 기분이 좋아진 관패는 기분 좋게 웃음을 터뜨렸다. 자신이 궁주 자리에 오르긴 하였지만 사부인 구양풍의 갑작스런 유고(有故)로 얻은 자리였다. 하지만 대부분의 장로들은 내색을 하지 않고 있지만 은연중 자신이 벌인 일임을 알고 있는 것 같았다. 그래서

인지 장로전의 별다른 움직임이 없더라도 은근히 신경이 쓰이면서 한편으로 자격지심(自激之心)을 지니고 있던 그였다.

물론 지난번 강남을 정벌하고 남궁세가를 치는 데에 장로전의 최고 어른인 궁사혼이 나서기는 했지만 그 또한 관패의 간곡한 부탁에 의한 것이었다. 한데 이번엔 아니었다. 아무런 언질도 없었는데도 장로전의 장로들이 자발적으로 싸움에 나선다는 것이었다. 이는 이제 자신을 완전한 패천궁의 궁주로 인정한다는 것을 의미했다.

"다행한 일입니다. 이번 싸움은 흑도를 통일한다는 것 이외에도 본궁 내부의 정비도 끝남을 알리는 아주 중요한 싸움이 될 것입니다."

"하하! 모든 일이 뜻대로 되어가는군. 알았네. 그래도 혹시 모르니 준비는 철저히 해야 할 것이네."

"알겠습니다. 그럼 저는 이만 나가보겠습니다."

귀곡자는 관패에게 조용히 고하고 뒤로 물러났다.

"아참, 잠시만 기다리게!"

"다른 하실 말씀이 계시는지요?"

막 방을 빠져나가려던 귀곡자는 관패의 물음에 몸을 돌려 명을 청했다. 하지만 귀곡자를 불러 세운 관패는 쉽게 입을 열지 않았다.

"패천수호대의 대주, 아니지, 지금은 부대주였던 적성(赤星)이 대주라 했던가… 암튼 전임 대주의 소식은… 있는가?"

패천궁의 궁주라는 위치에 맞지 않게 머뭇거리며 입을 연 관패의 입에서 약간은 의외인 듯한 말이 튀어나왔으나 말을 듣는 귀곡자는 그렇게 생각하지 않았다.

'훗, 역시…….'

"전임 대주의 소식은 대주의 정체가 약간은 의심스럽다는 보고와 함께 그가 사천성에서 다른 대원들과 따로 떨어져 홀로 이동했다고 하는 것으로 더 이상의 연락이 없었습니다. 물론 대주가 갑자기 사라지자 패천수호대의 대원들이 당황은 하였지만 그가 이 년 전에 처음 그곳에 배치될 때부터 신비한 구석이 많았는지라 그다지 큰 신경을 쓰지는 않는 것 같습니다. 비혈대의 대원들을 풀어 전임 대주를 찾아볼 생각도 했지만 그의 능력을 감안하면 사실상 불가능할 뿐만 아니라 오히려 역효과를 낼 듯싶어 참고 있었습니다."

"휴~ 그렇겠지. 하지만 벌써 육 개월이 지났는데……."

"너무 염려하지 마십시오. 홀로 세상을 보고 싶을 것입니다. 아마 곧 돌아올 것입니다."

귀곡자가 너무 염려하지 말라는 듯 담담하게 말을 하자 관패 또한 찡그렸던 인상을 폈다.

"알았네. 곧 돌아오겠지. 그럼 나가보게."

귀곡자가 방을 나서자 태사의에 몸을 누인 관패는 크게 한숨을 쉬었다.

'후~ 세상 구경이라…….'

* * *

"문주님, 그들이 오고 있습니다."

나지막한 말이 울려 퍼지고 모여 있던 사람들은 저마다 표정을 굳히며 침묵을 지켰다.

"그래, 어디까지 왔다더냐?"

유일하게 안색의 변화가 없던 중앙의 노인이 별일 아니라는 투로 담담하게 물었다.

"이제 막 흑갈령(黑乫嶺)을 넘었다고 하니 얼마 되지 않아 이곳에 도착할 것입니다."

"어느 정도의 병력이 오고 있단 말이냐?"

지옥벌의 태상장로인 독로검군(獨路劍君) 해구신(海鉤迅)이 묻자 패천궁의 소식을 전하러 달려온 외당(外堂)당주인 추민(湫旻)이 낯빛을 고치고 말을 이었다.

"패천궁의 최정예가 모조리 몰려오고 있다고 합니다. 흑기당, 적기당은 물론이고 혈참마대와 패천수호대까지 오고 있다는 전갈입니다."

"음……."

너나 할 것 없이 짧은 신음성을 내뱉었다. 실로 엄청난 전력이었다. 사실 지옥벌이 패천궁을 제외한 흑도의 최대 문파라 하지만 패천궁에 비하면 비교조차 안 되는, 말 그대로 조족지혈(鳥足之血)일 뿐이었다. 다만 그 전통과 흑도에서 차지하는 명성을 감안하여 예속을 거부하고 있었는데 결국 돌아온 대답은 최악의 상황이었다.

"결국 이렇게밖에 할 수 없었단 말인가? 옹졸한 놈들 같으니라고. 네놈들이 무엇을 걱정하는지 익히 알고 있지만 흑도의 무림 통일을 누구보다도 간절히 원하는 것이 나라는 것을 모르지는 않았을 놈들이……."

중앙의 노인, 흑태존(黑太尊)으로 불리는 지옥벌의 벌주(閥主) 붕우(鵬羽)는 분노가 가득한 웃음을 짓고 말았다.

"벌주님! 이렇게 죽으나 저렇게 죽으나 매한가지입니다. 기왕 죽을 것이라면 지옥벌의 기개를 보여주고 죽어야 합니다."

"물론이다. 지옥벌이 어떤 곳인지를 똑똑히 보여주는 것이다. 최후의 한 사람이라도 그 목숨이 쓰러질 때까지 싸우다 죽는 것이다."

마검사(魔劍士) 뇌우현(雷雨泫)의 말에 엄청난 살기를 내뿜는 흑태존의 모습은 조금 전의 담담했던 노인의 얼굴이 아니었다. 지옥의 사자처럼 냉기가 흐르고 두 눈에서 혈광이 번뜩이는, 백도인들이라면 그 누구보다 끔찍하게 여기고 척살하길 원하는 지옥벌의 벌주 흑태존 붕우의 본모습이 나타난 것이다.

"당장 적들을 맞을 준비를 하도록 해라. 가능한 모든 방법을 동원하여서라도 저들을 죽이리라. 싸울 수 있는 자들은 모두 무기를 들어라. 지옥벌을 넘본 것이 얼마나 어리석은 짓인지 보여주리라!"

"존명!"

두말이 필요없었다. 붕우의 명이 떨어지자 자리를 지키고 있던 지옥벌의 핵심 수뇌들은 저마다 자신들이 이끌고 있는 수하들에게 돌아갔다. 자리에는 붕우와 태상장로인 해구신만 남아 있었다.

"태상장로."

"말씀하십시오."

"수하이자 오랜 친구인 자네에게 부탁하고 싶은 게 있네."

"무슨……?"

"지금부터 내가 하는 말은 다른 사람이 알아서도 안 될 것이고 자네만 알아야 하네. 그리고 반드시 지켜주리라 믿네."

말을 하기 전에 다시 한 번 당부를 한 붕우는 해구신에게 전음성을 보내기 시작했다. 처음엔 의아해하던 해구신의 얼굴이 점차 당혹스럽게 변해가더니 종래에는 경악으로 물들었다.

"어, 어찌……!"

"아무 소리 말게. 내 자네만 믿겠네. 그럼 어디 죽으러 가볼까! 후후!"

붕우는 여전히 놀란 얼굴로 앉아 있는 해구신을 뒤로하고 그의 명을 기다리는 수하들에게 가기 위해 방을 나섰다. 조금 전의 살기로 번들거리던 모습과는 너무나 다른 담담한 얼굴이었다.

"지옥벌의 벌주가 병력을 이끌고 나와 이미 진형을 갖추고 있다 합니다."
"호~ 그런가?"
곽검명에게 죽은 은세충을 대신하여 흑기당주를 맡고 있는 귀록(鬼錄)의 말에 상당히 의외라는 듯한 반응을 보인 궁사혼이 자신의 좌우에서 있는 혈참마대의 대주 냉악과 패천수호대의 신임 대주 적성을 둘러보았다.
"농성(籠城)을 하리라는 예상과는 달리 성을 나와 저리 먼저 진형을 갖추고 있다 하니 상당한 준비를 한 모양일세. 우선은 흑기당과 적기당으로 하여금 적의 실력을 가늠케 한 후 자네들을 부를 터이니 미리 준비를 해두게."
"알겠습니다."
냉악과 적성은 동시에 허리를 굽히며 대답을 했다. 궁사혼이 이들과 말을 나누는 사이 어느새 미리 나와 준비하고 있던 지옥벌의 무인들과 흑기당과 적기당을 앞세운 패천궁의 무인들이 가까이 마주 보게 되었다.
"와아아—!"
"쳐라!"
벌써 공격의 명이 떨어졌는지 지옥벌의 무인들이 함성을 드높이며 선공을 감행했다. 넓은 들판을 하나 가득 메운 지옥벌의 무인들의 함성만큼이나 그 수 또한 대단했다. 하지만 이들을 바라보는 흑기당 당주 귀록의 눈은 차갑게 가라앉아 있었다.

"적의 수가 많으니만큼 동료들과 최대한 밀착하여 적을 벤다. 대원들은 자기가 속한 조를 이탈하지 말고 자신의 임무를 다하도록! 가자!"

귀록의 당부와 함께 흑기당의 무인들이 달려나가고 적기당의 무인들 또한 수뇌들의 명령을 숙지하고 흑기당과 발맞추어 지옥벌의 무인들을 상대했다.

서로의 피가 난무(亂舞)하고 베었다 싶으면 어느새 자신 또한 베어지며, 잠시의 틈도 여유도 존재하지 않는, 그저 본능에 몸을 맡기고 싸움에 몰두하는 그들의 모습은 하나둘 짐승의 모습을 닮아갔다. 상대를 죽이지 않으면 내가 죽는 약육강식(弱肉强食)의 법칙이 지배하는 것이 자연의 이치이듯 양측의 무인들 또한 그 범주에서 벗어날 수는 없는 듯했다.

"절대로 흩어지지 말고 진영을 유지하라! 좌우를 살펴 동료들과 함께 적을 베어라! 너희는 할 수 있다! 조금만 더 힘을 내면 된다!"

이곳저곳에서 수하들을 격려하고 용기를 북돋아주는 음성이 들리고 싸움은 더욱더 격렬해졌다.

"흠, 점차 밀리기 시작하는군. 역시 수적인 열세를 극복하기엔 저들의 실력 또한 만만치 않으니……."

조용히 읊조리는 궁사혼의 말처럼 절대적인 수의 열세에서도 좀처럼 물러섬없이 잘 싸우던 흑기당과 적기당의 무인들이 점차 뒤로 밀리고 있었다. 그 이유는 간단했다. 패천궁에선 그들을 제외하고는 아직 그 누구도 싸움에 참여하지 않은 반면에 지옥벌에서는 계속해서 무인들, 특히 상당한 실력을 지닌 고수들이 속속 싸움에 합류하고 있었다.

이와 같은 싸움에서 한두 사람의 고수들이 미치는 영향력은 실로 대단했다. 당연히 그들을 막지 못해 흑기당과 적기당의 무인들이 속속 쓰러지니 가뜩이나 수에서 밀리던 그들이기에 점차 그 기세가 꺾일 수밖에 없었다.

"냉 대주."

"여기 있습니다."

"저들이 너무 설치는군. 더 이상 좌시해서는 우리 측 피해도 제법 있겠네. 피해를 최소화해 달라는 군사의 신신당부하는 말도 있었으니 그리 놔두어서는 아니 되겠네. 자네는 수하들을 이끌고 좌측을 치게."

"알겠습니다!"

궁사흔이 냉악을 부르는 순간 이미 출격(出擊)의 순간이 온 것을 알고 있는 혈참마대의 대원들은 저마다 전의(戰意)를 불태우고 있었다.

"가라!"

냉악의 너무나 간단한 명령과 함께 비상하는 용의 모습이 수놓아진 붉은색 무복을 입은 혈참마대의 대원들은 지옥벌의 좌측을 향해 거침없이 다가갔다.

"이보게, 적성."

"예, 태상장로님!"

적성이 열기가 가득 담긴 두 눈으로 궁사흔을 바라보았다.

"자네들도 질 수는 없겠지. 우측을 맡게."

"그리하겠습니다."

간단히 대답을 한 적성은 아무런 공격의 명령도, 신호도 보내지 않았다. 다만 무식하다는 소릴 들을 정도로 커다란 크기를 자랑하는 검 하나만을 달랑 들고 적을 향해 걸어갔다. 그것이 신호인 양 패천궁의 진영에서 일단의 무리들이 적성을 뒤따랐다. 대오(隊伍)를 정렬하며 절도있는 행동을 보여주었던 혈참마대와 비교한다면 너무나 큰 차이가 나기에 일견 오합지졸(烏合之卒)로 보이기 쉬우나 자유 분방하고 편안한 이들의 행동은 싸움을 앞둔 이들이라 보기 어려운 여유가 흘러넘치고 있었다.

"이보게, 천 장로."

"예, 태상장로님."

궁사혼의 뒤에서 한가로이 서 있던 몇몇 노인들 중 한 명이 대답을 했다. 패천궁 구대장로 중 서열 이위인 천수유(千愁幽)였다.

"혈참마대도 대단하지만 역시 패천수호대만은 못한 듯이 보이지 않는가?"

"흠, 그렇군요. 저런 여유로움은 절대적인 자신감에서나 우러나오는 것인데 말입니다."

"과거 독고적 대주가 그러더군. 저들 셋이면 최소한 구파일방의 장문과 동수를 이룰 것이고, 넷이면 큰 우위를, 다섯이면 필승이라 했네. 역시 그의 말이 허언이 아니었어."

"그러게 말입니다. 독고적… 대단한 인물이었지요. 그 누가 자신의 독문무공을 수하들에게까지 가르쳐 줄 수 있겠습니까? 그가 아니면 감히 엄두도 못 낼 일이지요."

"아까운 일이었네. 하지만 이미 지난날의 이야기지."

잠시 안타까운 기색을 하던 궁사혼이 안색을 고치며 말을 이었다.

"우리도 제법 피해를 본 것 같군."

"명색이 저희를 제외하고는 흑도 최고의 문파입니다. 이 정도의 피해라면 극히 미미한 것입니다."

"흠, 그런가? 그나저나 이 싸움도 끝낼 때가 된 것 같은데……."
 "알겠습니다. 태상장로께서 의도하신 것도 있고 하니 오랜만에 몸이나 풀어야겠습니다."
 천수유는 뒤를 보고 여전히 한가로이 싸움 구경을 하고 있는 나머지 장로들에게 소리쳤다.
 "오랜만에 나선 싸움이네! 아차 하는 순간 수하들이 보는 앞에서 큰 망신을 당할 수도 있으니 정신들 바짝 차리게."
 "쯧쯧, 천 장로께서나 실수하지 않도록 신경 쓰십시오. 장로들 중 가장 오랫동안 장로전에서 소일하신 분이 누구인지 잊으신 모양입니다."
 "허허허!"
 "암, 자네 말이 맞네그려."
 왁자지껄한 소란과 함께 궁사혼을 제외한 패천궁의 여덟 장로가 정면에 나섰다. 비록 한가로이 웃고 떠들어대는 그들이건만 그들에게서 흘러나오는 기운은 절대로 평범한 것이 아니었다. 무인이라면 누구나 갈망하는 꿈의 영역에 최소한 한 발을 들이밀고 있는, 나름대로 절대고수라 칭해도 전혀 무리가 없는 그들이기에 그들이 전장에 나서는 순간 곧 재개는 되었지만 치열하게 싸우던 지옥벌과 패천궁의 모든 무인들이 일시 손을 멈추고 놀랐을 정도였다.
 혈참마대와 패천수호대에 이어 장로전의 장로들까지 본격적으로 움직이자 싸움은 완전히 새로운 방향으로 흐르게 되었다.
 "이럴 수가……!"
 절대적으로 불리할 것 같던 싸움에서 흑기당과 적기당을 조금씩 밀어내는 수하들을 보며 내심 만족스런 웃음을 짓던 붕우는 순식간에 뒤집어진 전세에 망연자실할 수밖에 없었다. 그들은 초반의 기세와는 달리 너무나 어이없이 순식간에 무너지고 있었다. 과연 혈참마대의 명성은 결코 헛된 것이 아니었다. 비록 지난 강남에서의 싸움에서 상당수의 대원들이 목숨을 잃어 새로이 구성된 혈참마대인지라 전체적인 전력이 그 당시와 비교할 바가 아니었음에도 무섭게 적을 쓸어가는 그들의 위력은 패천궁의 주력 중의 주력이라는 말이 빈말이 아님을 여실히 증명하고 있었다. 싸움에 투입된 지 이제 겨우 일각여가 지났지만 여전히 수에서 혈참마대를 압도하고 있는 지옥벌의 좌측 진영은 온통 적색 무복의 움직임만 느껴질 정도로 그들의 활약은 대단했다.

우측을 공격하고 있는 패천수호대의 활약도 실로 만만치 않았다. 소속 인원수가 혈참마대와 비교할 수도 없을 정도로 적은 그들이건만 그들이 쓰러뜨린 지옥벌의 수하들은 혈참마대에 조금도 뒤지지 않을 정도로 발군(拔群)의 솜씨를 뽐내고 있었다. 독고적의 배려로 이제는 개인이 아닌 패천수호대만의 성명절기(盛名絶技)가 된 혈우검법(血雨劍法)으로 무장한 그들을 가로막을 수 있는 사람들은 아무도 없는 듯했다.

하지만 혈참마대도, 패천수호대의 활약도 흑기당과 적기당을 도와 중앙 제압에 나선 장로들의 활약에 비하면 다소 모자람이 있었다.

그 수는 비록 얼마 안 되지만 개개인이 지니고 있는 무공 수위가 거의 궁사흔에 필적하는 이들인지라 지옥벌의 평범한 무인들이 이들의 엄청난 무위를 감당하기엔 무리가 있었다. 별다른 움직임도, 노력도 기울이지 않는 듯한 모습이지만 장로들이 지나간 자리엔 무수히 많은 지옥벌의 무인들이 쓰러져 있었다. 게다가 장로들의 지원을 받은 흑기당과 적기당의 무인들은 사기가 오를 대로 오른 상태였기에 무자비하게 지옥벌의 무인들을 휘몰아쳐 갔다.

결국 보다 못한 지옥벌의 수뇌들 또한 싸움터에 나서게 되었는데 아무리 그들이 지옥벌의 장로이고 어른이라지만 패천궁의 장로들을 막기에는 역부족이었다. 이들 장로들과 일 대 일로 대적할 수 있는 사람은 지옥벌의 태상장로인 해구신과 유일한 여장로이자 흑도 최고의 여고수로 꼽히는 철관음(鐵觀音) 여희, 마검사 뇌우현 정도였다. 나머지 수뇌들은 미리 싸움에 뛰어든 그중 뛰어난 고수들과 연합하여 근근히 천수유를 필두로 한 여덟 장로의 발걸음을 필사적으로 막고 있을 뿐이었다.

문제는 장로들을 막기 위해 동원된 고수들의 손발이 묶이자 그동안 흑기당과 적기당에 비해 약간의 우위를 점했던 전력의 추가 순식간에 기울어진 것이었다. 또한 좌측과 우측 진영에서 밀려오는 압력 또한 상상을 불허하는 것이었으니 지옥벌의 무인들은 이러지도 저러지도 못하는 진퇴양난(進退兩難)에 빠지고 말았다.

"역시… 무리인가?"

순식간에 뒤집어진 싸움의 양상을 바라보던 붕우는 이를 악물었다. 패천궁이 강한 것도, 이번의 싸움에서 이길 가능성이 희박하다는 것도 알고는 있었지만 설마 이 정도일 줄은 생각도 못한 그였다. 이대로 조금만 더 지체해서는 돌이킬 수 없는 결과를 가져올 터였다.

"멈춰랏!"

전쟁터를 울리는 어마어마한 사자후가 울려 퍼지고 싸움은 일시에 정지되었다. 몇몇 내공이 약한 무인들은 고막으로 파고드는 음성에 귀를 막고 비틀거렸지만 누구 한 사람을 겨냥하여 외친 사자후가 아니기에 대부분의 무인들은 그저 내공이 약간 진탕되는 느낌만 받을 정도였다. 하지만 그 정도의 위력으로도 싸움을 잠시 멈추는 것이 가능할 정도였다.

영문을 모르겠다는 듯 멍한 얼굴을 하고 있는 지옥벌의 제자들에게 태상장로의 명령이 다시 한 번 떨어졌다.

"다들 뭣들 하느냐! 벌주님께서 물러나라 하시지 않느냐!"

그제야 하나둘 무기를 거두며 물러나는 그들은 여전히 긴장된 표정으로 상대를 노려보며 경계의 끈을 놓치지 않았다. 이미 붕우의 외침과 더불어 싸움을 멈출 것을 지시한 궁사혼은 그의 다음 행동을 기다렸다.

"공격을 멈추어줘서 고맙네."

모든 수하들이 뒤로 물러나고 더 이상 싸움이 없는 것을 확인한 붕우가 궁사혼을 바라보며 말을 했다.

"무슨 말씀을… 선배와 이런 모습으로 만나게 되어 궁 모의 마음이 편치 않소이다."

"흠, 나도 그렇다네. 하지만 어쩌겠는가? 우리의 힘이 패천궁에 견주지 못하니 이런 꼴을 당하는 것이지."

약간은 자조 섞인 말을 하며 전쟁터를 바라보는 붕우의 안색은 착잡했다. 예상은 했지만 현저한 전력상의 열세였다. 언뜻 보기에도 수없이 많은 지옥벌의 제자들이 쓰러져 있었지만 패천궁의 무인들은 그다지 큰 피해를 입지 않은 듯했다. 그나마도 쓰러진 대부분이 초기에 공격을 했던 흑기낭과 적기당의 인원들이었고, 자신들을 유린한 혈참마대나 패천수호대의 피해는 극히 미미한 듯했다. 붕우의 안색이 수시로 바뀌더니 종내에는 큰 장탄식을 내뱉고 말았다.

"이쯤에서 그냥 물러나는 것이 어떠하시오. 비록 우리와 대적은 했지만 가는 길은 같지 않소이까? 더 이상 다투어본들 피차 간에 아픔만 클 뿐이오."

붕우의 탄식성에서 그 마음이라도 읽은 것일까? 잠시 그를 바라보다 입을 연 궁사혼은 정중하게 항복할 것을 청했다. 어차피 지금의 상황이라면 이대로 공격을 감행한다 하더라도 별다른 피해 없이 지옥벌을 굴복시킬 수 있었지만 굳이 그럴 필요를 느끼진 못했다. 또한 지옥벌의 벌주인 붕우는 자신보다 연배가 높고 흑도의 명망(名望)있는 고수인지라 정중히 예를 갖춰 물러나라고 권했던 것인데, 물론 이 상황에서 물러난다는 것은 패배를 인정하고 패천궁에 무릎을 꿇는다는 것을 의미하기는 하였지만 자발적인 것과 힘에 의해 꺾이는 그 모양새에서 많은 차이가 있기 때문이었다.

"지렁이도 밟으면 꿈틀거린다네. 비록 우리 지옥벌이 패천궁의 벽을 넘지는 못했지만 이렇게 쉽게 쓰러질 수야 없지 않은가? 나를 쓰러뜨리게. 그렇다면 모든 것이 자네가 원하는 방향으로 흐를 것이네."

말을 마친 붕우가 천천히 앞으로 걸어나왔다.

'……'

붕우가 나설 때부터 이런 전개를 예상한 궁사혼은 자신도 모르게 한숨을 내쉬었다. 붕우 정도의 실력을 지닌 고수와의 싸움은 누구든 적당히 물러선다는 것이 불가능했다. 최소한 한 사람의 목숨이 위험해지고서야 끝날 싸움이었다. 어차피 끝장을 볼 심산으로 싸움이 지속되었다면 모를까 이미 사실상의 싸움은 끝난 상태인지라 백도와의 싸움을 앞둔 상황에서 붕우가 죽든 그의 상대가 죽든 그 정도의 고수가 죽는다는 것은 흑도의 입장에선 큰 손실이 아닐 수 없었다.

이런 이유로 길게 한숨을 내쉬는데 그의 마음을 알기나 하는지 호승심에 불타는 장로들은 제각기 자신이 나서 붕우를 상대하겠다며 앞으로 나서고 있었다.

"제가 상대하겠습니다."

"아닙니다. 저를 보내주시지요."

궁사혼은 물끄러미 그들을 바라보았다.

'후~ 누가 나서도 죽음은 피할 수 없는 싸움! 그렇다면……'

생각을 정리한 궁사혼의 입을 열었다.

"되었네. 한 무리의 우두머리가 나서는데 이쪽에서도 그에 걸맞는 예우는 해주는 것이 도리겠지. 내가 나설 것이네."

궁사혼이 힘주어 말을 하자 저마다 아쉬워하기는 했지만 토를 다는 사람은 아무도 없었다.

"꼭 피하고 싶었지만 선배가 그리 말씀하시니 어쩔 수가 없소이다. 그럼 저와 한번 어울려 보십시다."

"자네가 나서겠는가? 고맙군. 자네 정도는 되어야 내 목이 떨어져도 부끄럽지 않음이니."

궁사혼이 무기를 들고 나서자 붕우 또한 그의 마음을 아는지 호기롭게 외쳤다. 두 사람의 거리는 천천히, 그러나 꾸준히 좁혀졌고 서로의 숨결을 느낄 수 있을 정도로 가까워졌다.

"후회없는 대결을 해보도록 하세나!"

"그럽시다."

"그럼 염치없지만 내가 먼저 손을 쓰겠네."

"……"

궁사혼은 허리를 약간 굽히는 것으로 그 답을 대신했다. 그리고 마침내 양측 진영의 우두머리이자 흑도에서 최고의 고수들로 손꼽히는 두 절대고수의 싸움이 시작되었다.

"내가 말은 그리하고 수하들 앞에서 자신감을 보였지만 자네도 알다시피 이번 싸움은 힘들 것이네. 그럼에도 싸울 수밖에 없는 것은 그건 우리의 마지막 자존심 때문일세. 비록 전력은 약하더라도 우리 또한 무림에 당당히 일성(一聲)을 지르던 세력 아니던가! 아무런 저항 없이 물러선다는 것이 용납되지 않았네. 하지만 그래도 결과는 바꿀 수 없는 법. 최후의 싸움은 나와 그쪽의 누군가가 될 것이네. 그때쯤이면 이미 우리의 패배는 기정사실일 것이고… 나는 우리 지옥벌의 마지막 명예를 걸고 싸울 것이네. 내가 이긴다 하더라도 우리 지옥벌은 패천궁의 밑으로 들어가게 될 것이고 내가 패한다면… 아마도 나의 죽음이 될 것이네. 그리하면 자네가 지옥벌을 맡아주게. 비록 사람들이 우리를 말하길 잔인하고 인정없는 집단이라 말들하지만, 그건 싸움에 있어서 냉혹했을 뿐이지 그것이 우리의 본모습은 아니지 않는가. 나의 죽음을 본 수하들은 저마다 죽기를 각오하고 싸울 것이 뻔하네. 그것이 비록 죽음의 길일지라도. 하지만 그건 우리나 패천궁을 제외하고라도 흑도에 전혀 도움이 되지 않는 길이네. 그러니 자네는 나를 대신해 수하들을 잘 통제해 주게. 그 길만이 우리 지옥벌이 명예를 지키며 살아남는 길이네. 내 자네를 믿겠네."

해구신은 자리를 떠나기 전 붕우가 한 말을 떠올리고 있었다. 그리고 그의 말대로 벌주는 지금 지옥벌의 명예를 위해 싸우고 있었다.
꽈과광!
엄청난 충돌음과 함께 대치하던 붕우와 궁사혼이 잠시 기를 고르기 위해 뒤로 물러섰다. 그리고 다시 상대를 향해 달려갔다.
한 치의 양보도 없는 치열한 접전에 양쪽의 무인들은 물론이고 장로들마저도 입을 벌리고 감탄을 하고 있었다.

"허, 내 태상장로님의 실력은 익히 알고 있었지만 지옥벌의 벌주의 실력이 저리 뛰어날 줄은 미처 몰랐소이다."

마검사 뇌우현이 혀를 내두르며 감탄을 하자 천수유 또한 굳은 얼굴로 말을 받았다.

"지옥벌의 벌주는 오직 그 실력 하나만으로 지옥벌의 하급 무사에서 벌주 자리까지 오른 입지적(立志的)인 인물이네. 실력만큼은 누구도 무시하지 못할 정도로 뛰어나지. 특히 평생 누구보다도 많은 싸움을 한 실전의 달인이기에 상대하기 또한 그만큼 어려운 최고의 무인이라 할 수 있겠지. 하지만 난 우리 태상장로님을 믿네. 그분 또한 수없이 많은 싸움으로 지금의 자리에 오르신 분! 절대로 지지 않을 것이네."

천수유의 말에는 확고한 믿음이 있었다. 그의 믿음처럼 우열을 가리기 힘들었던 싸움의 양상은 점차 궁사혼의 우위로 흘러가고 있었. 결국 문제는 내공이었다. 탁월한 실전 경험과 엄청난 무위를 지니고 있던 붕우였지만 그의 내공 수위는 명성에 비해 뛰어난 것은 아니었다.

지옥벌의 하급 무사로 출발한 그였기에 어려서부터 착실히 내공을 다질 기회를 얻지 못했다. 그의 지위가 오르면서 뛰어난 내공비급을 얻고 노력도 했지만 아무래도 그 수위가 떨어짐은 어쩔 수 없었다. 그럼에도 순간의 판단력과 결단으로 부족한 내공을 감당하여 무수히 많은 승리를 얻을 수 있었지만 지금의 상대 또한 그만큼이나 많은 실전 경험을 지닌 고수였고 거기에 내공 또한 심후했다. 결국 활로(活路)를 찾지 못한 붕우는 내공의 부족을 느끼며 점점 밀릴 수밖에 없었다.

'한계가 오고 있구나!'

움직이는 손발이 점점 무거워짐을 느끼는 붕우는 패배를 직감했다.

"회겁란륜(回劫亂輪)!"

궁사혼의 검에서 또 한 번의 엄청난 검기가 공기를 가르며 붕우에게 쏘아져 갔다. 이 한 번의 공격으로 모든 것을 끝내겠다는 듯 실로 엄청난 기세가 담긴 검기였다.

"뇌룡천무(雷龍天蕪)!"

쏘아오는 검기에 안색을 굳힌 붕우 또한 그가 지니고 있는 최고의 무공을 시전했다. 마치 한 마리 미친 용이 세상을 어지럽히듯이 거무튀튀한 도에서 뿜어져 나오는 도기가 사방을 뒤덮었다.

꽈과과꽝!

천지를 무너뜨리는 울림이 사방에 퍼지고 좌우로 퍼지고 있는 검기의 파편들! 실로 엄청난 광경에 누구라 할 것 없이 입을 쩍 벌리고 경악을 금치 못했다.

"크윽!"

"윽!"

자욱한 먼지 속에서 약속이라도 한 듯 신음성이 울리고 두 명의 절대자는 상당한 부상을 당한 듯했다. 계속해서 물러나는 붕우는 연신 피를 토하고 있었고 지니고 있던 검에 의지하여 간신히 몸을 가눈 궁사혼 역시 무사하지 못해 힘겹게 가슴을 부여잡고 있었다.

누가 봐도 확연히 드러난 궁사혼의 승리였다. 하지만 그 누구도 소리 높여 함성을 지르거나 움직이지 못했다. 그저 평생에 있어 한 번 볼까 말까 한 이런 대결을 바로 앞에서 보았다는 것을 영광으로 알며 결과를 지켜볼 따름이었다.

'여기까지인가?'

무려 십여 장이나 밀려간 붕우가 치밀어 오르는 피를 삼키며 신형을 안정시켰다. 그리곤 굳건히 서 있는 궁사혼을 바라보았다. 이미 오장

육부(五臟六腑)가 자리를 이탈하고 대부분의 경맥(經脈)이 상한 그로서는 더 이상 싸움을 이끌어갈 여력(餘力)이 남아 있지 않았다.

'훗, 졌지만 후회없는 대결이었다. 또한 아쉬울 것 없는 인생이었고.'

붕우는 비록 싸움에는 졌지만 하급 무사에서 여기까지 올라온 자신의 지난날을 상기하며 만족스런 웃음을 지었다. 궁사혼을 바라보며 담담한 표정을 지은 그는 너무나 안타까운 표정으로 자신을 바라보는 지옥벌의 무인들을 바라보았다.

"아쉽기는 하겠지만 결과는 이렇게 나고 말았다. 이제부터 지옥벌은 태상장로인 해구신이 맡을 것이다. 그대들이 지금까지 나에게 보여준 충성을 태상장로에게도 보여주기 바란다. 그대들이 나의 수하였다는 것을 절대 잊지 않을 것이다."

붕우의 말에 아무도 입을 여는 사람이 없었다. 붕우는 궁사혼을 바라보았다.

"모든 공과(功過)는 내가 짊어지고 갈 것이네. 자네를 믿겠네."

궁사혼이 뭐라 말을 하기도 전에 붕우는 자신의 도를 들어 스스로 가슴을 찔렀다.

"선배!"

"벌주님!"

모든 이의 외침을 뒤로한 채 지옥벌의 벌주는 너무도 허망하게 세상을 떠났다. 그러나 쓰러지는 그의 얼굴엔 한줄기 웃음이 피어 있음을 볼 수 있는 사람은 많지 않았다.

*　　　　*　　　　*

"되었다. 난 싫으니 더 이상 그 문제는 거론하지 않았으면 좋겠다."

말을 하는 형조문의 어조는 단호했다. 그들과 얼굴조차 맞대는 것이 싫어 떠나온 곳이거늘 다시 돌아오라니… 그것이 아무리 자신이 사랑하는 아우의 부탁이지만 들어주기에는 무리가 있는 말이었다.

"하지만 형님, 이대로 마냥 구경만 하고 있을 수는 없지 않습니까? 한 사람의 고수가 아쉬운 마당에 강남혈사(江南血事)의 주역 중의 한 분인 형님이 참여하지 않으면 누가 나서서 패천궁과 싸우단 말입니까?"

열변을 토하는 상취개 단견은 옆에 서서 멀뚱히 구경만 하는 곽검명의 옆구리를 사정없이 찔러댔다.

"아이고! 왜 나한테 그러느냐? 형님이 가시지 않는 것이 어디 내 잘못이라더냐?"

"으이구!"

단견은 엄살을 부리며 뒤로 물러나는 곽검명을 보고 눈을 부라리다 울상을 지으며 다시 형조문을 설득하기 시작했다.

"형님도 알다시피 사천에서 의외의 기습을 당해 백도의 사기가 많이 떨어져 있지 않습니까? 게다가 전력도 많이 약해져 있고. 솔직히 지금의 전력으론 패천궁을 상대하기가 무리라고 생각합니다. 이럴 때일수록 힘을 합쳐야지요."

"너무 그렇게 울상을 지을 것은 없다. 내가 비록 정도맹에 가지 않는다곤 하지만 나라고 백도가 위기에 처한 것을 어찌 모르겠느냐! 나 또한 힘이 닿는 대로 백도를 위해 패천궁과 싸울 것이다. 하지만 정도맹에서는 아니다."

울상을 짓고 있던 단견은 고개를 발딱 들고 형조문을 바라보았다.

"이 상황에 독불장군(獨不將軍)이 통하리라 보는 겁니까? 적은 한둘이 아니라 수백 수천의 무인으로도 막기 힘든 막강한 전력을 보유한 패천궁이오. 그들을 맞아 홀로 싸우시겠다구요? 그래서 형님도 소문 형님처럼 그렇게 허망하게 쓰러지려고 그러는 겁니까? 그들이 보기 싫으면 안 보면 그만인데 뭐를 두려워하시는 게요. 수천의 군웅(群雄)들이 모여 이루어진 정도맹입니다. 정도맹 안에서도 틀림없이 은원(恩怨)이 난무(亂舞)하고 반목(反目)이 있는 사람들도 있겠지만 대적(大敵)을 앞에 두고는 그것들을 다 덮어두고 힘을 하나로 모으고 있는데 형님은 어떻게 형님 생각만 하시는 겁니까? 저도 소문 형님을 그리 만든 당가가 꼴도 보기 싫습니다만 어쩔 수 없는 일, 이미 지나간 일인걸요."

"그래도 그렇게 넘어가서는 안 될 일이었다."

평소에도 말이 많긴 하였지만 이렇게 진지했던 단견의 모습을 거의 본 적이 없는 형조문인지라 한 발짝 물러서며 대꾸를 했다.

"알지요, 안다구요. 소문 형님이 누굽니까? 강남에서 백도의 마지막 자존심을 세운 사람이지요. 그동안 공을 생각해서라도 절대 그렇게 끝나서는 안 되는 일이었지요. 하지만! 하지만 어쩌란 말입니까! 이미 죽은 사람, 살려낼 수도 없는 것이고 막말로 단 한 번의 실수로 백도에서 중추적인 역할을 맡아야 할 당가를 내칠 수도 없는 문제 아닙니까? 지난 수백 년 간 백도를 위해 혁혁한 공을 세운 당가입니다. 게다가 지금 당장 그들의 실수를 문제 삼기에는 상황이 이를 용납하지 않습니다."

"……."

구구절절(句句節節) 옳은 말이었다. 그동안 소문이 보여준 활약이 아무리 대단하다 하더라도 당가 전체를 백도에서 경원시(敬遠視)할 수는 없는 일이었다. 그럼에도 그들을 향하는 분노가 가시지 않기에 형조문은 자신의 태도를 쉽게 바꿀 수는 없었다.

"그만 하는 게 좋겠다. 그리고 형님은 제 말 좀 들어보시지요."

가만히 지켜보던 곽검명이 보다 못해 둘 사이에 끼어들었다.

"이미 암왕 어르신께서 무림 동도들에게 당가의 잘못을 공식으로 인정하고 사과하셨습니다. 그리고 사건의 당사자라 할 수 있는 당소희 소저와 당일기 선배 또한 자신들의 잘못을 반성하는 의미에서 지난 수개월 동안 정도맹 본성을 건설하는 현장에 자진하여 뛰어들어 막일을 하고 있다 합니다. 그렇게 자신들의 잘못을 뉘우치는 사람들을 붙잡고 이제 와서 뭐라고 하겠습니까?"

곽검명의 말에 형조문은 침묵으로 일관했다. 그에 아랑곳없이 곽검명의 말은 계속 이어졌다.

"지금 형님이 계속 고집을 부리고 계시지만 어차피 정도맹이 아니고서는 싸우기가 마땅치 않음을 잘 알지 않습니까? 정 당가의 사람들이 보기 싫으면 나와 같이 호천단(護天團)에 지원합시다."

"호천단?"

"말 그대로 하늘을 수호하는 단체란 말인데… 뭐, 이름은 그럴듯하지 않소? 원래 별 쓸데없는 것에 신경을 잘 쓰는 위인들이 많아서 이 이름을 짓기에 며칠이 걸렸다고 합디다."

이제 어느 정도 설득이 되었다고 판단했는지 진중하고 무겁던 곽검명의 말투가 차츰 예전의 그로 돌아왔다. 형조문 또한 가볍게 웃으며 대꾸를 했다.

"흠, 하긴 그런 인간들이 많긴 하지."

"호천단은 구파일방의 젊은 제자들이 소속될 복마단(伏魔團), 오대세가의 후기지수(後期之秀)들이 주축이 될 의혈단(義血團)과 더불어 정도맹의 주력 부대가 될 것이랍니다. 구파일방이나 오대세가를 제외한 문파의 후기지수들이 한데 모여 이루어진 단체라 보면 될 거요. 내가 지원하면 그 즉시 단주가 되는 것은 식은 죽 먹기가 될 것이지만 그건 영 번거로워서……."

"행여나! 누가 자네 같은 사람을 단주로 인정한단 말인가? 나라면 또 모를까."

어림도 없다는 표정을 지으며 형조문이 말을 하자 얼굴을 활짝 편 단견이 재빨리 말을 받았다.

"그럼 형님, 정도맹으로 가시는 겁니까?"

"응?"

"방금 그러지 않았소, 호천단 단주가 되겠다고."

"아니, 그게 아니라 나는……."

"한 입에 두말하면 내가 그런 인간을 남자로 인정하지 않는다는 것은 형님이 더 잘 알거요!"

"끄응~"

단견의 협박 섞인 말에 황당한 표정을 지은 형조문은 어쩔 수 없다는 표정을 지었다. 사실 단견의 부탁과 곽검명의 말에 어느 정도 마음이 움직인 형조문이었다. 하지만 완강하게 거부하던 일을 금방 뒤집을 수 없어 잠시 뜸을 들인 것뿐이었다. 혼자서 패천궁과 싸울 수 없다는 것은 이미 그들과 손을 섞어본 형조문 스스로가 너무나 잘 알고 있었다. 다만 당가에 대한 거부감이 워낙 심해 끝까지 거부하고자 한 것이었다.

"그러길래 처음부터 막내의 말을 들어줬으면 이런 일은 없지 않소.

쯧쯧쯧! 쓸데없는 고집은……."
"……."

　　　　　　　*　　　*　　　*

"지옥벌의 굴복을 끝으로 이제 흑도는 패천성에 의해 완전한 통일을 이루었다고 보면 됩니다. 역대 중원을 도모했던 그 어떤 세력도 흑도의 완전한 일통(一統)을 이루어내지는 못했습니다. 바꾸어 말하면 흑도의 일통을 이루어낸 패천궁이야말로 과거 야욕을 드러낸 어떤 세력보다 강맹한 전력을 지녔다고 말할 수 있을 것입니다."
"음!"
제갈공의 말에 자리를 지키던 중인들은 저마다 굳은 안색을 하며 깊은 우려를 나타냈다.
"그러나 중원무림은 단 한 번도 그들의 야욕을 용납하지 않았소이다. 사필귀정(事必歸正)이오!"
"팽 가주님의 말씀대로만 된다면 얼마나 좋겠습니까? 하지만 그것도 이쪽의 전력이 어느 정도 갖추어진 다음에나 통할 수 있는 말입니다. 사실 지난날엔 오히려 패천궁보다 무섭게 무림을 쓸어가던 세력도 있었습니다. 하지만 그들은 하나같이 내부에 문제를 지니고 있었기에 스스로 자멸(自滅)의 길을 걸어가곤 했습니다. 하나 지금의 패천궁은 그런 문제가 보이지 않습니다. 물론 힘으로 점령한 문파도 있고 하니 패천궁에 나름대로 불만을 지니고 있는 세력도 있을 수 있을 것입니다만 그 정도는 그 어떤 세력, 심지어는 정도맹조차 안고 있는 문제입니다. 한마디로 말해 패천궁은 웬만한 약점을 없앤, 그런만큼 안정되고 강맹한 전력을 유지하며 중원을 노리고 있는 것입니다. 그에 비해 이제 겨우 안정되기 시작한 저희로서는 그들과 대적한다는 것이 솔직히 역부족이 아닐 수 없습니다."

"하지만 어쩌겠소. 이대로 저들에게 무림을 내줄 수는 없는 일. 어떻게든 막아야 할 것이오."

"물론입니다. 당연히 막아야 하지요."

제갈공의 말이 끝남과 동시에 저마다 한마디씩 하느라고 조용했던 정도맹의 회의실이 몹시 소란스러워졌다. 장내를 정리한 사람은 정도맹의 맹주를 맡고 있는 영오 대사였다.

"아미타불! 다들 진정하십시오. 이렇게 모인 것도 다 저들의 야욕을 막기 위함이 아니겠습니까? 이렇게 저마다의 의견을 내시면 혼란만 가중될 뿐입니다. 한 분씩 나서서 말씀해 주십시오."

영오 대사의 차분한 말과 함께 소란스러웠던 장내는 잠시 안정을 찾았다.

"제가 한말씀 드리겠습니다."

일순 사람들의 시선이 자리에서 일어난 중년의 사내에게 쏠리고 시선을 받은 남궁우는 차분한 말투로 입을 열었다.

"항상 시간과 정보가 문제였습니다. 강남혈사로 명명(命名)된 지난번 싸움에서도 백도가 패했던 것은 절대적인 정보의 부재(不在)와 재빠른 판단을 내리지 못해 시간을 너무 많이 소비했기 때문입니다. 또한 사천의 참극도 이와 마찬가지였습니다. 우선 저희가 할 일은 저들의 비혈대에 비견되는 정보 조직을 만드는 것이라 생각됩니다."

"하지만 다른 일도 그렇지만 특히 정보를 담당하는 조직을 만든다는 것은 하나의 무력 단체를 만드는 것보다 많은 인력과 오랜 시간, 그리고 비용(費用)이 들어갑니다. 싸움을 목전(目前)에 둔 지금 그 일을 소홀히 할 수는 없겠지만 우리에겐 전통적으로 정보 수집에 능한 개방이 있습니다. 그 문제는 개방을 활용하는 것으로 대치를 하고 우선 급한 것은 패천수호대, 혈참마대와 같은 저들의 최정예 부대를 상대할 단체를 조직, 육성해야 하는 것이라 생각됩니다."

"곽 장문인의 말씀에 전적으로 동의합니다. 언제 쳐들어올지 모르는 저들을 막을 방법을 강구하는 것이 우선되어야 한다고 생각합니다."

곽무웅이 남궁우의 말을 반박하자 황보세가의 가주인 황보천악이 그를 거들고 나섰다.

"이미 복마단과 의혈단, 호천단이 조직되지 않았습니까? 지금 시점에선 또 다른 단체를 조직하는 것보다는 이 세 단체에 힘을 실어주고 나머지 병력은 각 문파별로 지원하는 것이 어떻겠습니까?"

가장 구석에 앉아 있던 아미의 금정 신니가 조용히 말을 받았다. 비록 자진한 아미의 장문인에게 파문의 조치를 당했지만 그 누구도 정도맹에 들어와 있는 아미파의 제자들을 무시하거나 부정하지 않았다. 오히려 힘든 상황에서 백도를 위해 끝까지 남아 싸우려 하는 그들을 인정하고 존중해 주었다.

"아미타불, 모든 분의 의견이 다 소중하고 어느 하나 버릴 것 없이 중합니다. 하지만 일에는 선후가 있는 법, 먼저 제갈 군사의 고견(高見)을 들어보도록 합시다."

의견이 분분(紛紛)해지자 영오 대사는 결국 제갈세가의 가주이자 정도맹의 군사를 맡고 있는 제갈공에게 화제를 돌렸다. 좌중의 시선을 받은 제갈공은 차분히 설명을 시작했다.

"다들 아시겠지만 우선 지금까지 확정된 정도맹의 지휘 체계부터 간단히 설명드리겠습니다."

 제갈공이 설명한 정도맹의 주요 조직 구조는 매우 간단했는데 그 내용은 다음과 같았다.

 정도맹을 이끄는 수장으로 맹주가 있으며 맹주의 독단(獨斷)을 막고 견제하며 최선의 결정을 내리기 위해 자문 기관(諮問機關)이자 최고의 의결 기관(議決機關)의 역할을 하는 장로전은 구파일방과 오대세가의 문주들이 차지했다. 호법전엔 장로의 자리를 차지하지 못한 백도의 명숙들과 각 문파의 장로들이 주로 참여했고, 집법전(執法殿)을 두어 방대한 규모를 자랑하는 정도맹의 규율(規律)과 기강(紀綱)을 잡도록 했다. 그리고 각 문파의 최고 후기지수들로 이루어진 복마단, 의혈단, 호천단을 두었다. 이 외에도 물자를 담당하는 기관, 부상당한 무인을 돌보는 기관, 각종 무기를 제조하는 기관 등 세세한 부분까지 신경을 썼다.

 "…이상이 정도맹을 이루는 조직들입니다. 이 점을 숙지하시고 그럼 조금 전에 말씀하신 의견들에 간단한 설명을 드리겠습니다. 개방이 저들에게 너무나 잘 알려져서 그렇지 저들의 비혈대를 능가하는 정보력은 의심의 여지가 없습니다."

 "물론이외다. 숭원 어디에도 우리 개방의 제자들은 존재하오. 절대로 정보력에서 뒤진다는 말은 나오지 않도록 하겠소."

 황충이 가슴을 치며 호언장담(豪言壯談)하였다. 그 모양에 빙그레 웃음 지은 제갈공이 말을 이었다.

 "저희들은 개방을 믿고 있습니다. 따라서 따로 정보 조직을 만드는 것은 이 시점에서 다소 무리라 생각되어 배제했습니다. 무력 단체에 있어서 저들에겐 흑기당, 적기당을 비롯하여 많은 조직들이 있지만 그들은 이미 오래전부터 그런 지휘 체계를 이루어왔기 때문에 그다지 문제가 되지 않습니다. 하지만 결성된 지 얼마 되지 않은 저희로서는 그렇게 하기가 힘듭니다. 그래서 지역별로 벌어지는 싸움은 그 지역에 있는 문파가 주도해서 막도록 하고 대신 정도맹 본성에는 각 문파의 후기지수로 이루어진 복마단, 의혈단, 호천단을 두어 상황의 추이를 지켜보고 이들을 재빨리 지원하는 방식으로 운영하려 합니다. 다만 이들이 실력은 출중하더라도 강호의 경험이 적은 관계로 이들이 움직일 시 장로전과 호법전에서도 소수의 인원이라도 같이 움직일 것입니다. 이들만 효과적으로 움직인다면 그 어떤 싸움에서도 쉽게 밀리지는 않을 것입니다."

"아무리 후기지수들로만 이루어졌다고 해도 그것이 가능하겠소?"

목인영이 짐짓 불신의 표정을 지으며 질문을 했다.

"각 문파에서 최대의 협조를 해주신 덕에 이미 기대 이상의 전력을 지니고 있습니다. 종남파(終南派)에서 보내주신 제자 또한 상당한 실력을 지닌 고수라 들었습니다."

"물론이오. 복마단에 소속된 종남의 제자들 중 장문제자인 오상(吳촜)은 우리 종남의 미래를 이끌 보물이외다."

제갈공의 은근한 칭찬에 얼굴 하나 가득 자부심을 표출한 목인영은 말을 마친 후 슬그머니 자리에 앉았다.

"말씀드렸다시피 각 문파에서 최고의 제자들만 차출된지라 그 실력은 염려하지 않으셔도 될 것입니다. 이들 세 개 단체면 패천궁의 혈참마대와 혈영대, 패천수호대와 능히 그 자웅(雌雄)을 겨룰 만하다고 생각합니다."

제갈공은 확신에 찬 어투로 계속해서 설명을 해 나갔다. 그의 설명이 거듭되면 거듭될수록 중인들은 그의 치밀한 계획과 안배에 혀를 내두르며 인정을 하기에 이르렀다.

"…끝으로, 그럼에도 서두에 말씀드렸다시피 패천궁의 힘에 비하면 다소 부족한 면이 있습니다. 그러니 아직도 별다른 움직임을 보이지 않은 많은 고수들과 기인(奇人)들이 최대한 빠른 시일 안에 정도맹으로 들어올 수 있도록 노력하여 전력을 강화하는 것도 잊어서는 안 될 것입니다."

"무량수불! 군사의 말씀을 들으니 노도의 마음이 적이 놓이는구려. 어둠 속에서 빛을 본 느낌이 드오이다. 허허허."

무당을 이끄는 운상 진인의 이 한마디는 상당 시간 이어졌던 제갈공의 설명이 얼마나 이들을 탄복시키고 믿음을 주는지 여실히 느끼게 해 주었다.

　　　　　*　　　*　　　*

"준비는 차질없이 되고 있는가?"

"예, 궁주님. 모든 준비가 이미 끝났습니다. 이제 적절한 기회를 보아 강북을, 아니, 무림을 도모하면 될 것입니다."

공손히 대답을 하는 귀곡자의 음성엔 자신감이 흘러넘쳤다.

"기존의 패천궁의 단체들은 그 골격을 그대로 유지하고 이번에 새로 본 궁에 예속된 문파들은 그 특성들을 고려하여 따로 구분해 두었습니다."

"흠, 그들이 비록 우리에게 굴복은 하였지만 같은 흑도의 무인들. 가능하면 불만 사항이 나오지 않도록 잘 다독거려 주고 원하는 것은 공정하게 따져 들어주도록 하게."

"알겠습니다."

"그리고… 지옥벌의 무인들은 어찌하고 있는가?"

패천궁에 대항하여 가장 오랫동안 버틴 대표적인 흑도세인지라 관패도 은근히 신경 쓰이는 듯했다.

"그다지 염려할 것은 없었습니다. 지옥벌의 벌주가 죽으며 벌주 자리를 해구신에게 넘겼는데 신임 벌주가 된 그가 수하들을 잘 통제(統制)하고 있습니다. 제 생각이지만 아마도 전 벌주가 죽으면서 이미 지옥벌이 가야 할 길을 지시한 것 같습니다."

"그랬겠지……."

조그맣게 중얼거리는 관패를 약간 이상하다는 듯이 바라보자 관패가 그런 귀곡자에게 살짝 미소를 지으며 말을 했다.

"왜, 이상하게 보이는가? 원래 한 문파의 우두머리는 자신도 자신이지만 죽음에 이르러서도 문파와 수하들을 생각하는 것이라네. 그런 자만이 진정 수장(首長)으로서의 자격이 있는 것이겠지. 지옥벌의 벌주의 말을 들으니 갑자기 그런 인물이 죽은 것이 안타까워 그런 것이네. 하여간 그건 그렇고, 병력은 어찌 배치했는가? 이번에도 기습 작전을 벌인 것인가?"

"더 이상의 기습은 이루어지기도 힘들고 설사 기습을 하더라도 어떤 성과를 얻는다는 것은 불가능할 것입니다. 일전에 말씀드렸듯이 이제는 철저한 힘 싸움입니다."

"힘 싸움이라… 그렇다면 군사는 그 시기를 언제로 보는가?"

"가능하면 빨리 하는 것이 좋을 것입니다. 하지만 벌써 본성이 강남을 차지하고 싸움을 중지한 것이 벌써 수개월 전의 일입니다. 갑자기 싸움을 시작하기엔 명분(名分)이 없습니다. 우선 싸움을 시작할 명분을 만들어야 할 것입니다."

"명분은 무슨. 어차피 명분을 따지고 시작된 싸움이 아니네. 지금에 와서야 명분을 따지는 것도 낯간지러운 일이 아닌가?"

관패가 황당하다는 듯이 귀곡자를 바라보자 그런 관패를 보며 마주 웃은 귀곡자가 계속 말을 이었다.

"말이 그렇다는 것이지요. 지금 저희를 지켜보는 많은 시선들이 있습니다. 물론 그다지 신경 쓸 것은 아니지만 이런 시선들이 하나둘 모이면 약간이나마 부담으로 작용할 수가 있습니다. 혹 민간에 피해가 갈 것을 우려한 관에서 간섭을 할 수도 있을 것입니다."

"그래서?"

"명분이야 만들면 되는 것 아니겠습니까? 많은 시간이 걸리지도 않을 것입니다. 지난번과 마찬가지로 전임 궁주님을 시해한 자들의 정체가 드러났다고 우선 선포(宣布)하고 간단한 물증(物證)을 제시하는 것으로 모든 준비는 끝날 것입니다. 그리고 저희는 당당히 싸움을 시작하면 되는 것입니다."

"하하, 이제 보니 자네의 농담도 상당하구먼. 전에도 우리의 말을 믿은 사람이 얼나나 있었는가? 이번에도 그리한다면 누가 우리의 말을 믿어주겠는가?"

관패가 크게 웃으며 말을 했지만 안색 하나 변하지 않는 것을 보니 귀곡자는 진심인 모양이었다.

"우리에겐 물증이 있고 저들은 그것을 부정할 만한 시간도, 증거도 없을 것입니다. 우리의 주장을 믿든 말든 그건 신경 쓸 일이 아니지요.

다만 대외적으로 조금이라도 명분을 쌓기 위한 준비일 뿐이니까요."

"자네같이 냉철한 사람의 머리에서 나온 것이라고 보기엔 너무 억지스럽고 말도 안 되는 것이긴 하지만 자네의 생각이 그렇다니 그리하도록 하세. 어차피 오늘 밀고 올라가나 내일 밀고 올라가나 결과는 변치 않을 것이니. 그래도 그것참! 명분이라… 아무리 생각해도 어째……."

관패는 입맛을 다시며 어색한 표정을 지으며 은근히 귀곡자를 바라보았다. 차라리 그냥 공격을 하자는 무언의 압력이었지만 그동안 자신의 계획이 몇 번이나 큰 성공을 거두어 자신감이 충만한 귀곡자는 그 압력을 용케도 피하고 앞으로 있을 간단한 공격 계획에 대해 설명하기 시작했다.

"잠시만 기다리게. 어차피 공격을 하자면 직접 공격을 주도하는 수뇌들이 우선 알아야 할 사항이니 지금 즉시 모든 수뇌들을 회의실에 모이라고 하게. 나 또한 그곳에서 자네의 설명을 듣도록 하지."

"알겠습니다."

갑작스레 떨어진 소집령에 다가올 싸움에 대비해 저마다 마음을 가다듬고 있던 대부분의 수뇌들은 명령이 떨어진 지 얼마 되지 않아 속속 회의실로 들어섰다. 다만 한곳, 어제야 비로소 이곳에 도착하여 동쪽의 전각을 배정받은 혈영대의 거처에서만 난리가 났다.

"뭣들 하느냐? 빨리 대주님을 찾아야 할 것 아니냐? 어서!"

혈영대의 부대주 사혼자 하문도는 입 안이 바싹바싹 말라왔다. 조금 전만 해도 방 안에서 술을 마시고 있던 대주 안당이 어디로 사라졌단 말인가? 어느새 소집령에 응할 시간은 다가오는데 어느 곳에서도 안당을 찾을 수가 없었다.

'내가 이 인간 때문에 속이 시커멓게 탄 것이 한두 번이 아니지만 또다시 이런 꼴을 당하고 나니 정말 미치겠구먼!'

패천궁에서 날고 긴다 하는 살수들이 모인 혈영대가 사람 찾아내는 일이 주요 업무인 포두로 변하여 그들의 대주 안당을 찾은 지 무려 한 시진! 결국 그들은 그들의 대주인 안당을 찾아낼 수 있었다.

"어디에 계시더냐?"

하문도는 보고를 하러 온 혈영 팔호에게 험한 인상을 내보이며 다급하게 물었다.

"그것이……."

"시간이 없다. 어서 말을 해라."

"시내에 있는 청향리(淸香籬)라는 곳에 있습니다."

"청향리? 그곳이 어디더냐?"

혈영 팔호는 하문도의 눈치를 보며 조심스레 대답을 했다.

"술과 여자가 있는 기루(妓樓)입니다……."

"기, 기루?! 지금 기루라 했느냐?"

"그, 그렇습니다."

혈영 팔호가 마치 자신을 잡아먹을 듯 노려보는 하문도의 기세에 어쩔 줄을 몰라 하며 대답을 했다.

"미쳤구나! 미쳤어! 지금 때가 어느 땐데… 빨리 그곳으로 안내하라."

하문도의 기세가 풀리자 겨우 숨을 내쉰 혈영 팔호는 그가 발휘할 수 있는 최대한의 실력으로 경공을 펼쳤다.

'후, 어쩌자고 그러시는 것인가? 귀곡자가 우리를 눈엣가시처럼 여기는 것을 모르시지도 않으면서.'

양분무림(兩分武林)

혈영 팔호를 따라가는 하문도의 안색은 몹시 굳어 있었다.

"이제 다 모인 것인가?"
"아직 혈영대의 대주가 오지 않았습니다."
"사제가?"
"그렇습니다."
"어디 가서 술을 먹고 있는 모양이군. 우선 회의를 진행하도록 하게."

관패는 안당이 도착하지 않았다는 것을 귀곡자로부터 확인하자 두 말하지도 않고 회의를 진행시켰다.

"하지만!"
"응?"
"궁주님의 사제를 떠나 엄연히 혈영대의 대주라는 직함을 지니고 있습니다. 이런 중차대한 시기에 대주가 자리를 비운다는 것은 반드시 짚고 넘어가야 할 일입니다."
"그건 차후에 논의하도록 하고 우선 여기 모인 분들에게 공격에 대한 자세한 설명을 하게."
"궁주님!"
"그만! 되었네."
"알겠습니다."

일단은 안당에 대한 책임 문제를 거론한 뒤 한 발 물러선 귀곡자는 곧 자리에 모인 패천궁의 장로들과 호법, 그리고 각 단체의 수장들에게 자신이 생각하고 있는 계획들을 설명하기 시작했다.

"지난번에 보여준 여러분의 활약에 힘입어 우리 패천궁이 상당히 유리한 입장에서 정도맹과 싸울 수 있게 되었습니다. 여러분들의 노고에 우선 감사를 드립니다. 이제 남은 것은 본격적인 힘 싸움이 남아 있습니다. 저들은 우선 장강에 인접한 무당과 제갈세가를 기점으로 하여 저희와 맞서고 있습니다. 병력은 약 이천에서 이천오백 사이로 추정됩니다. 이들이 비록 저희와 맞서며 최전선을 지키고 있지만 어떤 의미에서 그다지 신경 쓸 숫자는 아닙니다. 문제는 무당에서 약 삼 일 정도의 거리에 정도맹의 본성이 있다는 것입니다. 본성에는 저희 혈참마대나 패천수호대와 같은 백도의 최고 정예들로 이루어진 고수들이 대거 운집해 있습니다. 싸움이 시작되면 이들이 곧 장강으로 파견될 것이고 그때까지 장강의 수비선을 뚫지 못하면 힘든 싸움이 될 것입니다."

"힘들기야 하겠지만 우리가 패하리란 생각을 하지는 않네만."

궁사혼이 약간은 못마땅한 얼굴로 귀곡자를 바라보았다.

"그렇지가 않습니다. 무인들의 수야 문제가 되지 않지만 그곳이 어디인가를 생각하셔야 합니다."

"그건 무슨 소리인가?"

"지금 저희가 돌파하려는 곳은 비단 무공만을 지닌 자들이 아니라 제갈세가에서 지키고 있다는 것을 염두하셔야 합니다. 지난번 남궁세가에서는 폭약을 이용해 그들이 펼쳐 놓은 절진들을 파해(破解)하여 공격하는 것이 비교적 쉬웠지만, 저들의 앞마당이라 할 수 있는 그곳에서는 함부로 폭약을 사용하지 못함은 물론이고 상당한 피해를 감수해야 설치한 진법을 뚫을 수 있을 것입니다. 당연히 전력을 그대로 유지하고 지원군까지 온 저들과 싸운다는 것은 저희 쪽에서도 상당한 위험 부담을 안는다는 것을 의미합니다. 그런 대규모의 싸움에서 단 한 번의 패배가 무엇을 의미하는 것인지는 여러분도 익히 아시리라 믿습니다."

"그럼 무리를 해서라도 지원군이 오기 전에 싸움을 마무리 지으면 될 것이 아닌가?"

궁사혼 옆에 앉아 있던 천수유가 질문을 했다.

"그것도 불가능합니다. 지난번 저희들의 기습에 철저히 농락당한 저들인지라 아무리 감추려 해도 동정호를 넘기도 전에 우리들의 움직임을 감지할 것입니다. 모르긴 몰라도 저희가 움직이는 길목마다 절진을 설치하고 매복을 통해 시간을 끌 것이고, 최대한 빠르게 움직일 그들이기에 지원군이 오기 전에 그들을 무너뜨린다는 것 역시 무리가 있습니다."

"……"

귀곡자의 답변이 끝나자 아무도 입을 여는 사람이 없었다. 무인 대 무인, 집단 대 집단의 싸움만이라면 모를까, 진법에는 문외한(門外漢)들인 그들이 병법(兵法)과 지략(智略), 진법(陣法)에서 최고를 자랑하는 제갈세가를 무시할 수가 없었기 때문이다.

"그렇게 말을 하는 것을 보니 자네에겐 해결책이 있는 듯한데… 안 그런가?"

관패의 말이 떨어지기를 기다렸다는 듯이 귀곡자가 대답을 했다.

"확실한 방법이라 장담은 못하지만 해결책이 있기는 있습니다."

"싸움에 있어 그 어떤 방법도 확실한 것은 없는 법이네. 가능성이 높은 것이지. 어서 말해 보게."

"궁주님의 말씀이 옳으이. 이제껏 자네가 보여준 능력이라면 충분히 신뢰할 수 있는 방법일 것이니 말해 보게."

관패의 말에 궁사혼 또한 고개를 끄덕이며 귀곡자를 재촉했다.

"성동격서(聲東擊西)입니다."

"성동격서?"

"흠!"

귀곡자의 단호한 말에 저마다 그것이 내포하는 의미를 알고자 애를 썼다.

"하하하! 성동격서라… 그거 재밌겠습니다."

갑자기 들려오는 음성에 귀곡자는 얼굴을 찌푸렸고 사람들의 시선은 이제 막 회의실 문을 밀치고 들어오는 안당에게 집중되었다.

"많이 늦었군, 사제."

"하하! 죄송합니다. 이번에 패천궁의 본성을 비우고 이곳으로 옮겼다기에 잠시 거리를 돌아보았습니다. 의외로 멋진 곳이었습니다. 하하하!"

강서와 호남의 접경지인 애주부(哀州府)라는 곳에 거대한 장원이 생기고 그곳이 무림을 도모하기 위한 패천궁의 전초기지(前哨基地)임이 밝혀지자 세인들은 물론이고 패천궁 내에서도 자세한 사정을 몰랐던 많은 이들이 깜짝 놀랐다는 후문(後聞)이 있었다. 안당의 말에 의하면 자연 이들이 모여 있는 곳이 애주부에 있는 패천궁의 전초기지라는 것인데…….

"하하, 사제는 하나도 변하지 않았군. 이곳에 오자마자 거리에 나갈 생각을 하다니. 사제가 앞장서서 패천궁의 앞날을 생각해야 하는 것 아니겠는가?"

"원 별말씀을 다 하십니다. 어차피 저야 싸우는 데만 신경을 쓰면 되는 것 아니겠습니까? 계획이야 여기 계신 군사님께서 알아서 세워주실 것이니 말입니다."

은근히 가시 돋친 말이었지만 귀곡자는 아무런 내색도 하지 않았다.
"저는 이곳에 서 있겠습니다. 자리도 남는 것 같지 않고 술을 몇 잔 마셨더니 속이 거북해서 말입니다. 군사께서는 계속 말씀하시지요."
말을 마친 안당은 회의실 한쪽 구석의 기둥에 몸을 기대며 자리를 잡았다.
'몇 잔을 마셔? 빌어먹을 놈! 회의실이 온통 술 냄새로 진동을 하는데……'
당장에 잡아다가 패천궁의 율법(律法)에 따라 엄벌(嚴罰)을 내리고 싶었지만 그리할 수 없는 그인지라 그저 끓어오르는 화를 참으며 끊어졌던 말을 이었다.
"말 그대로 한쪽에서 요란한 모양새를 떨고 다른 곳을 치는 것입니다. 먼저 요란을 떨 곳은 당연히 장강을 중심으로 한 무당과 제갈세가가 주력을 이루고 있는 곳이 될 것입니다."
"하면 진정으로 공격할 곳은 어디인가?"
관패의 물음에 궁사흔이 한쪽 벽 전체를 차지하고 있는 지도로 다가가더니 주저없이 한곳을 지적했다.
"헛!"
"흠!"
저마다 짧은 신음성을 내뱉고 잠시 침묵이 이어졌다. 귀곡자가 지적한 곳! 그곳엔 화산(華山)이 있었다.
"그게 가능하겠는가? 화산이라면 여기서 아무리 빨리 이동하여 공격을 감행한다 하더라도 가는 길이 험해 적어도 오 일은 걸릴 것이네만."
"그건 저들 또한 마찬가지입니다. 장강 유역을 지키기 위해 이곳으로 달려온 그들이 다시 북서진하여 화산에 오는 시간 또한 그 정도는 걸릴 것입니다."

"우리가 화산에 도착할 시간이면 그들 또한 도착할 시간이 아닌가? 그렇다면 어차피 힘을 집중하여 한곳을 치는 것이 나을 수도 있는 것 같은데?"

관패의 질문은 계속됐다. 그리고 귀곡자의 답변 또한 계속 이어졌다.

"우선 한 가지를 생각해 보아야 합니다. 지금의 전력으로는 정도맹과 저희 패천궁이 정면 충돌을 한다면 승산의 십 중 칠은 저희에게 있습니다. 그런 데다가 저들은 장강 유역도 무시할 수 없는 처지인지라 모든 지원군을 화산에 집중시킬 수 없습니다. 아무리 제갈세가의 진법을 믿는다 하더라도 일부의 병력이나마 지원을 하게 될 것입니다. 하지만 화산을 공격하는 저희는 전력의 칠 할을 투입할 것입니다. 제갈세가의 진법이 없는 한 칠 할의 병력이 투입된다면 저들이 아무리 많은 지원군을 보낸다 하더라도 화산에서의 전투는 본 궁의 승리로 돌아올 것입니다. 굳이 절진을 뚫고 많은 피해를 보느니 아예 그곳을 피해 공격을 하자는 것입니다."

"아무리 자네 말이 옳다 하더라도 공격을 하는 우리의 입장에선 수비를 하는 저들보다 입는 피해 또한 만만치 않을 것이네. 화산 공격으로 우리가 얻을 수 있는 성과는 무엇인가?"

궁사혼의 질문에 대한 답은 엉뚱한 곳에서 들려왔다.

"지리적 이점입니다. 화산을 장악하여 강남에 이어 섬서(陝西)를 얻는다면 현재 정도맹과 본 궁이 나란히 놓여 대치하고 있던 지금의 상태와는 달리 저희가 저들을 포위하는 형국이 돼버립니다. 그리만 되면 본 궁은 다각도에서 공격의 길을 찾을 수 있을 것이고 많은 작전을 이용하여 정도맹의 후방을 교란(攪亂)할 수도 있습니다."

"그리고 무엇보다 소림이 움직이기 힘들어집니다. 누가 뭐라 해도 소림의 힘은 구파일방 중 최고입니다. 비록 정도맹의 맹주가 소림사의 방장인지라 소림이 활발히 움직이는 것처럼 보이나 아직 본격적으로 힘을 쏟고 있지는 않습니다. 이 참에 화산파를 점령하고 소림의 발을 묶는 것이 이번 싸움의 가장 큰 목적입니다. 화산을 공격하는 동안 그 중간에 위치한 종남파를 접수하는 것 또한 부수적인 성과일 것입니다. 따라서 본 궁은 반드시 화산을 공략해야 합니다."

귀곡자가 안당의 말에 추가적으로 설명을 하며 화산 공격의 필요성을 역설했다.

"하지만 그걸 그들이 알고 화산에 힘을 집중시키면 어떻게 되는 것입니까?"

귀곡자는 질문을 한 냉악을 힐끔 바라보았다.

"그리되면 남은 전력으로 장강을 뚫어야 할 것이고 뚫을 수 있을 것이네. 그리되면 화산을 접수하는 것보다는 효과가 적겠지만 이 또한 상당한 전과를 거두는 것이지."

귀곡자는 모든 설명이 끝났다는 듯 자리로 돌아와 앉았다. 이제 결정은 전적으로 궁주인 관패에게 달려 있었다.

"어찌 생각하십니까?"

관패가 바라보는 곳은 궁사흔을 비롯하여 장로들이 앉아 있는 곳이었다.

"흠, 성공만 한다면 그보다 더 좋은 방법은 없을 듯싶고, 실패를 한다 해도 그다지 손해를 볼 것 같지는 않으니 한번 밀고 나가보시는 것이 좋을 듯합니다."

"알겠습니다. 태상장로께서도 그리 말씀하시니 그렇게 하도록 하겠습니다."

이미 결정을 내린 관패인지라 자신의 뜻과 부합되는 궁사흔의 대답에 몹시 흡족해했다.

"이제 결정이 난 듯합니다. 군사는 보다 세밀한 계획을 세워 최대한 공격을 서두르게. 그리고 여러분들 또한 공격에 대비 만반의 준비를 갖추도록 하시오."

"봉명(奉命)!"

관패의 명이 떨어지자 앉아 있던 모든 이들이 일어나 허리를 굽히고 명을 받았다.

그리고 패천궁의 수뇌들이 모여 회의를 한 지 단 하루도 지나지 않았을 때였다. 명분의 하나로 이용하려던 전임 궁주의 시해에 대한 증거를 조작(操作)하기도 전에 수하로부터 전해져 온 소식에 귀곡자는 회심의 미소를 지었다.

'되었다. 이것으로 명분은 만들어졌다.'

귀곡자는 허겁지겁 관패를 찾아갔다. 서찰 안에는 실로 놀라운 글이 실려 있었기 때문이다.

"궁주님!"

"아니, 이리 이른 새벽에 무슨 일인가?"

유난히 서두르는 기색이 역력한 귀곡자를 바라보던 관패가 이상하다는 듯이 물었다.

'흠, 평소에 이런 모습을 보이지 않는 군사건만 도대체 무슨 일이기에 이리 급히 달려온 것이란 말인가?'

"명분이 만들어졌습니다."

"아니, 한밤중에 달려와서는 뜬금없이 명분이라니? 그게 무슨 소리인가?"

"방금 남궁세가를 지키던 곳에서 연락이 왔습니다. 그런데……."

"답답하네. 그런데 무슨 일이라던가?"

잠시 숨을 고른 귀곡자가 다시 말을 이었다.

"지난번 전투에서 부상을 입어 세가에 남았던 자들이 탈출을 했다고 합니다."

"탈출을? 하지만 그 정도 가지고 군사가 이렇게 뛰어오지는 않았을 것 같은데 다른 이유가 있는 것인가?"

"그자들이 탈출을 하면서 그들을 감시하던 수하들을 무려 오십여 명이나 도륙(屠戮)을 하고 달아났습니다."

"그자들이!"

관패의 얼굴이 갑자기 굳어지며 노기에 찬 목소리가 흘러나왔다.

"목숨을 살려준 은혜도 모르고 감히 그 따위 짓을 저지르다니!"

"진정하십시오. 이것으로 인해 저희들이 백도를 공격할 명분이 생긴 것 아니겠습니까?"

"……?"

"본 궁에서 승자의 아량으로 그들의 목숨을 살려둔 것이었습니다. 그런데 그들이 오히려 은혜를 저버리고 그렇듯 도의(道義)에 어긋나는 짓을 했으니 우리가 그들을 공격한다 하더라도 무슨 말을 하지는 못할 것입니다. 비록 죽은 수하들의 목숨이 아깝기는 하지만 이번 기회를 그냥 흘려 버리시면 안 될 것입니다."

귀곡자의 말이 무슨 의미인지 잘 알고 있는 관패는 약간 흥분한 목소리로 명을 내렸다.

"군사는 들으라!"

"봉명!"

"날이 밝는 대로 백도를 정벌하기 위한 병력을 출전시키도록 하라! 그리고 지금 당장 저 은혜도 모르는 놈들을 쫓아가 그들의 행동이 얼마나 어리석은 짓이었는지 보여주도록 하라!"

"알겠습니다!"

명을 내리는 관패의 목소리도 명을 받는 귀곡자의 목소리도 흥분에 들떠 있었다.

마침내 백도로 대표되는 정도맹과 흑도를 통일한 패천궁의 대회전(大會戰)의 막이 오른 것이다.

  *   *   *

사천과 섬서를 경계로 하는 대파산맥(大巴山脈)의 기운이 사천으로 뻗어 대파산의 한 자락을 이루는 발산(拔山)에 세 명의 젊은이가 나타났다.

"후, 이제 저 산만 넘으면 사천 땅을 벗어나는 것이네."

"사천이 아니면 호북이란 말입니까?"

"아니네. 섬서로 가는 것이지. 자네가 최단거리로 가기를 원하지 않았나. 물론 배를 이용하여 간다면 더 빠를 것이나 자네가 죽어도 배는 타지 않겠다고 하니 이 고생이 아닌가? 어떻게 배를 무서워할 수가 있나?"

세 명의 젊은이 중 맨 좌측에 있는 청년이 자신보다 머리 하나는 더 있음직한 깡마른 사내를 놀리며 말을 했다.

"누, 누가 무서워한다는 겁니까? 무서워하는 것이 아니라 보다 많은 곳을 알고 싶어서 그러는 것입니다."

어설프게 변명을 하는 그의 목소리는 점점 작아졌다. 자신의 옆에 있던 청년, 아니, 아가씨가 살짝 미소를 지었기 때문이었다.

"행여나! 암튼 자네 때문에 여러 사람이 고생하는 것인 줄 알게나."

"흥, 너무 그러지 마십시오. 이까짓 산이야 넘어가면 그만 아닙니까? 별로 험하지도 않아 보이는 산을 가지고!"

자신의 옆에 서 있던 아가씨의 손을 덥석 잡은 사내는 성큼 발걸음을 옮겼다.

"흐이구! 무식이 죄다, 무식이! 세상에 대파산을 목전에 두고 그런 말을 할 수 있는 사람이 여기 있었다니……."

자신만 뒤처질세라 급히 쫓아가는 사내의 입에선 심통이 가득한 말들이 저절로 쏟아져 나왔다.

세 명의 남녀가 한가로이 대파산을 향해 걸어가고 있을 때 관패의 명을 받은 패천궁의 무인들은 저마다 승리를 다짐하는 함성을 지르며 북진(北進)하고 있었다.

제22장

인연(因緣)

인연(因緣)

 '훗! 결국 이렇게 되고 말았나… 하나 난 반드시 살아날 것이니 네 년은 내가 죽기만을 바라는 것이 좋을 것이다.'
 온몸에서 느껴지는 고통 속에서 절벽 아래로 떨어지고 있는 소문은 고개를 돌려 절벽 위에 오연히 서 있는 당소희를 보곤 비록 당장은 아무것도 할 수 없었지만 입술을 깨물며 훗날을 기약했다.
 '정신을 차려야 한다, 정신을!'
 점점 희미해지는 의식을 붙잡고 아래를 살피는 소문의 눈은 붉게 충혈되어 있었다. 절벽 아래로 흐르는 강물은 그 깊이가 어느 정도인지는 알 수 없지만 우선 그곳으로 떨어져야만 그나마 살 가능성이 보였기에 어떻게든 몸을 흔들어 이동을 했다.
 '이제 나의 운명은 신에게 넘어갔군. 신이시여!'
 자신이 정확하게 강물의 중앙으로 떨어지고 있는 것을 알게 된 소문은 두 눈을 감고 생전 처음으로 신에게 간절한 기도를 올렸다. 이대로 죽기엔 그에게 할 일이 너무나 많았다.

펑!

깊은 계곡을 울리는 충격음과 동시에 소문의 몸을 껴안은 강물이 환영(歡迎)의 물보라를 하늘 높이 솟아 올렸다. 그것으로 끝이었다. 강물은 단 한 번의 환영 인사를 한 뒤에는 아무 일도 없다는 듯이 예전의 상태로 돌아가 유유히 흘러가고 있었다.

성도에서 동남쪽으로 사십여 리 떨어진 곳에 있는 회하촌(回河村)은 성도로 들어가고 나가는 약재(藥材)의 집산지(集散地)로 유명한 곳이었다. 명나라가 들어서고 무역의 중요성이 부각된 요 근래 서쪽 중원의 관문인 성도는 역대 어느 왕조(王朝)보다 매우 중시되었다. 성도의 규모가 커지고 거래되는 물건 등이 기하급수적(幾何級數的)으로 증가하며 상인들이 늘어나게 되자 성도의 집 값이며 물가(物價) 등이 급등(急騰)했다. 결국 좀 더 많은 이윤을 남기기 위해 상인들은 물가가 비싼 성도를 피해 인근 마을로 하나둘 모여들기 시작했다. 그 결과 여전히 무역의 중심은 성도였지만 몇몇 특별한 상품 등은 주변 마을에서 주로 거래되었는데 회하촌이 그런 마을 중에 하나였다.

사천에서 나는 거의 모든 약초들이 이곳에 모이고 거래가 되다 보니 마을의 규모도 커지고 사람도 많이 왕래하게 되었다. 사람이 모이는 곳엔 으레 몰리기 마련인 기루, 주루, 객점들도 우후죽순(雨後竹筍)처럼 생겨났고 회하촌의 밤도 성도 못지 않은 불야성(不夜城)을 이루게 되었다.

회하촌은 말 그대로 장강으로 흘러 들어가는 강물이 마을을 한 바퀴

돌고 나간다 하여 붙여진 이름이었다. 당연히 주변의 어느 곳에서도 쉽게 강물을 볼 수 있었고 특히 마을 북쪽에 이르면 고운 모래사장이 정면의 기암절벽과 어울려 환상적인 아름다움을 뽐내고 있어 관광지로도 유명했다. 그런 이곳에서 중원무림의 운명을 결정지을 세 명의 남녀가 만나게 된 것은 모두 다 운명의 장난이라고 말할 수밖에 없었다.

 절벽에서 떨어진 소문이 이곳 회하촌 북쪽 강변의 모래사장으로 밀려온 것은 아직 날이 밝지 않은 새벽이었다. 등에는 여전히 당소희가 선물한 검이 흉측한 모습으로 박혀 있었고 한참을 물속에서 떠돌아서 그런지 몸에 발라져 있던 소금들은 물에 모두 씻기어 나갔지만 상처 안으로 물이 스며들어 주변의 살들이 하얗게 불려져 있었다. 게다가 상처가 덧나 곳곳에서 고름이 흘러나오고 있었다.
 "크으으!"
 모래사장에 얼굴을 처박고 죽은 듯이 엎드려 있던 소문의 입에서 조그마한 신음성이 흘러나오고 반쯤은 물에 잠겨 있는 몸도 약간씩 꿈틀거리고 있었다. 굳게 감겨 있던 눈꺼풀에서도 흔들림이 느껴지기를 얼마, 마침내 조금이나마 소문의 눈이 떠지고 희미하게 의식이 돌아왔다.
 "내가… 산 건가……? 정말 살아난 것인가……?"
 소문은 흐릿하게 보이는 사물들을 바라보며 조그낳게 읊조렸다.
 "크크크! 결국은 살았단 말이지! 이 꼴을 하고서도 말이야! 크크크!"
 정신이 조금 더 또렷해지고 강변에 짙게 깔린 안개에 주위가 선명하게 보이진 않았지만 꿈쩍 않고 있는 자신에게 계속해서 밀려오는 강물을 보게 되자 그제야 살아난 것을 실감한 소문은 그가 할 수 있는 최대의 소리를 지르며 스스로를 축복했다. 하지만 살아난 것으로 모든 문제가 해결된 것은 아니었다.

'빨리 치료를 해야 한다.'

소문에게 가장 급한 일은 만신창이가 된 몸을 치료하는 것이었다. 몸속에 남아 있던 최후의 내공이 차가운 강물 속에서도 소문을 보호하여 아직 살아 있기는 했지만 현재의 상태가 그리 좋은 것은 아니었다. 난자당한 몸은 물론이고 정신을 차렸지만 양쪽 어깨 밑으로 부러진 팔에선 감각이 느껴지지 않았다. 고통이라도 느껴진다면 신경이 살아 있다는 것으로 오히려 상태가 좋다고 할 수 있었다. 이렇게 고통도 없이 아무런 감각도 느끼지 못하고 자신의 의지대로 움직이지 못한다는 것은 부러진 팔의 상태가 심각하다는 것을 의미했다.

'서, 설마!'

무인에게 있어 팔을 잃는다는 것이 어떤 의미인지 알고 있는 소문은 마음이 급해졌다.

"으으윽!"

그나마 자신의 의지대로 움직일 수 있는 두 다리에 힘을 주고 몸을 일으키려는 소문은 모든 힘이 바닥난 데다 아무런 힘도 없이 덜렁거리는 팔을 가지고 중심을 잡는다는 것이 얼마나 어려운 일인지 새삼 깨달을 수 있었다. 몸을 일으키다가 번번이 쓰러지기를 몇 번, 그는 허리를 숙여 머리를 모래사장에 깊숙이 박으며 겨우 몸을 일으킬 수 있었다. 몸을 일으킨 그가 가장 먼저 해야 할 일은 사람이 살고 있는 마을, 의원을 찾는 것이었다. 힘이 들었지만 소문은 무작정 걷기 시작했다.

'어지럽다.'

모래사장에서 정신이 들었을 때만 해도 기운이 없긴 하였지만 이렇게 머리가 아프고 어지럽진 않았다. 몸을 일으켜 겨우 십여 장을 걸었을 뿐인데 다리는 휘청거리고 세상이 빙글빙글 도는 듯한 현기증에 정신을 차리지 못한 소문은 더 이상 움직이는 것을 포기하고 그저 눈을 감고 제자리에 서서 현기증과 고통이 가시길 기다리고 있었다. 그러나 고통은 가시지 않고 의식만 점점 희미해져 가고 있었다.

"누, 누구세요?"

'응……? 누… 구지?'

필사적으로 고통을 참고 있던 소문은 갑자기 들려오는 음성에 감았던 눈을 겨우 뜨며 목소리의 주인공을 찾았다. 이마에서 땀이 흘러내려 앞에 서 있는 사람을 자세히 볼 수는 없었지만 목소리를 들어보니 여자인 것 같았다.

'제길… 여기서 정신을 잃으면 안 되는데…….'

겨우 눈을 뜨기는 했지만 도와달라는 말이 입에서 차마 떨어지기도 전에 소문은 다시 의식을 잃고 말았다.

'새벽인가? 후, 이제 일이 끝났구나!'

옆에 누워 세상 모르게 자고 있는 사내를 뒤로하고 주섬주섬 옷을 입은 여자는 살며시 방을 빠져나왔다.

"청하(淸夏)야, 이제 가는 것이냐?"

"예, 아주머니. 저녁에 다시 봬요."

"그래라. 오늘도 수고했다. 집에 가서 푹 쉬렴."

졸린 눈을 비비며 막 문을 나서는 자신에게 말을 건 태대모(太大母)에게 가볍게 고개를 숙여 인사를 한 청하는 평소와 마찬가지로 집에서 얼마 떨어지지 않은 북쪽 강변으로 걸어갔다. 이렇게 일을 마치고 새벽에 강변을 거니는 버릇은 그녀가 회하촌에 들어온 지난 오 개월 동안 한 번도 빼먹지 않은 아침 일과였다.

일을 끝낸 오늘도 어김없이 북쪽 강변으로 발걸음을 옮겼는데 안개가 자욱하게 낀 강변은 조금도 변함이 없어 보였다. 그녀가 이곳을 찾는 시간이 사람들이 아직 잠에서 깨기도 전인 이른 새벽인지라 오 개월 동안 예외적으로 겨우 한두 사람을 보았을 뿐이었다. 그런데 오늘은 그 예외가 적용되는 날 중 하루인 모양이었다. 안개에 가려 아직 자세히 보이진 않았지만 강변에서 자신에게 걸어오는 물체는 틀림없이 사람이었다.

'이 시간에 사람이라니… 참 오랜만이네.'

자신만의 공간인 줄 알았기에 갑자기 나타난 사람이 기분 나빴지만 한편 자신과 같이 이른 새벽의 강변을 걷는 사람이 있다는 것이 반갑기도 했다. 그런데 느리긴 했지만 자신을 향해 천천히 다가오던 사람이 갑자기 걸음을 멈추고 움직이지 않았다. 자신이 그의 지척에 이를 동안에도 한참을 그렇게 서 있는 사내에게 문득 이상함을 느낀 청하는 문득 겁이 나 걸음을 멈추곤 떨리는 목소리로 말을 했다.

"누, 누구세요?"

"……."

사내는 아무런 말도 하지 않고 그저 감았던 눈을 살짝 뜨며 자신을 노려보았다.

"사……."

쿵!

아무런 말도 없이 자신을 노려보기만 하는 사내에게 두려움을 느낀 그녀가 소리를 치며 도망가려는 순간, 그녀의 앞으로 쓰러진 사내는 가뜩이나 겁을 먹은 그녀의 혼을 빼놓았다. 자신도 모르게 십여 장이나 뒷걸음질치다 뒤로 엉덩방아를 찧은 그녀는 금방이라도 자신을 노려본 사람이 공격을 할 것 같아 강변이 떠나라가 비명을 질렀다.

'질긴 사람들 같으니, 더는 못 데리고 다니겠다.'
새벽같이 주루를 빠져나오는 환야는 밤새 마신 술에 취해서 탁자에 엎드려 있는 두 명의 수하들을 보고는 회심의 미소를 지었다. 비혈대의 보고대로라면 패천수호대에선 환야 혼자만이 떨어져 나온 것이어야 했지만 그것은 아니었다. 아무리 환야가 명령을 하고 우겨보았지만 부대주인 적성은 결국 두 명의 수하를 그에게 호위의 명목으로 붙여주었다.
오랜만에 궁을 벗어나 사천이라는 먼 곳까지 원정을 온 그는 떡 본 김에 제사 지낸다고 혼자서 세상을 구경하고 싶었다. 그런 그에게 두 명의 수하는 한마디로 귀찮은 혹에 불과했으나 그들을 보내준 적성의 정성도 있고 해서 며칠 동안 함께 다녔다. 그러나 더 이상은 아니었다. 주루를 나선 환야는 뒤도 보지 않고 달리기 시작했다.
"하하하, 이제는 자유롭게 세상을 구경하는 거야!"
새벽의 상쾌한 공기를 마시며 얼마를 그렇게 달렸을까? 그의 발을 붙잡는 비명성이 들린 곳은 그가 있는 곳에서 무려 백여 장이나 떨어진 곳이었다. 평범한 사람이라면 듣지 못할 소리였지만 절대로 평범하지 않은 그인지라 비명을 듣자마자 소리가 들린 곳으로 주저없이 달려갔다. 주루를 빠져나올 때만 하더라도 그다지 짙지 않았던 안개는 비명이 들린 곳에 이르자 한 치 앞도 볼 수 없을 정도로 짙어져만 갔다.
"어라, 저 여자는!"
비명을 지른 여자가 자신이 알고 있는 여자라는 것을 확인하자 환야는 상당히 의외라는 얼굴을 했다. 소리를 지른 여자는 어제저녁 그의 수하들이 그를 데리고 간 곳이 기녀들이 몸을 파는 곳임을 안 환야가 기겁을 하며 몸을 돌려 빠져나오려다 문앞에서 쓰러뜨린 그 기녀였다. 미안한 마음에 얼굴을 붉히고 사과를 하자 살짝 웃으며 아무렇지도 않게 자리를 비켜준 그 기녀가 틀림없었다. 유난히 사람 얼굴을 잘 기억하는 그인지라 의심의 여지가 없었다.

'아니, 그녀가 왜 이런 시간에 여기에 쓰러져 있는 것이지?'

잠깐 의문이 스쳐 지나가기는 했지만 머뭇거릴 틈이 없었다. 환야는 재빨리 다가가 쓰러져 있는 그녀를 살펴보았다.

"이보시오! 이보시오, 아가씨! 정신을 차리시오!"

한참을 그렇게 소리치며 깨우자 작은 신음성을 내뱉으며 눈을 뜬 그녀는 냅다 비명을 질렀다.

"사, 살려주세요!"

"이런! 걱정하지 마시오. 내가 어디 아가씨를 해칠 사람으로 보이십니까?"

환야는 소리를 지르는 그녀에게서 한 발 벗어나 부드럽게 말을 했다.

"하하, 어제저녁에 보았지요. 그 기루에서 말입니다. 아가씨를 쓰러뜨린……."

그제야 놀란 가슴을 진정시킨 청하는 자신을 바라보고 있는 사내의 얼굴을 자세히 살펴볼 수 있었다. 그의 말대로였다.

"죄, 죄송합니다. 제가 너무 놀라서."

"하하, 무슨 말씀을. 그런데 이런 이른 시간에 무엇 때문에 그리 놀라신 것입니까?"

환야의 말에 자신이 놀란 이유를 생각하던 청하는 자신을 노려보던 괴인영에 생각이 미치자 자신도 모르게 환야에게 다가갔다.

"저, 저기에 이상한 사람이……."

환야는 청하가 지적하는 곳으로 고개를 돌렸다. 안개 때문에 자세히 보이진 않았지만 뭔가가 있다는 것을 확인한 그는 천천히 다가갔다. 그리고 뿌연 안개 사이로 드러난 물체는 사람이었다.

'저런!'

그가 어떤 사람인가를 떠나서 등에 커다란 검이 꽂힌 채 쓰러져 있는 모습은 보는 사람으로 하여금 얼굴을 찌푸리게 했다. 혹시 몰라서 조심스레 다가간 환야는 죽은 듯이 쓰러져 있는 사내의 얼굴을 찬찬히 살펴보았다.

"이, 이 사람은!"

자신도 모르게 소리를 지르며 재차 확인한 얼굴! 그는 자신이 알고 있는 한 웬만해서 이런 모습으론 절대로 볼 수 없는 사람이었다.

"아, 아는 사람인가요?"

어느새 다가왔는지 겁을 잔뜩 먹은 청하가 조심스레 물어왔다.

"아, 아니오. 다만 그 몰골이 너무 처참해서 좀 놀랐을 뿐입니다."

정색을 하고 말을 바꾼 환야는 서둘러 소문의 몸 상태를 살펴보았다.

"죽었나요?"

"흠, 아직 미세하게 숨을 쉬고는 있지만 죽은 거나 진배없군요. 휴~ 어떤 사람들이 이리 만들었는지 모르겠지만 정말 잔인한 인간들입니다."

"등에 칼이 꽂혀 있는 것을 보면 싸우다 그런 것 같은데……."

"전신에 나 있는 상처들은 싸움에서 입은 상처가 아니라 고문의 흔적입니다. 보십시오. 이 손도 그 증거의 하나지요."

환야는 소문의 손을 들어 보여주었다. 손가락에는 당연히 있어야 할 손톱이 모조리 뽑혀져 있었다.

"어, 어쩜 사람을······."

굳은 안색을 유지하고 있던 환야는 소문의 등에 박혀 있는 검을 부러뜨렸다. 당가의 여식이 사용할 정도의 검이라면 널리 이름있는 검은 아닐지라도 제법 쓸 만한 검일진대 너무나 손쉽게 부러져 나갔다.

"우선 의원을 찾아야겠습니다. 힘드시겠지만 아가씨께서 도와주셨으면 합니다."

소문을 들쳐 업고 청(請)하는 환야의 말에 청하는 자기도 모르게 고개를 끄덕였다.

잠시 후 청하가 안내하여 그들이 도착한 곳은 회하촌에서 가장 큰 규모를 자랑하고 있는 인술원(仁術院)이라는 곳이었다.

"계세요? 문 좀 열어주세요!"

청하가 굳게 닫힌 문을 두드리며 사람을 불러보았지만 아무도 나와 보는 사람이 없었다. 환야까지 나서서 문을 두드리며 난리를 피우자 이제 막 잠에서 깼는지 윗옷을 주섬주섬 챙겨 입으며 한 노인이 문을 열고 고개를 내밀었다. 인술원의 하인인 듯했다.

"뉘시오? 뉘신데 이런 아침부터 문을 두드리시는 게요?"

"급한 환자가 있어서 이렇게 문을 두드렸습니다. 죄송하지만 문을 열고 의원님을 뵙게 해주십시오."

"허, 중한 상처를 입은 모양이구려. 일단 안으로 들어는 오시구려. 하지만 의원님께서 일어나시려면 한참을 기다려야 하는데 괜찮겠소?"

슬쩍 고개를 비틀어 환야가 업고 있는 소문을 살펴본 노인은 붉게 물들다 못해 피로 찌든 옷과 찢어진 옷 사이로 비치는 상처들을 보곤 적지 않이 놀란 듯했다.

"고맙습니다."

노인의 안내로 환자들이 대기하는 방으로 서둘러 들어간 환야는 환자를 위해 준비되어 있는 침상 위에 조심스레 소문을 내려놓았다. 그리고 자신들을 안내한 노인을 바라보았다.

"의원님은 언제 일어나십니까?"

"이제 겨우 묘시(卯時:새벽5~7시)이니 적어도 한 시진은 더 지나야 일어나실 것이오."

노인의 말에 벌떡 몸을 일으킨 환야는 방문을 나섰다.

"왜, 왜 이러는 게요?"

"노인장은 모른 체하십시오. 이 친구가 너무 중한 상처를 입어 잠시도 시간을 지체할 수 없습니다. 자고 있다면 깨워야지요."

"이, 이러면……."

노인이 뭐라 할 사이도 없이 방을 뛰쳐나간 환야는 잠시 후 겁에 질려 어쩔 줄 모르는 의원을 앞세우고 태연히 돌아왔다.

"이 친구가 아까 말씀드린 그 사람입니다. 조금 전의 일은 덮어주시고 최선을 다해 살려주시기 바랍니다."

"예? 예예."

여전히 겁에 질린 의원은 천천히 소문에게 다가갔다.

'훗, 덩치는 커다란 사람이 왜 저렇게 떤다지?'

청하는 지금 덜덜 떨면서 소문에게 다가가는 의원이 누구인지 잘 알고 있었다. 나이는 그다지 많지 않았지만 인근에선 용하기로 소문난 주병진(周病振)이라는 의원이었다. 그러나 너무 일찍 재물을 알아서인지 돈이라면 물불을 안 가리는 자로 덩치는 평범한 사람의 두 배는 됨직했는데 열흘에 한 번은 꼭 찾아와 자신을 힘들게 하는 사람이었다. 그런데 그런 주병진이 사시나무 떨듯 덜덜 떨어대니 우습기도 하고 고소하기도 했다.

비록 인간성이 나쁘고 재물을 탐하지만 이만한 의원을 꾸려 나간다는 것은 그의 실력이 평범하지 않다는 것을 의미했다. 조금 전만 해도 그렇게 떨어대던 주병진은 막상 환자를 눈앞에 두자 언제 떨었냐는 듯 날카로운 눈빛으로 소문의 전신을 살펴갔다. 맥을 짚어보고 옷을 벗겨가며 상처를 자세히 관찰한 그가 한숨을 내쉬며 고개를 돌려 환야를 바라본 것은 거의 일각이라는 시간이 지났을 때였다.

"후, 제가 이곳에서 의원질을 한 지 벌써 십여 년이 지났지만 이렇게 지독한 상처를 입은 환자는 처음 봅니다."

"그의 상세는 어떻습니까? 살 수는 있겠지요?"

산다는 말에 유난히 힘을 주어 말을 하는 환야의 태도에 다시 겁을 먹은 듯한 주병진이 떠듬거리며 말을 했다.

"그, 그게… 제가 지니고 있는 좋은 약재들과 의술을 총동원하면 살릴 수는 있을 것 같습니다만……."

"계속 말씀을 하십시오. 무엇이 문제인가요?"

주병진이 말을 잇지 못하자 답답해진 환야가 재촉을 했다.

"온몸에 입은 상처가 워낙 심해 최대한 없애기는 하겠지만 보기 흉한 흉터가……."

"하하! 그 정도가 대수겠습니까?"

"하지만… 문제는 양팔인데 뼈가 심하게 부러지고 뒤틀려서 상처가 낫는다고 해도 팔을 쓰기가…….”

"……."

환야는 의원이 하는 말이 무슨 말인지 금방 이해가 되었다. 자신이 보기도 소문이 팔에 입은 상처가 보통이 아님을 한눈에 알 수 있었다. 하지만 이대로 포기할 수는 없었다.

"방법이 없겠습니까?"

"그게, 나도 잘 모르겠소이다. 이 정도 상처를 입은 사람은 본 적이 없는지라…….”

"알았습니다. 우선은 살리는 게 급하니 당장 손을 쓰십시오. 비용은 넉넉하게 드리겠습니다. 필요한 약재는 무엇이든 아끼지 말고 사용하십시오."

환야의 말을 듣자 주병진의 겁먹은 얼굴이 환하게 밝아졌다.

"알겠습니다. 당장 준비를 하지요."

"그리고… 환자가 조용히 기거할 곳을 마련해 주십시오."

"그리하지요. 다행히 며칠 전에 부상을 당하고 찾아왔던 무사님들도 대충 치료가 되자 다 떠나고 지금은 방이 꽤 남았습니다. 가장 조용한 방으로 안내하겠습니다."

말을 마친 주병진은 소문의 치료에 필요한 준비를 위해 방을 나섰다. 그러사 시금까지 조용히 지켜만 보던 청하가 입을 열었다.

"그런데 무슨 수를 쓰셨기에 저자를 데려오셨나요?"

"하하, 별거 아니오. 가서 조용히 청했을 뿐입니다."

웃으며 말을 한 환야는 소문에게 다시 눈을 돌렸다. 청하는 고개를 갸웃거리며 그런 환야를 이상하다는 듯이 바라보았다.

"당장 약재창(藥材倉)으로 가서 여기에 적힌 약재를 찾아오게."

방을 나온 주병진은 소문을 치료하기에 필요한 약재를 적은 종이를 불안에 떨고 있는 노인에게 전해주었다.
"괜찮으신지요? 소인이 괜히 그들을 들여서……."
"아니네. 자네가 막아도 어차피 이리될 상황이었네. 거참, 며칠 전엔 한밤중에 무사들이 떼거리로 찾아와 난리를 피우더니, 그놈들이 가니 이번엔… 휴, 말을 말아야지. 그래도 이번엔 돈이라도 제대로 받을 것 같으니. 서둘러 주게."
"예, 의원님!"
행여나 치도곤을 당할까 두려워했던 노인은 불안했던 마음을 진정시키고 재빨리 약재창으로 뛰어갔다.

*   *   *

"허허, 그래, 값은 제대로 받았는가?"
"예, 어르신. 워낙 귀한 약초이다 보니 매우 높은 값에 팔 수 있었습니다."
들고 온 짐을 마당에 내려놓으며 장씨는 들뜬 목소리로 대답을 했다. 자신이 캐 온 약초를 내다 팔고 생필품(生必品)을 사다 주는 장씨의 시원스런 대답을 들은 할아버지가 흐뭇해하자 장씨는 더욱 신이 나서 크게 떠들어댔다.
"사람들이 어찌나 값을 높이 부르는지 파는 제가 정신이 없을 정도였습니다. 어르신께서 부탁하신 물건을 사고도 상당한 금액(金額)이 남았습니다."
장씨는 허리에 찼던 주머니를 풀어 할아버지에게 보여주었다. 주머니 안에는 하나 가득 동전이 들어 있었다.

"흠, 그런가? 수고했네. 나에겐 돈이라는 것은 그다지 필요가 없으니 나머지 돈은 자네가 알아서 마을 사람들에게 나눠 주게. 듣자니 정(鄭) 서방이 아들을 본다고 하고 천(千) 서방이 조만간 딸을 여읜다 하니 제법 많은 돈이 들어갈 게야."

"번번이 이렇게… 알겠습니다, 어르신. 그리하겠습니다."

대답을 하는 장씨의 얼굴에 고마움과 감격(感激)의 표정이 교차하고 있었다.

항상 그랬다. 소문의 할아버지가 캐 오는 약초들은 인근 주변의 난다 긴다 하는 약초꾼들이 온 산을 뒤지고 죽어라 다리품을 팔아 구해 오는 다른 어떤 약초보다 귀했고, 그 수령(樹齡)이 오래되어 부르는 게 값인 경우가 종종 있었다.

이번만 하더라도 그랬는데 할아버지가 장씨에게 준 산삼(山蔘)은 삼이 많이 나기로 유명한 장백산에서도 좀처럼 보기 힘들 정도로 오래된 삼이었다. 그렇게 품질이 좋은 물건만 내놓으니 사려는 사람들이 많아 경쟁이 치열해졌고 유래없이 비싼 가격에 팔 수 있어 자연 많은 돈을 남길 수 있었다. 하지만 그때마다 할아버지는 남는 돈을 마을이나 인근 지역의 불쌍한 사람들을 위해 기꺼이 내놓았다. 처음엔 장씨를 통해 익명(匿名)으로 그리했지만 언젠가 취중에 이 사실을 떠들어댄 장씨 덕분에 지금은 할아버지의 선행(善行)이 널리 알려져 있었다.

"참, 예서 이럴 게 아니라 저쪽으로 가지. 그렇잖아도 혼자 마시던 참이라 영 적적했었네. 술이나 한잔하세."

"흐흐, 술이라면 지금 당장 북망산(北邙山)으로 간다 해도 절대로 마다하지 않는 제가 아닙니까!"

장씨는 좋아라 하며 할아버지가 권하는 대로 마당 한켠 나무 그늘에 마련되어 있는 탁자에 아무렇게나 자리하고 앉았다.
"허허, 술 좋아하는 것은 자네나 자네 선친(先親)이나 똑같네그려."
"하하하, 그런 게 어디 가겠습니까? 제 자식놈도 벌써 제법 마십니다. 하하하!"
앉자마자 할아버지가 권한 술을 단숨에 들이킨 장씨가 기분 좋게 웃어 젖혔다.
"어떤가? 맛은 괜찮은가? 옛날에 담가둔 술은 소문이 놈이 다 결판을 내버리는 바람에 소문이 떠나고 난 뒤 따로 담근 술이네. 비록 이년밖에 안 됐지만 제법 맛이 든 것 같던데… 자네가 생각하기엔 어떤가?"
"이거 머루주 아닙니까? 어르신! 입에 착착 달라붙는 것이 아주 그만입니다."
장씨는 입 안에 남아 있는 진한 향을 음미(吟味)하며 조그만 단지에 담겨 찰랑거리고 있는 머루주에 연신 시선을 던졌다.
"허허, 그리 말해 주니 기분이 좋네그려. 술은 충분하니 사양 말고 마음껏 마시게나. 나도 오랜만에 한껏 취해보고 싶구먼."
할아버지와 장씨는 서로의 잔을 주거니 받거니 하며 순식간에 몇 단지의 술을 비웠다. 그러나 그렇게 마시고도 변화라고는 할아버지의 안색에 약간의 홍조(紅潮)가 보인다는 것뿐이었다.
"참, 그나저나 중원인가 하는 곳으로 간 소문이는 아무런 소식이 없습니까? 떠난 지 꽤 오랜 시간이 지난 것 같은데 말입니다."
"홍, 그 무심한 놈이 연락은 무슨. 아예 기대를 안 하는 것이 속 편하지."

말을 그리했지만 내심 서운한 눈치가 보이는 할아버지를 보며 장씨가 위로의 말을 건넸다.
"다 사연이 있겠지요. 일가친척(一家親戚)도 없고 말도 통하지 않는 객지(客地)에서 고생이나 하지 않았으면 좋겠습니다."
"고생은⋯ 내 그놈을 그렇게 멍청하게 키우지는 않았네. 별다른 고생이야 하겠는가? 혹, 예쁜 마누라라도 데리고 올지 모르지. 클클클!"
"색시라니요?"
또 한 잔의 술을 들이킨 장씨가 의아하다는 듯 물었다.
"흠흠, 아닐세. 그런 게 있네. 그냥 신붓감이나 하나 데리고 무사히 왔으면 좋겠다는 말이지."
할아버지는 짐짓 시치미를 떼고 아무렇지도 않게 대답을 했다.

* * *

"할배!!"
소문이 그를 살피던 주병진을 깜짝 놀라게 하는 비명을 지르며 의식을 차린 것은 그가 인술원에 들어온 지 꼭 사흘이 지난 후였다. 하루만 지나면 의식은 차릴 것이라는 주병진의 장담을 간단히 무시한 소문이 시간이 지나도 깨어나지 못하자 하루라는 말을 철썩같이 믿고 있던 환야는 장담을 지키지 못한 주병진에게 슬슬 압력을 가하기 시작했다.
시도 때도 없이 들이닥쳐 다른 환자를 돌보고 있는 그의 혼을 빼놓기가 일쑤였고 아무런 감정도 실리지 않은 목소리로 툭툭 던지는 말 한마디 한마디가 첫날 환야에게 죽음의 공포를 맛본 주병진의 가슴에 비수(匕首)처럼 박혀왔다. 결국 그는 인술원을 찾아오는 모든 환자를 물리치고 소문의 회복에 전력을 기울였다. 그렇게 이틀이 더 지나고 소문이 인술원에 들어온 지 만 삼 일이 되는 오늘 아침, 마침내 소문이 갑자기 비명을 지르며 의식을 차린 것이었다.

의식을 차린 소문은 오랜만에 본 빛에 눈이 부셔 잠깐 동안 사물을 분간하지 못하고 있었는데 점차 시력을 회복한 그가 가장 먼저 볼 수 있었던 것은 입은 계집애처럼 작고 코는 무식하게 크며 눈은 낫으로 찢은 듯한, 그리고 턱은 밑으로 길게 늘어져 마치 서 있는 돼지를 연상시키는, 그러면서도 제법 진지한 표정을 짓고 있는 괴상한 사내가 냄새 나는 입을 자신의 코앞에 들이밀고 요리조리 자신을 살펴보는 모습이었다.

'이놈은 뭐지?'

철면피의 죽음, 자신에게 칼을 던지고 싸늘하게 외치던 당소희, 강변에서 자신을 보고 놀라던 여자의 목소리, 그리고 말도 안 되는 말을 늘어놓으며 장씨 아저씨와 술을 마시던 웬수 같은 할배! 이 모든 상념(想念)들이 머리 속을 뒤죽박죽으로 만들며 소문을 혼란 속에 빠뜨리고 있었다.

"우와와!"

이런 생각들이 미처 정리되기도 전에 진지하게 자신을 바라보던 괴인이 갑자기 두 손을 하늘로 치켜세우더니 환호성을 지르는 것이 아닌가?

소문은 의아할 수밖에 없었다. 강변에서 정신을 잃은 자신이 이렇게 누워 눈을 뜨고 있는 것을 보면 누군가에 의해 구원을 받긴 받은 모양이었다. 그런데 지금 눈앞에 있는 돼지를 닮은 인간은 자신과 아무런 관련도 없고, 자신을 구한 것 같지도 않았다. 혹 구했다손 치더라도 저렇게 눈물을 흘리며 좋아할 이유는 아무것도 없었다.

'냄새나는 입이나 치울 것이지······.'

자신의 생각을 읽기라도 한 것일까? 환호성을 지르던 괴인은 재빨리 밖으로 뛰어나갔다.

'후~ 그나저나 살긴 산 것인가?'

점점 선명해지는 주변의 풍경과 생생하게 살아나는 고통에 비로소 자신이 살아 있음을 인식하게 된 소문은 살아났다는 기쁨을 누리기도 전에 엄청난 당혹감에 사로잡혔다. 온몸의 상처에서 뿜어져 나오는 고통 속에서 다시 살아나고자 하는 생명력을 느낄 수 있었는데 오직 한 곳에서만은 아무런 소식이 없었다.

'서, 설마!'

혹시나 하는 생각에 전신에 힘을 주었다. 움직일 때마다 뼈마디가 욱신거리고 심한 통증이 느껴졌지만 자신의 의도대로 움직일 수가 있었다. 하지만 양팔만은 예외였다. 소문은 거듭해서 팔에 힘을 주었다. 아니, 주려고 했다. 그러나 그 어떤 힘도 손끝까지 전해지지 않았고 감각도 느껴지지 않았다. 당연히 조금의 움직임도 없었다.

'제길!'

자신이 생각하고 있던 최악의 결과였다. 설마 했던 일이 사실로 다가오자 오랜만에 세상을 접하고 마음껏 빛을 빨아들이고 있던 두 눈이 절로 감겨 버렸다.

'크크, 신이라는 양반이 내 소원대로 목숨은 살려줬지만 두 손은 앗아가 버렸군. 이래서 어쩌란 말인가? 이래서! 어차피 나야 내가 멍청해서, 실력이 없어서 당한 것이니 병신이 되는 것은 상관없지만, 그러나! 그러나 면피는 어쩌란 말인가? 면피는! 그리고 당가는? 면피를 죽이고

나를 이 꼴로 만든 당가와 그년은 어찌하란 말인가!'
 좌절감과 분노로 소문의 입술이 저절로 깨물어지고 고통에 몸부림 칠 때 그의 상념을 깨는 낯선 목소리가 있었다.
 "하하! 의원의 말대로 깨어나셨군요. 정말 다행이외다. 그래, 몸은 좀 어떠시오?"
 굵지는 않지만 힘과 활기가 넘치는 소리가 방 안에 울리자 소문은 감았던 눈을 뜨고 자신을 부르는 소리의 주인을 바라보았다. 두 눈을 크게 뜨고 자신을 바라보는 사람은 자신과 비슷하거나 한두 살 어려 보이는 청년이었다. 지혜(智慧)로 가득 차 보이는 두 눈, 태산(泰山)의 높이를 무시하려는 듯 하늘로 치켜 올라간 콧날하며 크기와 균형이 알맞게 조화된 입술을 지닌, 보기만 해도 기분이 좋아지는 얼굴을 지닌 자였다.
 '허! 얼굴 하나는 정말 잘났구나! 그런데… 이놈은 또 뭐지?'
 갑자기 나타난 청년의 얼굴을 보며 절로 감탄을 하던 소문은 조금 전의 이상한 인간과 마찬가지로 이 청년 또한 자신에게 아는 체를 하자 또 한 번 궁금함이 치솟았다.
 "누군신지……?"
 "이런! 기쁜 마음에 제가 제 소개도 하지 않았군요. 저는 환야라고 합니다. 나이는 올해로 스물넷입니다. 지난번 강변에서……."
 "아! 그때 강변에 계셨던 분이군요. 그럼 저를 이곳으로 데리고 오신 분이… 그런 줄도 모르고 실수를 했습니다. 저는 을지소문이라고 합니다. 이렇게 제 목숨을 구해주셔서 뭐라 감사를 드려야 할지 모르겠습니다."
 생명의 은인을 앞두고 누워 인사하는 것은 예의가 아니라고 생각한 소문은 자리에서 몸을 일으키려 하였다. 그러나 아직 회복하지 못한 몸이 그의 생각을 행동으로 따라가 주지 않았다.

"하하! 그냥 누워 계십시오. 의식은 돌아왔지만 아직 몸이 회복되지 않았습니다. 무리하지 마시고 누워 계십시오. 그리고 소협을 구한 것은 제가 아닙니다."

"그럼 누가……?"

소문은 억지로 몸을 일으키려고 용을 쓰는 그의 어깨를 조심히 누르며 하는 환야의 말에 의아해하며 대답을 구했다.

"그날 소협을 가장 먼저 발견한 사람은 청하라는 여인이었습니다. 저는 우연히 그 길을 지나가다 그녀의 외침을 듣고 조금의 힘을 보탰을 뿐입니다."

환야의 말이 끝나기가 무섭게 그의 말을 반박하는 소리가 들려왔다.

"조금이라니요. 저는 그저 이분을 보고 기절을 했을 뿐인걸요. 공자님께 오시지 않았다면 전 그냥 도망쳤을 것입니다."

환야의 뒤에서 들려온 음성의 주인공은 한 손엔 하얀 헝겊을 다른 한 손에는 작은 사발 하나를 들고 있었다.

"이런, 무슨 말씀을… 소저께서 이분을 발견하지 못했다면 제가 어찌 그곳을 알고 뛰어갔겠습니까? 다 소저의 덕이지요. 아무튼 때마침 잘 오셨습니다. 서로 인사들 나누시지요."

"을지소문입니다. 덕분에 이렇게 살 수 있었습니다. 뭐라 감사를 드려야 할지 모르겠습니다."

"소녀는 청하라고 해요. 이렇게 깨어나셔서 다행입니다. 상처가 너무 중해서 걱정을 많이 했는데… 그리고 좀 전에 말씀드렸다시피 소협을 구하신 분은 환 공자십니다. 저는 아무런 일도 한 것이 없는걸요."

들고 있던 천으로 살짝 입가를 가리며 말을 하는 청하의 목소리는 새벽이슬이 구르는 듯 맑고 고왔다.
"그만 하지요. 누가 구했든 그건 중요하게 아니지요. 이렇게 을지 소협이 깨어났으니 그걸로 족한 것이지요. 그런데 그건 무슨 약입니까? 지난번 것과는 달라 보입니다."
"그래요? 전 잘 모르겠는데… 항상 의원님이 주시는 대로 가지고 왔을 뿐이에요."
약간은 부끄러운 듯 얼굴에 홍조를 띤 청하가 고개를 갸웃거리며 대답을 했다.
"하하, 저도 알지 못합니다. 그냥 색깔이 조금 더 진해진 것 같아서 그리 말을 한 것이지요. 그런데 헝겊을 가지고 오신 것을 보니 또 상처를 닦아내실 모양이로군요."
"예. 그런데……."
대답을 하던 청하는 난처한 듯이 소문을 바라보았다. 눈치 빠른 환야는 그런 청하의 모습에 짚이는 게 있었다.
'하긴 의식을 잃었으면 모를까 저렇게 정신을 차리고 있는데 옷을 벗기고 상처를 닦는다는 것이 어색하기도 하겠지.'
드르륵!
방문이 열리면서 조금 전에 소문이 깨어난 것을 보고 환호성을 지르던 그 괴인, 인술원의 주인인 주병진이 들어왔다.
"이제 상처를 닦아낼 필요는 없다. 청하가 그간 고생했구나."
청하가 들고 있는 헝겊을 힐끔 쳐다보며 말을 한 주병진이 소문에게 다가오더니 말을 건넸다.
"몸은 좀 어떠시오. 조금 전에는 소협께서 깨어나신 것을 알리느라고 제가 너무 경황이 없었습니다."

주병진으로선 당연한 일이었다. 그동안 그가 겪은 고초가 얼마나 심했는지 소문이 깨어난 것을 보고는 환자가 살아났다는 생각을 하기보다는 이제 고생이 끝났다는 생각에 그는 절로 환호성을 지르며 환야에게 뛰어간 것이었다.

외모와는 전혀 다르게 얼굴 하나 가득 무게를 잡고 말을 하는 주병진의 모습에 자신이 처한 상황도 잠시 잊고 연신 터져 나오려는 웃음을 간신히 참은 소문이 공손하게 대답을 했다.

"덕분에 의식은 회복을 했지만… 모르겠습니다. 이것이 좋은 것인지 나쁜 것인지."

생각이 자신의 팔에 이르자 또다시 안색이 흐려졌다. 주병진은 소문이 왜 그러는지 잘 알고 있는 듯했다.

"한 번에 너무 많은 것은 원해선 아니 되지요. 우선은 목숨이라도 건진 것이 얼마나 다행한 일입니까? 소협께서 지금 무엇 때문에 걱정을 하시는지는 알고 있지만 그건 걱정하고 서두른다고 해결되는 문제가 아니니 마음을 단단히 하시고 우선 몸부터 회복하시는 것이 좋겠습니다."

"후, 팔이 이리되었는데 그런 마음이 가져지겠습니까? 단도직입적으로 말씀해 주십시오. 팔은… 영영 못 쓰게… 되는 것입니까?"

제대로 말을 잇지 못하는 소문에게서 그가 얼마나 불안해하고 걱정을 하고 있는지, 그리고 한편으론 혹시나 하는 기대가 깃든 그의 심정을 잘 알 수 있었는데 주병진의 대답은 그런 소문의 기대를 저버리는 것이었다.

"뭐라 확신의 말은 못하겠습니다. 다만 지금 확실한 것은 소협의 팔이 움직이지 않는다는 것이고 제가 그것을 고칠 수 있을지는 장담을 하지 못한다는 것입니다."

"……."

"하지만 아직 절망할 단계는 아닙니다. 자세히는 모르겠지만 소협의 몸에선 은연중 소협의 몸을 보호하는 기운이 있는 것 같습니다. 아마 소협께서 익히신 무공 중에 그런 기운이 흘러나오는 것이 있는 듯한데 그 기운이 부상이 더 이상 악화되는 것을 막고 있었고 미약하기는 했지만 회복시키려는 움직임도 느낄 수 있었습니다. 그래서 소협의 그런 엄중한 상태를 보고도 하루 만에 정신을 차릴 수 있다고 장담을 한 적이 있지요. 물론 제 예상이 틀려서 고생을 하기는 했지만."

자신의 어긋난 장담이 어떤 결과를 가져왔는지 뼈저리게 느낀 주병진은 고소(苦笑)를 지으며 딴청을 하고 있는 환야를 잠시 바라보다 말을 이었다.

"어쩌면 그 기운이 제 의술과 함께 소협의 망가진 팔을 회복시킬 수 있을지도 모르겠습니다. 물론 이 또한 장담은 하지 못하는 것이지만 말입니다."

주병진의 말에 무언가를 생각하는 듯했던 소문이 질문을 했다.

"혹, 제가 팔을 움직일 수 있다면 다시 무공을 쓸 수는 있는 것입니까?"

"그 또한 장담은 하지 못합니다. 보통 뼈라는 것은 한번 부러진 이후에는 보다 단단해지는 것이 일반적이기는 하지만 소협의 경우는 뼈는 물론이고 양팔을 지나는 모든 경맥(經脈)들이 심하게 손상을 입어 부러진 뼈들이 붙는다 해도 망가진 팔이 정상으로 회복할 수 있을지 알기 어렵고 다행히 회복을 한다 해도 어쩌면 겨우 움직일 수 있을 정도에 그칠 수도 있습니다. 그리되면 무공을 쓴다는 것은 불가능한 일이겠지요."

"그렇군요······."

힘없이 대답을 하는 소문의 얼굴엔 짙은 어둠이 깔려 있었다.

'무리도 아니지. 무공을 익힌 사람에게 팔을 쓸 수 없다는 것은 곧 사형 선고(死刑宣告)나 마찬가지인 것을… 게다가 일신의 무공이 천하를 오시할 정도면 그 고통이 어떠할지는 상상이 가지 않는구나!'

자신도 제법 강한 무공을 지니고 있다고 자부하는 바 소문의 어두운 얼굴을 보며 환야 또한 안색을 흐리고 있었다.

"여기 계신 청하 소저께서 그동안 수고가 참 많았습니다. 상처에서 흐르는 고름을 닦아내느라 한시도 자리를 뜨질 않았습니다. 이곳에도 그런 일을 할 사람은 많았는데 굳이 그 일을 하시겠다고 하더군요. 덕분에 지켜만 보던 제가 미안해서 혼났습니다. 하하하!"

환야가 어두운 분위기를 바꿔보고자 화제를 돌렸다.

"거듭 감사드립니다. 일면식(一面識)도 없는 소생 때문에 소저께서 괜한 고생을 하셨습니다."

"아니에요. 고생이라니요. 지난번 강변에서 도움을 청하시는데 도움은커녕 오히려 놀라 도망간 것이 내심 마음에 걸렸답니다. 그리고 의원님께서 그렇게 애쓰시는데 저라도 작은 도움이 될까 하고······."

"제가 그래도 복이 있어 죽기 전에 소저 같은 분을 만난 것 같습니다."

소문은 잘 알지도 못하는 여인이 자신을 위해 애를 써준 것이 너무나 고마웠다.

'세상엔 당소희같이 사갈 같은 계집이 있는가 하면 청하 소저 같은

고운 마음씨를 지닌 여인도 있구나.'

"그런데 청하야, 요 며칠 일을 나가지 않는구나. 그래, 언제부터 다시 일을 시작할 작정이냐? 너도 알다시피 내 요 며칠 신경을 썼더니 몸이 영 피곤하구나."

뜬금없는 주병진의 말에 당황한 청하는 아무런 대답도 하지 못하고 고개만 숙이고 있었다.

"흠, 왜 말이 없는 것이냐? 단골을 너무 무시하면 안 되는 법이니라. 하하하!"

소문이 정신을 차렸다는 것에 긴장이 풀린 주병진이 때와 장소를 가리지 못하고 청하에게 계속 농을 걸었다. 그럴수록 청하는 더욱 움츠러들 뿐이었다. 소문이 그 이유를 몰라 다소 의아해하는데 이미 기루에서 청하와 만난 적이 있는 환야는 주병진이 하는 말을 단숨에 알아들었다.

"흠, 지금은 그럴 때가 아니라 생각이 되는군요. 당장 급한 것은 을지 소협의 팔을 정상으로 돌리는 것 아니겠습니까?"

환야는 어느새 색기(色氣)로 번들거리는 주병진을 은근히 바라보았다.

"아! 그, 그렇지요. 하하! 제가 지금 무슨 소리를 하는 것인지… 을지 소협의 상세를 살피는 것이 가장 시급한 문제인데. 흠흠… 청하야, 방금 내가 한 말은 없었던 걸로 하자꾸나. 허허헛!"

'내가 미쳤지. 저놈이 어떤 놈인지를 잊고 있었다니!'

담담하게 말을 하며 쳐다보는 환야의 눈빛에 등줄기가 서늘해짐을 느끼며 식은땀을 흘린 주병진은 시선을 어디에 두어야 할지 몰라 두리번거리다가 두 눈을 동그랗게 뜨고 자신을 이상하게 쳐다보는 소문과 눈이 마주쳤다.

씨익!

되도 않는 미소를 짓느라 고생하는 주병진을 물끄러미 바라보고 있는 소문의 뇌리엔 문득 한 가지 생각이 떠올랐다.

'이유는 모르겠지만 마치 도살장에 끌려가지 않기 위해서 돼지가 아양을 부리는 것 같군.'

잠시 후 주병진이 환야의 눈치를 보며 방을 나가자 소문은 그동안 내심 궁금해해 왔던 것을 직접적으로 물어보았다.

"무례한 말씀이지만 도대체 무엇 때문에 이렇게 저를 위해 애를 쓰시는 겁니까? 전 그 이유를 모르겠습니다."

"허, 막상 그렇게 물어오니 뭐라 드릴 말씀이 없군요. 하지만 아무런 사심 없이 도와드리고 싶어서 도와드리는 것이라면 믿을 수 있겠습니까?"

"물론 믿습니다. 믿고말고요. 그래도……."

"음, 부담스러워 그러시는군요. 하지만 무림에 적을 두고 사는 사람은 다 같은 동도가 아니겠습니까? 저도 객지 생활을 하다가 많이 다쳐도 봤고 혼자 외롭게 병마(病魔)와 싸우기도 했습니다. 그것이 얼마나 서럽고 비참한 것인지 경험해 보지 않은 사람은 모릅니다. 절대 알 수가 없는 것이지요. 그러다가 우연히 중한 상처를 입은 소협을 만나게 되어 도움을 주게 되었습니다. 그 옛날의 저와 같은 사람을 보게 되었다고나 할까요? 그래서 그런 것이니 너무 마음 쓰지 마십시오. 그리고 뭐, 이 기회에 그동안 지은 죄를 탕감(蕩減)해 달라고 부처님께 아부나 한번 하려는 의도도 있습니다만."

환야의 우스갯소리에 소문은 물론이고 진지하게 듣고 있던 청하까지도 살며시 웃음을 지었다. 그녀는 웃음이 가시길 기다리다 조심스레 입을 열었다.

"저도 이분 공자님과 마찬가지예요. 집을 떠나 객지에 나온 것이 오래되진 않았지만 그 서글픔을 잘 알지요. 그래서 저도 모르게 그런 마음이 들었던 모양입니다. 그리고 사람의 목숨은 귀한 것이라고 돌아가신 아버님께 들었습니다. 그 사람이 악한 사람이든 착한 사람이든 목숨 귀한 것은 매한가지라고요. 항상 도와줄 수 있을 때 도와주라고 배웠답니다."

말을 하는 청하의 말에 은근한 슬픔이 묻어 나왔다.

"고맙습니다. 제가 험한 꼴을 당하다 보니 저도 모르게 사람을 의심하는 못된 버릇이 생겼나 봅니다. 죄송스럽기도 하고 두 분께 무슨 말로 감사의 말씀을 드려야 될지 모르겠습니다."

"하하하! 감사는 무슨. 외로운 사람끼리 돕는 것은 인지상정 아니겠습니까? 너무 이러면 오히려 저희가 부담스러워집니다. 안 그렇습니까?"

"호호, 그래요. 그냥 편하게 대해주시는 게 좋겠어요."

"그저 감사할 뿐입니다."

소문은 두 사람의 호의에 가슴이 따듯해지는 것을 느낄 수 있었다.

소문이 의식을 차린 지 열흘이 지나고 소문은 인술원에서 나와 회하촌의 북쪽 가장자리에 자리 잡고 있는 청하의 집으로 거처를 옮겼다. 우선 중했던 소문의 상처도 제법 많이 아물었고 무엇보다 더 이상 인술원에 있는 것이 부담스러웠던 소문이 그곳에서 나오고 싶어했기 때문이었다. 사실 이렇게 거처를 옮긴다는 것이 지니고 있는 돈도 없고 중한 부상마저 당한 소문이 마음대로 결정할 사항은 아니었지만 의형제를 맺은 환야가 기꺼이 동의했기에 성사된 일이었다.

소문이 의식을 차린 이후 환야와 청하는 소문의 곁에서 잠시도 떨어지지 않았다. 무슨 놈의 할 이야기가 그리 많은지 환야와 청하는 하루 종일 잠시도 쉬지 않고 떠들어댔는데, 그리고도 힘이 남아 주체를 못하니 두 사람 속에서 번거로운 것을 가히 좋아하지 않는 소문만 죽을 지경이었다.

그들의 등쌀에 못 이겨 소문도 가끔 몇 마디 말을 하곤 했는데 하루는 형조문, 곽검명, 단견이 맺은 삼광결의에 대해서 말을 했다가 의형제를 맺자고 주장하는 환야의 끈질긴 고집과 반강제적인 회유(懷柔)와 협박에 못 이겨 얼떨결에 형제의 연을 맺게 되었다. 동안(童顔)의 모습과는 달리 환야가 소문보다 나이가 많았기 때문에 소문은 어쩔 수 없이 그를 형님으로 모셔야 했다. 환야는 청하에게도 의남매의 연을 맺자고 했지만 그녀는 그 제안을 고마워하면서도 무슨 이유에서인지 청을 끝까지 거절했다. 다만 그녀의 나이가 소문보다도 어리기에 이들과 단순한 오라버니와 동생의 관계처럼 편하게 대하기로 했다.

비록 서로를 알게 된 시일이 오래되진 않았지만 객지에 홀로 나와 외롭게 생활하고 있던 이들인지라 어느새 금방 친형제 이상으로 가까워졌다. 특히 어려서부터 많은 고생을 한 청하는 비록 남매의 연을 맺은 것은 아니지만 그것과 진배없는 관계를 맺은 두 명의 오라비가 생겨 무척이나 즐거워했다.

그런 상황에서 소문이 인술원을 떠나고자 했으니 환야가 쾌히 허락을 하고 청하가 그들을 자신의 집으로 데리고 간 것은 너무나 당연한 일이었다.

인술원에 있을 때도 그랬지만 소문이 청하의 집에 들어오자 청하와 환야는 몸이 불편한 소문을 위해 항상 신경을 쓰고 챙겨주기 위해 많은 애를 썼다. 특히 별다른 일을 하지 않고 빈둥대는 환야에 비해 집안 살림을 맡고 있는 청하의 노력은 실로 눈물겨웠다. 매일같이 약을 달이고 식사 때가 되면 양팔을 쓰지 못하는 소문을 위해 직접 먹여주고, 혹시 상처가 덧날까 봐 항상 깨끗한 몸 상태를 유지해 주기 위해 노력했다.

그중에서도 내색은 안 했지만 청하를 당황시키고 덩달아 소문을 가장 난처하게 한 것은 배설(排泄) 문제였다. 배설이라는 것이 단순히 몸 안에 쌓인 노폐물(老廢物)을 밖으로 버리는 것이 끝이 아니었다. 옷도 벗어야 했고 뒤처리도 해야 했다. 하지만 이제 겨우 손가락 끝만 간간이 꿈틀거리는 정도에 불과한 소문 혼자서 그 일을 하는 것은 불가능했다. 인술원에서는 몸을 움직이지 못하는 환자를 위해 따로 그런 궂은일을 하는 사람이 준비되어 있었고 소문도 그들의 도움을 받았지만 그들이 없는 이곳에서는 결국 환야나 청하의 도움을 받을 수밖에 없었다.

그런데 당연히 남자인 환야가 해야 할 일을 어찌 된 일인지 청하가 하고 있었다. 이유인즉, 환야가 생활에 필요한 물건들을 사기 위해 잠시 자리를 비운 사이 소문이 그를 필요로 하는 일이 발생하고 말았다. 생각하지도 못한 상황에 결국 참다못한 소문이 바지까지 버려 두 번의 망신을 당하느니 아예 창피함을 무릅쓰고 청하를 부른 것이다.

소문의 우려와 달리 청하는 싫은 내색 하나 없이 아무렇지도 않은 듯 소문을 도와주었다. 마을에 다녀와 이 말을 들은 환야가 박장대소하며 자신은 못한다고 고개를 절레절레 흔들어 결국 자연스레 이 일마저 청하의 담당이 되었다. 처음에는 어색하고 부끄러워 어쩔 줄을 몰라 하던 소문도 며칠이 지나고 이미 볼 것 안 볼 것을 다 보여준 상태라 부끄러웠던 감정도 점점 무덤덤하게 변하게 되었다.
그렇게 또 며칠이 지났다.
'답답하구나! 언제까지 이러고 있어야 한단 말인가?'
터벅터벅 발자국 하나 나지 않은 강변의 모래사장에 생채기를 내며 걷고 있는 소문은 우울하기가 그지없었다. 의식을 회복한 지 벌써 보름여가 지나고 자신을 괴롭혔던 대부분의 상처 중 당소희가 던진 검에 꽂힌 등을 제외하고는 이미 대부분의 상처가 치유된 상황이었다. 등에 입은 상처는 그 상세가 워낙 지독해 지금도 꾸준히 상처를 돌보는 중이었다. 지난날 혈영일호에게도 가슴을 찔린 적이 있었지만 정상적인 몸에서 입은 상처와 최악의 조건에서 입은 상처는 그 회복력에서 상당한 차이를 보였다.
그나마 다행인 것은 소문은 미처 모르고 있었지만 당소희가 던진 검이 그녀가 의도한 만큼 정확하지 못했다는 것이었다. 아니, 정확하지 못했다고 말하기도 뭐한 일이었다. 철면피의 유해(遺骸)를 수습한 옷가지를 등에 매고 탈출을 했기에 당소희가 던진 검은 소문의 등을 꿰뚫기 전에 그 옷가지에 먼저 적중을 하고 소문의 등에 박혀 버렸다. 충격이 일치적으로 철면피의 유해에 흡수되고 섬날 또한 애초에 향하던 방향에서 약간 틀어져 버렸다. 결국 살아서 소문을 지키다 목숨을 잃은 철면피가 죽어서도 소문의 목숨을 살린 셈이었는데, 소문이 정신을 차렸을 땐 이미 철면피의 유해는 따로 수습됐기에 그런 상황을 알지 못하는 소문은 그저 자신의 운이 좋은 것으로 여길 뿐이었고 그다지 신경도 쓰지 않았다. 다만 지금 당장 소문의 마음을 심란하게 하는 것은 온몸에 입은 상처도, 그 상처들로 흉측하게 만들어진 흉터들도 아니었다.

양팔! 의원의 말대로라면 이제 막 뼈가 붙기 시작한 양팔이 소문에게 있어선 가장 큰 걱정거리였다.

근육을 지탱해 주는 뼈에 이상이 있어 움직일 때마다 덜렁거리는 팔을 보호하고 뼈가 빨리 붙도록 하기 위해 소문은 처음 의식을 차린 날부터 지금까지 양팔의 어깨에서부터 손끝까지 부목(副木)을 대고 있었다. 처음에는 자신의 괴상한 모습에 어이가 없기도 하고 비참한 마음이 들기도 했지만 이러지 않고는 움직일 때마다 양팔이 심하게 흔들려 상당한 고통을 안겨주고, 고통으로 끝나는 것이 아니라 부러진 뼈도 더디 회복된다기에 마음이 내키지는 않았지만 의원의 말대로 부목을 대어 흔들리는 팔을 고정시켰다.

생긴 것과는 달리 주병진은 상당히 뛰어난 의술을 지닌 의원이었다. 전혀 불가능할 것처럼 보였던 양팔의 회복이 점점 그 가능성을 내비치고 있었기 때문이다. 처음 의식을 차렸을 때는 아무런 고통도 감각도 느껴지지 않던 팔에 반응이 온 것은 며칠이 지나서였다. 비록 약간이지만 손가락 끝이 움직인 것이었다. 의원의 말로는 다행이도 신경이 죽지는 않았기 때문에 회복할 가능성이 높다고 했다. 하지만 그 이후론 별다른 발전이 없었다. 뼈가 굳어가는 것은 느껴지는데 아직 손가락을 굽혀 주먹을 쥐지는 못했다. 그래도 처음의 절망적인 상황에 비해 많은 발전을 한 것이었다.

'후~ 여전히 안 되는군. 하지만 가능성은 남아 있으니…….'

또 한 번 힘을 주어 손가락을 움직여 보았지만 여전히 별다른 힘이 실리지 않는 것에 실망한 소문이 크게 한숨을 내쉴 때였다.

"자네, 여기 있었군. 한참을 찾았네."
고개를 돌리자 환야가 서 있었다.
"제가 어디 가겠습니까? 이 몸을 해 가지고."
"쯧쯧, 또 그러는구면. 어서 방으로 들어가세. 내가 자네를 위해 잉어 몇 마리를 구해오지 않았겠나. 지금쯤 푹 고아졌을 것이네."
환야는 뚱한 표정으로 대답을 하는 소문의 등을 밀치며 집 안으로 데리고 갔다. 뒤뚱거리며 집으로 들어서는 소문과 그런 모습을 보며 소문에게 들키지 않도록 조심스레 웃으며 뒤따라오는 환야를 반긴 것은 절로 군침이 도는 향기로운 음식 내음이었다.
"마침 잘 오셨어요. 안 그래도 막 부르러 가려던 참이었는데."
"하하! 지금쯤이면 될 것 같아서 소문이를 불러왔지. 뭐 하는가, 청하가 자네를 주려고 정성을 다해 만들었네. 그러니 그런 표정 하지 말고 어서 앉게."
환야는 푸짐한 음식이 차려진 탁자로 다가가 자리를 잡고 앉았다. 소문도 한 자리를 차지하고 앉았다.
"좋겠어~ 나도 누가 먹여주는 사람 없나!"
"훙, 부럽기도 하겠소. 정 부러우면 나처럼 당해보시구려!"
의자에 앉자마자 소문에게 다가와 음식을 먹여주는 청하를 보며 환야가 능글맞게 중얼거리자 짐짓 화가 난 듯 소문이 소리를 질렀다.
"뭐, 다칠 것까지야 있나. 그저 마음씨 착한 마누라 한 명만 구하면 되는 것이지."
"그런 짓이나 하려고 시집오는 정신 나간 여자가 있을 것 같습니까?"
소문이 말도 안 된다는 듯이 말을 하자 막 입 안의 음식을 삼킨 환야가 반주(飯酒)로 놓인 죽엽청 한 잔을 마시곤 말을 했다.
"호, 그건 아무도 모르는 것이네. 나한테 정신을 홀딱 뺏긴 사람이라면 까짓 음식 먹여주는 것이 문제이겠는가? 뱃속에 있는 쓸개라도 빼줄걸."
"으이구! 자랑입니다. 그래, 결국 부인을 얻어 쓸개나 빼먹으려고 그러시오!"
소문이 어처구니없다는 듯이 말을 했지만 표정 하나 변하지 않은 환야는 돌연 청하에게 말을 걸었다.
"청하야, 안 그러냐? 사랑한다는데 그깟 쓸개 따위야 우스운 것이지, 응?"
"호호호, 쓸개까지는 줄 수 없겠지만 사랑하는 사람이 바란다면 그깟 음식을 먹여주는 것은 문제도 아니겠지요."
"그것 보게나. 사랑 앞에서 못해줄 것이 무엇이랴!"
청하가 자신의 의견에 맞장구를 쳐주자 기가 산 환야가 목소리를 높였다.
"휴, 여기서 조문 형님 같은 사람을 또 만나게 될 줄이야… 좋아요. 내가 두고 보겠습니다. 과연 그리되는지… 행여나 반대가 되지나 마시지요."
"하하, 염려 말게. 솔직히 내가 얼굴 하나는 자신있는 사람 아닌가! 그런 쓸데없는 걱정은 하지 마시게나."
"호호, 잡담들은 그만 하시고 어서 드세요. 음식이 식겠어요."
결국 청하가 나서 이들의 말싸움을 진정시켜야 했다.
"그런데 몸은 어떤가? 전보다 나아지는 기미라도 보이는가?"
조금 전의 장난스러웠던 모습과는 다르게 환야의 말투가 조심스레 변해 있었다. 소문의 목소리 또한 진중해졌다.
 "아직 별다른 것은 없습니다. 그저 조금씩 손가락이 움직인다는 것뿐이지요."
 "그거라도 어디인가? 조금씩이라도 계속 움직이도록 노력하게. 어차피 팔이야 뼈가 붙고 부목을 제거해 보아야 알겠지만 이렇게 손가락이 움직이는 것을 보니 자네가 생각하는 것처럼 절망적인 상황은 아닌 듯싶으네."
 "그래요. 너무 걱정하지 마세요. 처음엔 아무런 감각도 없다가 이렇게 조금이나마 움직일 수 있는 것 아닌가요? 점차 나아질 거예요."
 "걱정은 안 합니다. 전 반드시 회복할 것입니다. 아니, 회복할 수밖에 없지요. 그리될 것입니다. 하하! 괜한 얘기들 하지 마시고 음식이나 먹지요."
 힘을 주어 말하던 소문이 웃으며 청하에게 음식을 청했다. 말을 하는 소문의 눈에서 극히 짧은 시간이었지만 엄청난 한광이 뿜어져 나왔다는 것을 모르고 있는 청하는 태연하게 행동하고 있었지만 그 눈빛을 똑똑히 볼 수 있었던 환아는 그렇지 못했다.
 '후~ 무서운 눈빛이야……'

 담담한 얼굴의 소문과는 달리 지켜보는 환아와 청하는 연신 침을 삼키느라 정신이 없었다. 부목을 대고 붕대를 감은 지 한 달, 드디어 오늘 소문의 양팔을 고정시키고 있는 부목을 제거하게 되었다.
 슥! 슥!
 그럴 리는 없겠지만 혹시나 팔에 심각한 문제가 생겼을 경우 환아가 어찌 변할지 감히 장담을 하지 못하는 주병진이 긴장을 감추지 못하며 손을 움직였다. 그의 손이 한 번씩 움직일 때마다 두껍게 감겼던 붕대의 두께가 점점 얇아져만 갔다. 애써 평상심을 유지하려고 애쓰던 소문의 눈썹이 떨리고 일순 허전한 느낌 속에 뼈마디만 앙상한 두 팔이 그 모습을 드러냈다.

"아!"

"음!"

보기에도 안쓰러운 팔의 모습에 절로 신음성을 내뱉은 환야와 청하와는 달리 소문은 무심하게 바라볼 뿐이었다. 하지만 내심마저 그런 것은 아니었다.

'이게… 내 팔이란 말인가! 크크크, 고목(枯木)의 나뭇가지처럼 볼품없는 모양새를 하고 있는 것이 내 팔이란 말이지…….'

"어떤가요? 의원님, 제가 보기엔 어찌……."

청하가 궁금증을 참지 못하고 부목과 붕대를 제거한 소문의 팔을 주의 깊게 살피고 있는 주병진에게 물었다. 청하의 질문에도 아랑곳하지 않고 그렇게 살펴보기를 잠시, 고개를 돌린 주병진의 입가엔 만족한 듯한 웃음이 걸려 있었다.

"하하하! 예상외로 상태가 아주 좋습니다. 부러진 뼈도 제대로 붙은 것 같고 살갗을 뚫고 뒤틀린 뼈 또한 제자리를 잡았습니다. 약간의 문제는 있을 줄 알았는데 다행입니다."

"그렇습니까? 말씀을 그리하시니 기쁘기는 하지만 팔이 저렇게 볼품없어 보이는데……."

"당연하지요. 원래 오랫동안 저리 붕대를 감아놓으면 그 부위는 저렇게 마르고 볼품없어집니다. 비록 겉모양은 저래도 상태가 아주 좋습니다. 뒤엉켰던 경맥들도 제법 자리를 잡은 것 같습니다. 이 상태라면 시간만 지나면 움직이는 데는 아무런 이상이 없을 것입니다."
주병진은 확신에 찬 어투로 자신있게 말을 했다.
"잘됐네. 얼마나 다행인가!"
"축하드려요, 소문 오라버니!"
하지만 환야와 청하의 이런 반응과는 달리 소문의 안색은 별다른 변화가 없었다.
"손에 힘이 들어가지 않는군요. 아직 주먹도 쥐지 못하고… 그리고 움직이는 데 이상이 없다는 것은 무공을 사용할 수 있다는 것입니까?"
"그, 그것이……."
자신감이 넘치던 주병진은 소문의 질문에 당황한 기색을 감추지 못했다. 그러자 소문이 재차 물었다.
"확실하게 말씀을 해주십시오. 그것이 저를 도와주시는 겁니다. 지금 제 팔이 어느 정도까지 치료될 수 있는지 정확하게 말씀해 주십시오."
그러자 굳은 안색을 한 주병진이 환야에게 힐끔 시선을 던지더니 천천히 입을 열었다.
"그렇게 말씀하시니 정확하게 말씀드리겠습니다. 우선 이 팔로는 무공을 사용하기 힘듭니다. 물론 정상적인 사람들처럼 움직이고 쓸 수는 있지만 무공이란 정상인이 사용하는 능력을 넘는 힘을 쓰는 것입니다. 부러졌던 뼈야 더 단단해지니 문제가 아니지만 뒤엉켜 있던 경맥들이 지금은 자리를 잡았지만 매우 불안한 상태입니다. 언제 다시 뒤틀릴는지 알 수가 없습니다. 제 짧은 생각이지만 무공을 사용해선 팔이 견디지 못할 것 같습니다. 그리고 손은 팔보다 상황이 조금 더 심각합니다. 어쩔 수 없는 노릇이었지만 너무 오랫동안 방치가 되다 보니 손의 근육과 세맥 등이 아예 굳은 모양입니다. 지금 당장은 움직이기 어려울 것입니다."

"……."

"그럼, 주먹도 쥘 수 없다는 말입니까?"

질문을 하는 환야의 말에 힘이 실리자 주병진의 안색이 불안으로 가득 찼다.

"그, 그것이 지금 당장은 어렵지만 환자가 얼마나 노력을 하느냐에 따라서 그 시기가 앞당겨질 수도 있습니다. 제가 아무리 사람을 고치는 의원이라지만 더 이상 무엇을 해준다는 것은 불가능합니다. 이제부터는 오로지 환자의 의지와 인내가 필요한 시기입니다. 환자의 노력만이 굳어져 있던 근육들을 일깨우고 뒤틀린 경맥을 바로잡을 수 있습니다. 다만 그런 환자의 노력에 약간이나마 효력을 더하도록 탕약은 지어드릴 수 있지만 본질적인 것은 해드릴 수 없습니다. 환자의 노력 여하에 한 달이 지나지 않아 손을 자유자재로 움직일 수도 있고, 일 년, 이 년이 지나도 움직이지 못할 수도 있습니다. 그러나 아무리 회복이 잘 되더라도 무공을 사용하는 것은 좀……."

이제부턴 회복 여부가 모두 환자에게 달렸고, 그럼에도 무공을 사용하기는 힘들다는 주병진의 설명이 끝나자 누구 하나 입을 여는 사람이 없었다. 환야는 안색을 찌푸리고 있었고, 청하는 걱정이 가득한 눈으로 소문을 바라보았다. 주병진은 연신 환야의 눈치를 보느라 정신이 없었는데… 정작 당사자인 소문의 눈은 밝게 빛나고 있었다.

'나의 노력에 달렸단 말이지? 나의 노력에… 해주지! 해주고말고. 이까짓 노력도 하지 않고서야 어찌 복수를 꿈꿀 수 있단 말인가! 기쁜 마음으로 고통을 받아들이지!'

"수고 많으셨습니다. 의원님께서 소생을 위해서 그동안 어떤 노력을 했는지 잘 알고 있습니다. 그 은혜는 절대 잊지 않을 것입니다."

"뭐, 은혜랄 것까지야… 더 이상 도움을 주지 못해 미안할 따름입니다."

너무 오랜만에 움직여서 그런지 난생처음 접하는 이상한 느낌을 주는 팔을 조금씩 움직이며 소문이 자리에서 일어났다.

"가십시다. 이제 모든 것이 저에게 달려 있다 하니 당장 오늘부터라도 노력을 해야겠습니다."

"아, 알았네. 거참, 급하기는."

내심 소문의 반응을 걱정하던 환야는 의외로 소문의 안색이 밝자 자신 또한 기분이 좋아짐을 느끼며 재빨리 자리에서 일어났다.

"갑자기 무리는 하지 마십시오. 너무 서두르다가는 될 것도 안 되고 낭패를 당할 수도 있습니다."

솔직히 다시는 소문을, 아니, 환야를 보기 싫은 마음과 그런 중한 상처를 딛고 일어난 소문에게 약간은 경의를 표하며 주병진이 염려의 당부를 했다. 그런 그를 뒤로하고 환야와 청하는 종종걸음으로 인술원을 나섰다. 그 앞에는 아직도 어색하긴 하지만 힘차게 걸어가고 있는 소문의 모습이 보였다.

"으아아아! 크하하하하하!!"

밤이 깊다 못해 새벽을 목전에 두고 있는, 인적이 끊기고 짙은 안개마저 깔린 회하촌의 북쪽 강변에서 크지는 않았지만 한 번만 들어도 뇌리에 또렷하게 각인(刻印)될 고함 소리가 들리고 있었다. 워낙 깊은 밤에만 들리는 소리인지라 벌써 한 달째 계속되는 저 거친 고함 소리를 알고 있는 사람은 단지 강변에서 얼마 떨어지지 않은 바위에 앉아 염려의 눈빛으로 바라보고 있는 환야와 청하뿐이었다.
 약 일각 정도 더 지속된 고함 소리가 멈추자 한숨을 내쉰 환야가 말을 했다.
 "후, 이제 끝난 것 같구나."
 "흑! 매일같이 불쌍해 죽겠어요."
 눈시울을 붉히며 말을 하는 청하의 시선은 소리가 들려온 곳에서 잠시도 떠나지 않았다.
 "어쩔 수 없지. 소문이 우리 앞에서 아무리 태연한 척해도 그런 몸에 절망을 하지 않을 수는 없겠지. 어쩌면 저렇게 소리를 지르며 자신을 채찍질하는지도 모르겠다. 그만큼 망가진 손을 회복시키는 것이 어렵다는 말이 아닐까?"
 벌써 한 달을 보아왔지만 저 고함성은 들으면 들을수록 마음을 아프게 했다. 그들이 이런 소문을 볼 수 있었던 것은 한 달 전 어느 날 밤이었다.

 부목을 제거하고 붕대를 푼 소문이 가장 먼저 한 것은 늘어질 대로 늘어지고 힘이 들어가지 않는 팔의 근력을 회복하는 것이었다. 소문은 주병진의 염려대로 결코 서두르거나 무모한 시도는 하지 않았다. 비록 느리기는 했지만 조금씩, 그리고 차근차근 근력(筋力)을 키워 나갔다. 혹시나 팔에 무리를 줄 것 같아서 부담이 덜하면서도 효과는 큰 물속에 들어가 매일같이 팔을 움직이며 굳은 근육을 풀었고, 꾸준한 수련을 통해 힘을 키워 나갔다.
 그렇게 하기를 두 달, 상처를 입었던 팔이라고는 보기가 힘들 정도로 정상으로 돌아온 팔을 보며 소문은 물론이고 환야와 청하 또한 크게 기뻐했다. 하나 그런 기쁨도 잠시, 여전히 주먹조차 쥐지 못하는 손을 보며 한순간 느꼈던 기쁨은 금방 사그라졌다.

팔의 힘을 키우면서 제대로 움직이지 않는 손을 회복시키기 위해 많은 노력을 기울였지만 나날이 회복해 가는 팔과는 달리 손의 회복은 더디기만 했다. 그렇게 노력을 하고 신경을 썼지만 겨우 손가락의 절반이 굽혀지는 데 만족해야만 했다. 그래선 무공은 고사하고 정상적인 생활조차 힘들 지경이었다. 환야와 청하는 걱정이 되어 어쩔 줄을 몰라 했지만 소문은 전혀 동요하지 않았다. 그저 담담한 미소를 지으며 오히려 걱정하는 이들을 달래줄 정도였는데… 한 달 전 새벽, 아무도 몰래 강변을 찾은 소문을 보기 전까지는 정말 그런 줄만 알았다.

"아함~"

잠결에 목이 말라 눈도 제대로 뜨지 못하고 자리에서 일어난 환야는 물을 마시기 위해 윗목에 놓여진 대접을 찾았다.

"카~ 아! 시원하다. 응?"

대접에 담긴 물을 단숨에 들이킨 환야는 문득 허전한 느낌에 주위를 살펴보았다. 어디를 나갔는지 한참 피곤하게 잠을 자고 있어야 할 소문의 모습이 보이지 않았다.

청하의 집에는 방이 두 개가 있었는데 그중 이전에 잡동사니를 쌓아두던 작은 방은 청하가 쓰고 다른 하나는 환야와 소문이 함께 썼다. 물론 소문이 부목을 제거하기 전에는 환야 대신 소문의 상세를 돌봐야 하는 청하가 남녀가 유별함에도 어쩔 수 없이 한 방을 썼지만, 소문의 상세가 나아진 요즘은 소문의 주장으로 청하와 환야가 자리를 바꿨다. 그러나 주변에 누가 있으면 잠을 자지 못한다고 부득불 우긴 환야의

인연(因緣) 227

억지에 기가 막히면서도 어쩔 수 없었던 소문은 환야에게서 멀리 떨어져 방 한구석에서 자야만 했다. 그런데 지금, 하루 종일 수련을 하느라 지친 소문이 세상 모르게 자고 있어야 하건만 방 안 그 어디에도 소문의 모습이 보이지 않았다.

"이 밤중에 어딜 갔지? 자연이 그를 부른 것인가? 후후, 이제는 혼자서 해결을 할 수 있으니 알아서 조용히 나가는군."

환야는 소문이 잠시 생리적(生理的) 현상을 해결하러 간 줄 알며 키득거렸다. 그러나 환야의 예상과는 달리 꽤 오랜 시간이 지나도 밖으로 나간 소문은 돌아오지 않았다.

"흠, 꽤 늦는데 무슨 일이라도… 혹시……?"

갑자기 무슨 생각이 들었는지 환야는 재빨리 방문을 나섰다. 그리곤 작은 방에서 자고 있는 청하를 깨웠다. 몇 번의 부름이 있고 인기척이 나더니 급히 옷을 챙겨 입은 청하가 방문을 나섰다.

"무슨 일이세요?"

"험, 혹시 여기 소문이 들어왔나 해서……."

졸린 눈으로 영문을 모르겠다는 듯 자신을 바라보는 청하에게 조심스레 말을 건네는 환야의 안색이 붉게 물들었다.

"아, 아니요. 소문 오라버니가 왜 제방에 와요? 큰오라버니도 참……."

청하의 말에 약간은 안도하는 모습을 보이던 환야가 갑자기 안색을 굳혔다.

"이런, 이쪽 방에도 없고 그 방에도 없다면 어딜 간 것이지?"

잠자다 말고 무슨 장난이냐는 듯 환야를 바라보던 청하가 소문이 없어졌다는 환야의 말에 두 눈을 동그랗게 뜨고 깜짝 놀랐다.

"호, 혹시!"

"설마! 쓸데없는 생각은 하지 말고 나랑 찾아보자꾸나. 이 근처에 있겠지."

환야는 불길한 생각을 하고 있는 청하를 잡아끌고 집 주변을 돌아다 녔다. 하나 한참을 돌아다녀 봐도 소문은 찾을 수 없었다.

"무슨 일이 있나 봐요. 아니면 이 밤중에 없어질 이유가 없잖아요."

"설마 무슨 일이야 있겠어? 그 몸을 해 가지고도 살아난 소문이야. 잠시 어디 다녀올 데가 있나 보지."

청하는 연신 울먹이며 말을 했다. 그런 청하를 달래는 환야의 목소리 또한 은근히 떨리고 있었다.

"가만!"

혹시나 하는 마음에 발걸음을 강변으로 돌리던 환야가 발걸음을 멈췄다.

"왜 그러세요?"

"가만. 조용히 해봐!"

자신을 부르는 청하에게 조용히 하라는 신호를 한 환야는 귀를 기울였다. 약하긴 했지만 어디선가 고함 소리가 들리고 있었다.

"청하야, 저 소리 들려?"

"소리요? 글쎄요."

환야의 말에 잠시 귀를 기울이던 청하는 아무런 소리도 들리지 않자 고개를 가로저었다.

"아니야. 강 쪽에서 분명히 고함 소리가 들려. 청하에겐 거리가 멀어서 안 들리는 것뿐이야. 혹시 모르니 가보도록 하자."

계속해서 들려오는 소리에 귀를 기울이며 그들이 도착한 곳은 맨 처음 사경을 헤매던 소문을 발견한 곳이자 소문이 매일같이 찾아와 몸을 회복시키려는 노력을 하는 곳이었다.

"누, 누굴까요?"

그제야 고함 소리를 들은 청하가 두려운지 환야의 팔소매를 꼭 잡으며 말을 했다.

"글쎄, 아직은 어두워서 잘 보이지가 않아. 조금 더 가까이 가보자."

강을 향해 가까이 가면 갈수록 고함 소리는 더 커졌다.

"사람, 사람이에요!"

그랬다. 비록 밤이기는 했지만 희미한 불빛을 내뿜고 있는 달빛이 강에서 움직이고 있는 물체가 사람임을 알아볼 수 있게 해주었다.

"소문이다……."

무공을 익혔기에 청하보다 월등히 밝은 시력을 지닌 환야가 강에서 미친 듯이 소리를 지르고 있는 사람이 소문임을 알아볼 수 있었다.

"예? 소문 오라버니라구요? 그런데 저기서 무엇을 하는 것이지요?"

환야의 중얼거림에 깜짝 놀란 청하가 재빨리 반문했지만 환야는 아무런 대답도 없이 소문의 행동만을 응시하고 있었다.

"아아아아! 으아아아!"

이제는 귓가에 또렷하게 고함 소리가 들렸는데 다가가 보니 소문은 강물에 들어가 하늘을 올려다 보며 고함을 지르고 있었다.

'후, 그랬구나! 그랬어!'

"도대체 저게 무엇 하는 것이지요?"

환야는 고개를 들어 하늘을 바라보며 크게 한숨을 쉬었다. 그리곤 입을 열었다.

"너나 나나 참 바보다, 참 바보야."

"예? 그게 무슨 말씀이신지……?"

영문을 모르겠다는 듯이 자신을 바라보는 청하에게 시선을 던진 환야의 눈에는 눈물이 고여 있었다.

"소문이는 무인이야. 그것도 실로 막강한 무공을 지니고 있는. 그런데 하루아침에 그 무공을 사용하지 못한다고 하니 실로 미칠 노릇이겠지."

"하지만 몸은 점점 회복하고 있잖아요. 그리고 항상 염려하지 말라고 입버릇처럼 말했는데……."

"크큭, 말이야 그렇게 했지만 그의 내심은 어떨까? 과연 그가 말한 대로 태연할까? 천만에, 아마 속이 타 들어가다 못해 재가 되었을 것이야. 그런 그의 내심도 모르고 그저 웃고 떠들어댄 내가 한심할 지경이야. 소문이 저리 힘들어할 줄은 꿈에도 생각을 하지 못하고……."

환야가 스스로를 자책하는 동안에도 소문의 고함은 계속됐다.

"그랬군요… 그래서… 우리를 안심시키려고 저렇게 밤에 몰래 나와 운동을 하고 있었군요."

"아니, 운동하는 게 아니야. 저건 운동을 하는 것과는 달라. 소리 들리지? 소문이 지르는 고함 소리. 소리가 들릴 때 소문이 하는 행동을 살펴봐. 고개를 쳐들고 있어. 저건 운동이 아니라 말 그대로 고통에 몸부림치는 기야. 자신의 의지와는 다르게 회복이 안 되는 것에 대한 답답함. 그로 인해 점점 절망에 빠지는 자신의 모습을 견딜 수 없어서 지르는 고통의 몸부림이야. 저렇게라도 하지 않으면 도저히 견딜 수 없는… 그마저도 누가 들을까 봐 사람이 없는 강에서 지르는… 바보같이!"

"흑!"

청하는 더 이상 참을 수 없었는지 울음을 터뜨리고 말았다. 청하를 다독거리는 환야의 눈에서도 눈물이 흐르고 있었다.

그날 밤 이후, 밤에 소문이 사라지면 환야와 청하 또한 항상 이 자리에 나와 그가 지르는 소리를 들으며 마음으로나마 고통을 나누었다. 그렇게 한 달이 지나고 오늘도 어김없이 자리를 지키고 있었다.

"그런데 이상하지 않아요? 요즘은 고함 소리가 평소와 조금 다른 듯한 느낌이 들어요."

"응? 뭐가? 난 그다지 느끼지 못하겠는데."

"아니요, 뭔가 이상해요. 평소와는 다른……."

계속되는 청하의 중얼거림에 고개를 갸웃거리며 주의 깊게 고함 소리를 듣던 환야도 말을 그리 들어서 그런지 평소와는 무언가 다른 느낌을 받을 수 있었다.

"그러고 보니 조금 다른 것 같기도 한데……."

하지만 그것이 무엇인지는 아직 정확하게 알 수 없었다. 그런데 둘이 대화를 나누는 동안 어느새 강에서 빠져나와 대충 물기를 제거한 소문이 그들이 있는 곳으로 다가왔다. 재빨리 고개를 숙여 몸을 숨긴 이들을 보며 소문은 큰 소리로 부르기 시작했다.

"그렇게 숨을 것, 뭣 하러 나온 게요? 어서 나오시구려. 청하도 나오고."

소문이 그들이 숨은 바위를 보며 큰 소리로 말을 했지만 그들은 조금도 움직이지 못했다.

"쯧쯧, 어서 나오세요. 이 겨울에 그러고 있다가 몸 상하기 일쑵니다. 어서요!"

소문이 몇 번을 재촉하고 나서야 환야와 청하가 쭈뼛거리며 걸어나왔다.

"어, 어떻게 알았나?"

환야가 무안한 웃음을 지으며 물었다.

"그럼, 내가 모를 줄 알았습니까? 내 이놈의 빌어먹을 팔과 손이 문제이긴 하지만 이미 예전의 내공을 되찾은 지 오랩니다. 이 정도 거리에 누가 있는지도 모를 내가 아니지요."

"허, 그런 줄도 모르고 나와 청하는 매일같이 덜덜 떨며 자네를 지켜보았으니. 진작 말을 했으면 이러고 있지도 않았을 것을."

"누가 그러라고 했습니까?"

"우린 오라버니가 무안해할까 봐 그랬지요."

청하가 약간은 화난 듯한 말투로 쏘아붙이자 활짝 웃음 지은 소문이 재빨리 대답을 했다.

"하하, 나도 청하나 형님이 무안해할까 봐 그런 것이지 일부러 그런 것은 아니야."

"그런데 지금에야 일부러 말을 하는 이유는 무엇인가? 여태까지 모른 척하다가."

"이제는 밤에 나와 이럴 필요가 없어져서 그랬습니다."

"……?"

환야가 일순 이해를 못하고 아무런 말을 못하자 청하가 재빨리 질문을 했다.

"그게 무슨 소리예요? 그럴 필요가 없다니?"

"……."

"그럴 필요가 없다니요? 답답해요!"

청하의 재촉에 소문은 대답 대신 양팔을 들어 올렸다. 소문의 행동에 영문을 모르겠다는 듯이 바라보는 두 사람의 앞에서 놀라운 일이

인연(因緣) 233

벌어졌다. 지금껏 겨우 움직이고 약간 움직이는 것이 전부인, 제대로 쥘 수조차 없었던 소문의 손가락들이 점점 안으로 모아지더니 마침내 바위같이 강한 주먹을 이루어낸 것이었다.

"그, 그게……!"

"오라버니!"

"하하! 아직은 별다른 힘이 들어가진 않지만 이제는 마음먹은 대로 주먹을 쥘 수도 있을 것 같다."

소문이 이마에 흐르는 땀을 닦으며 활짝 웃었다.

"도대체 언제부터 주먹을 쥘 수 있게 되었는가?"

"얼마 안 됐어요. 사흘 전부터 겨우 쥘 수 있었는데 처음에 그렇게 힘들던 것이 하루가 지나고 이틀이 지나자 점점 자연스럽게 쥐어지고 있는 거지요. 물론 아직도 이렇게 땀이 나지만 말입니다. 하하!"

"잘됐네, 잘됐어. 정말 다행이야."

"축하해요. 너무……."

"하하! 너무 그러지들 말아요. 이제 겨우 시작인데. 그리고… 청하야 여자라고 친다지만 형님은 그 눈물이나 닦으세요. 남자가 돼가지고는… 쯧쯧!"

"흥, 원래 남자가 흘린 눈물이 얼마나 가치가 있는 것인지 모르는구먼. 여자에게 눈물은 흔하디흔한 것이지만 대장부의 눈물은 그게 아니지!"

"알았습니다. 내 참!"

소문이 약간은 겸연쩍은 미소를 지으며 말을 했다.

"그나저나 그럼 그동안 자네가 이곳에 온 것이 괴로워서 그런 것만은 아니란 말인가?"

"처음엔 가슴이 답답하고 울화통이 치밀어 소리나 마음껏 지르자는 심산으로 왔는데 그렇게 소리를 지르며 손가락을 움직이니 그냥 움직이는 것보다 조금씩 더 움직이고 한결 수월해지는 것이 아닙니까? 그래서 대낮에 고래고래 소리를 지를 수도 없고 해서 형님도 알다시피 밤마다 이곳에 나와 소리를 지른 겁니다. 소리를 지르면서 온 힘을 다해 주먹을 쥐고 펴는 연습을 했지요. 정말 힘들었지만 결국 이렇게 주먹도 쥘 수 있게 되었고… 참 황당한 일이지만 말입니다."

"에휴! 우린 그것도 모르고……."

그동안 추위에 떨며 소문을 지켜본 것이 억울한지 환야가 땅이 꺼져라 한숨을 쉬었다.

"전 그렇게 생각 안 해요. 한 번도 고생한다는 생각은 하지 않았어요. 우리가 그렇게 마음 졸이며 지켜본 것이 도움이 되었을 거예요."

청하가 여전히 눈물을 흘리며 말을 했다.

"그럼. 청하와 형님이 항상 지켜보고 있어서 내가 힘을 낼 수 있었던 것이지. 어쩌면 포기했을 수도 있었는데… 사실 너무 힘들었거든."

"하하, 이러면 어떻고 저러면 어떤가? 이렇게 자네의 몸이 회복되었다는 것이 중요한 것이지. 이런 날 술이 빠질 수는 없지. 자, 이제 집에 가세나. 가서 한잔하세나."

"술이요? 좋지요. 그럼 오랜만에 한번 마셔볼까요? 하하!"

소문과 환야는 서로를 마주 보며 박장대소를 했다.

'그랬군요. 제가 조금이나마 힘이 될 수 있었다는 것이 얼마나 기쁜지 모른답니다.'

앞서 걸어가는 이들을 보는 청하의 입에는 절로 미소가 지어졌다.

'신이여! 감사합니다. 보잘것없는 계집의 간절한 기도를 들어주셔

서…….'

 마침내 주먹을 쥘 수 있게 된 소문은 물속에 들어가 운동을 하는 것에 더해 한 가지 수련을 더 하기 시작했다. 회하촌의 북쪽을 끼고 흐르는 강의 주변에는 절로 탄성을 자아내게 하는 아름다운 경치가 펼쳐져 있었다. 특히 깎아지른 듯한 절벽들이 그중 장관이었는데 보기만 해도 위압감이 들고 움츠리게 되는 절벽들이 소문의 또 다른 수련지(修練地)가 되었다.
 오전 내내 물속에 들어가 간단한 무공 등을 시전하며 팔의 유연성과 근력을 키우다가 오후가 되면 맨손으로 절벽을 오르기 시작했다. 정상적인 사람은 물론이고 무공을 익힌 자라도 쉽게 오르지 못할 험할 절벽을 오르는 소문은 그야말로 필사적이었다. 혹시나 몸의 상태가 악화될 것을 염려한 환야와 청하가 염려하여 거듭 말리고 걱정을 했지만 미친 듯이 절벽을 오르는 소문을 막을 수는 없었다.
 부목을 제거하기까지가 한 달, 망가졌던 팔을 회복시키는 데 두 달, 그리고 단지 주먹을 쥐는 데 허비한 시간이 또 한 달이었다. 물론 시간이 중요한 것은 아니었다. 한 달이 아니라 일 년이 걸려도 완벽하게 회복만 된다면 그다지 신경이 쓰이진 않을 것이었다. 하지만 소문에게는 이대로 시간만 보내기엔 생각만으로도 화가 치밀어 오르는, 지금 당장이라도 달려가 해결해야 할 일이 있었다.
 당가. 특히 자신을 이리 만들고 철면피를 죽인 당소희라는 계집에게 돌려줘야 할 빚이 있건만 몸이 정상이 아닌 지금은 아무런 일도 할 수 없어 답답하기만 했다. 그리고 무엇보다 소문의 마음을 급박하게 만드는 것은 시간이라는 마수에 걸린 자신의 마음이었다. 시간이 지나고 이제 면피를 생각하는 시간보다 그렇지 않은 시간이 많아지면서 당소희를 찢어 죽여 자신과 면피의 복수를 해야 한다는 의지가 점점 약해지는 것이었다.
 그 당시 당가의 입장에서 보면 아무것도 준비하지 못한 자신을 첩자로 오인할 수 있다는 생각이 들기도 했고, 그런 점을 생각하지 못하고 단순하게 행동한 자신의 실수가 더 컸을 수도 있다는 생각이 들기도 했다. 하지만 그럴 때마다 날개가 찢기는 고통에 울부짖으며 결국은 처참하게 목숨을 잃은 철면피를 생각하며 약해지는 자신의 마음을 다 잡았다. 그러나 과연 그것이 언제까지 이어질지는 소문도 장담을 하지 못했다. 이러다가는 당소희를 눈앞에 두고도 몇 마디 말로써 용서를 할지도 모른다는 위기감도 들었다. 절대로 그럴 수는 없는 문제이기에 혹시라도 그런 마음이 자리를 잡을까 두려워한 소문이 하루라도 빨리 몸을 회복하여 당소희를 찾아가고자 하는 강박관념(强迫觀念)에 사로잡히는 것은 어쩌면 당연한 일이었다.
 자신의 발 아래 유유히 흐르는 강물을 바라보며 수천 년을 한 자리에서 버티고 있던 대자연은 한 인간의 도전을 쉽사리 허락하지 않았다. 더구나 그 인간이 정상적인 몸도 아니고 손아귀에 한 줌 힘도 지니지 못한 인간이라면 두말할 나위가 없었다. 하루에 두 시진씩 온몸을 땀으로 목욕을 해가며 놈에 남아 있는 모든 힘을 끌어다가 노력을 해보았지만 일주일 동안 소문이 올라간 거리는 겨우 삼 장에 불과했다. 그나마도 다리의 힘이 받쳐 주었기에 망정이지 그렇지 않았다면 채 일 장도 전진하는 것이 힘들었을 것이다.
 "아아아아아아!!"
 힘이 없어 도저히 버티지 못하고 강물로 떨어져 힘겹게 강가로 기어

나온 소문은 자신이 지를 수 있는 최대한의 목소리로 고함을 질렀다. 밤마다 지르던 고함과는 차원이 다른 함성에 주변의 공기가 거대한 울림을 보였다.

'아! 불쌍한 분! 차라리 내 손이 저리 되었다면 좋으련만…….'

모래사장에 누워 소리를 지르던 소문은 얼굴 하나 가득 염려의 표정을 지으며 자신에게 다가오는 청하를 발견하곤 누였던 상체를 일으켜 세웠다. 다가온 청하가 그 옆에 조용히 앉았다.

"추운데 또 뭣 하러 왔어? 매일같이 이렇게 찬바람을 쐬니 감기에 걸리지."

"춥기는요. 오라버니는 한겨울에도 아침마다 강물에 들어가 수련을 하잖아요. 이 정도는 추위도 아니지요. 콜록!"

웃으며 말을 하던 청하가 말미에 기침을 했다.

"이구! 청하하고 나하고는 상황이 다르잖아. 나야 몸 안의 내공이 추위를 막아주니 이 정도 추위야 아무렇지도 않고, 물속은 오히려 따뜻해. 봐! 벌써 옷이 다 말랐잖아."

과연 소문이 말대로 강물에서 나올 때만 해도 물이 줄줄 흘러내리던 옷엔 물기 한 점 남아 있지 않았다.

"하지만 청하는 그렇지 못하잖아! 벌써 며칠째 그렇게 기침을 하고 있으면서."

"괜찮아요. 약을 먹고 있으니 곧 괜찮아지겠지요. 그렇지 않아도 큰오라버니가 약을 지으러 인술원에 갔어요."

"응? 형님이? 어제도 약을 지어오지 않았었나? 그런데 또 갔단 말이야?"

어제 분명히 손에 약 꾸러미를 들고 있던 환야의 모습을 기억하기에 소문이 약간은 의아하다는 듯이 말을 하자 연신 기침을 하던 청하가 손으로 입을 가리고 웃음을 지었다.
 "호호호, 점심때가 지나도 제가 기침을 하자 효과없는 약을 지어주었다고 노발대발하며 뛰어가셨어요."
 "흐이구! 그러다 의원 하나 잡겠다. 약을 먹었다고 금방 쾌차하는 사람이 몇이나 된다고… 조금 두고 볼 것이지. 애들도 아닌데 그리 보채기는… 쯧쯧쯧."
 "콜록! 콜록!"
 소문의 못마땅한 얼굴을 보며 웃고 있던 청하가 갑자기 가슴을 잡고 심하게 기침을 하기 시작했다.
 "이런, 괜찮은 거야!"
 "예, 괜찮아요. 콜록!"
 대답을 하면서도 계속해서 기침을 하는 청하의 모습을 본 소문이 벌떡 일어났다.
 "안 되겠다. 일어나서 집에 가도록 하자. 이러단 내가 아니라 네가 큰일 나겠다."
 "아, 아니에요. 괘, 괜찮… 콜록! 괜찮아요……."
 "괜찮긴 뭐가 괜찮아! 어서 일어나. 이런! 열도!"
 억지로 청하를 일으켜 세우던 소문은 청하의 손에서 느껴지는 열기(熱氣)에 깜짝 놀라 재빨리 이마에 손을 가져갔다. 마치 화로(火爐) 속에서 뿜어내는 열기처럼 청하의 이마에서도 뜨거운 열기가 느껴졌다.
 "이래도 고집을 피우려고 하는 것이냐! 빨리 업혀라."
 "아니에요."
 "아니긴! 시키는 대로 해!"

소리를 질러 청하를 나무란 소문은 기운이 없어 휘청거리는 청하를 들쳐 없고 집으로 뛰기 시작했다.

'제길, 나 같은 놈 때문에 매일같이 신경을 쓰고 걱정을 하다가 결국 병을 얻고 말았구나!'

짐짓 소리를 지르며 청하를 나무라긴 했지만 청하를 업고 뛰는 소문의 눈가에 어느새 물기가 어렸다. 어려서 부모님을 잃고 할아버지와 지내온 소문은 할아버지가 나름대로 신경을 쓰긴 했지만(?) 이렇다 할 사랑과 정성을 받아보지 못했다. 중원에 와서도 사귀게 된 것의 대부분이 남자이고 보면 남자와의 우정과는 또 다른 무언가를 은연중 갈망하게 되었다.

물론 제갈세가에서 잠시 머무를 때에는 남궁혜가 자신에게 많은 정성을 기울인다는 것을 알고는 있었지만, 그 당시엔 자신에게 정혼녀라는 존재가 있었다. 오히려 그런 정성이 부담으로 다가왔는데 정혼녀라는 제약이 사라진 지금 정에 굶주려 있는 소문에게 가장 근접한 사람은 청하였다.

심한 부상을 입은 자신을 위해 며칠 밤을 꼬박 세우며 병구완을 하고 부모가 병에 걸려 누워도 웬만한 효자들이 아니면 꺼려한다는 대소변을 청하는 불평 한마디 없이 다 처리해 주는 등 제대로 알지도 못하는 자신을 위해 온갖 정성을 다 기울였다. 그런 청하의 모습에 당연히 고마워하고 내색은 하지 않고 있었지만 은근한 사랑을 느끼고 있었다. 다만 아직 그쪽으로는 경험이 일천(日淺)한 소문이지라 그것이 사랑인지 단순히 고마워하는 마음인지 갈피를 잡지 못하고 있을 뿐이었다. 그에 반해 청하는 이미 자신의 마음을 확실하게 알고 있었다.

'따뜻하다. 참 따뜻해. 오라버니의 마음도 이처럼 따뜻할까?'

전신에 느껴지는 포근한 열기가 자신에게서 나는 열인지 소문에게서 느껴지는 것인지 구별하지 못한 청하는 소문이 미처 집에 도착하기도 전에 정신을 잃고 말았다.

억울하게 쳐다보는 주병진에게서 또다시 새로운 약을 얻어낸 환야가 콧노래를 부르며 집에 왔지만 그를 반기는 사람은 아무도 없었다. 소문은 둘째 치고 몸이 안 좋은 청하라면 틀림없이 집에 있을 줄 알았지만 집은 비어 있었다.
"흠, 또 소문이에게 간 것인가?"
조용히 중얼거리는 환야의 안색은 가히 좋지 않았다.
"그 몸을 해 가지고서는… 응?"
새로 지어온 약을 막 내려놓으며 안색을 찌푸리던 환야는 저 멀리서 집으로 급히 다가오는 신형 하나를 볼 수 있었다.
"빠, 빠르다!"
엄청난 속도와 함께 가공할 기운이 밀려오고 긴장한 환야의 손에는 어느새 빼어 들었는지 검 하나가 들려 있었다.
"뭐야? 소문이잖아!"
순식간에 자신과 거리를 좁히는 신형의 주인공이 소문임을 알아본 환야는 긴장이 탁 풀리며 들고 있던 검을 집어넣으며 어처구니없다는 표정을 지었다.
"익히 알고는 있었지만… 뭐 저런 황당한 경공이 있어!"
수많은 무공을 접해보고 익혔다고 자부하던 환야도 절로 감탄을 금치 못하는 경공, 출행랑을 펼쳐 순식간에 집에 도착한 소문은 마당에 서 있는 환야를 보며 몹시 반가워했다.

"약을 지으러 가신다면서 벌써 도착을 했군요. 암튼 잘됐습니다. 청하가 몸이 많이 아픈 듯합니다."

"저런, 내 이럴 줄 알았다. 병이 났으면 방 안에서 몸조리나 할 것이지, 그러기에 누가 돌아다니라더냐!"

많이 아프다는 소문의 소리에 불쑥 화가 난 환야가 대뜸 소리를 질렀지만 이미 기절한 청하가 그 소리를 들을 리가 만무했고 대답 또한 할 수 없었다.

"허, 정신까지 잃어버렸구나! 일났네, 일났어. 암튼 자네는 청하를 방에 누이고 살펴보고 있게. 난 의원을 데려오겠네."

"알겠습니다."

소문이 대답을 하기도 전에 환야의 몸은 벌써 움직이고 있었다. 집을 나서 인술원이 있는 남쪽으로 뛰어가는 환야는 소문에 비해 그다지 손색이 없는, 실로 빠른 움직임을 보이며 사라졌다.

"흠, 역시… 예상은 하고 있었지만 일신에 지닌 무공이 실로 범상치 않구나!"

비록 형제의 예는 맺었다지만 소문과 환야는 서로에 대해 아는 게 거의 없었다. 지금 의형제가 되었으면 그만이지 과거에 그가 어떤 사람이고 어찌 지냈다는 것을 안다는 것은 별로 쓸모가 없다고 생각하며 그다지 중요하게 여기지 않는 둘만의 성격도 작용하기는 하였지만 특히 당가에서 당한 일은 웬만하면 거론하고 싶지 않은 소문의 의지가 강해 서로의 과거에 대해선 은연중 모른 척하게 되었다. 그리고 그건 청하 역시 마찬가지였다.

"아참, 내가 지금 무슨 생각을… 이러고 있을 때가 아니지."

순식간에 사라진 환야를 보며 잠시 딴생각을 하던 소문은 여전히 자신의 등에 업혀 있는 청하에게 생각이 미치자 허겁지겁 방으로 들어갔다.

"흠……."
"어떻습니까? 별다른 이상은 없겠지요?"
소문은 고개를 갸웃거리는 주병진을 보며 답답하다는 듯이 질문을 했다. 그러나 주병진은 계속해서 청하를 살필 뿐이었다.
"후, 쯧쯧, 어쩌다 이리되었습니까? 환자가 이 지경이 될 때까지 놔두시다니."
한참이 지난 후에 주병진의 입에서 나온 말은 환자를 방치(放置)한 환야와 소문에 대한 질책이었다.
"많이 좋지 않은 것입니까?"
"좋지 않지요. 좋지 않은 정도가 아니라 아주 심각합니다."
"……."
소문이 입을 다물고 멍하니 청하만 바라보자 환야가 나섰다.
"치료는 할 수는 있겠지요? 있으리라 믿습니다."
"그, 그게……."
"그토록 심한 상처를 입은 소문이도 살리지 않았습니까? 이 정도 감기야 당연히 치유할 수 있겠지요."
주병진에게 건네는 환야의 말 한마디 한마디엔 그가 도저히 거스를 수 없는 힘이 실려 있었다.
"고, 고쳐야지요. 고칠 수 있을 겁니다."
서늘한 기운이 등줄기를 타고 흐르는 느낌을 받으며 얼떨결에 대답을 한 주병진은 울상이 되었다.

인연(因緣) 243

"환자의 상태가 몹시 좋지 않습니다. 겉으로 보기엔 그저 단순함 감기로 보이나 실상은 그렇지 않습니다."

"그렇지 않다니요? 무슨 다른 병이라도 얻은 것입니까?"

"다른 병을 얻었다기보다는 환자의 몸에 이상이 있다는 겁니다."

"제길, 그게 그 말이지 뭐란 말이오! 몸에 이상이 있으니 이리 사경을 헤매는 것 아니겠소? 그래서 살릴 수 있다는 것이오, 살리지 못하겠다는 것이오!"

갑자기 변한 소문의 태도에 환야도 놀라고 덩달아 주병진도 깜짝 놀랐다. 지금껏 예의로써 주병진을 대하던 소문의 몸에선 어느새 살기가 피어 올랐고, 그 기운은 환야가 주병진을 협박했을 때 조금씩 보여준 기운과는 비교도 되지 않을 정도였다.

"사, 살릴 수 있습니다. 살리겠습니다!"

자신에게 쏟아져 오는 엄청난 살기를 피부로 느낀 주병진은 제정신이 아니었다. 그저 살리겠다고 고개만 끄덕이고 있었다.

"자자, 진정하시고 환자를 보도록 하십시오. 자네도 그 기운을 걷게. 의원님이 힘들어하시네."

이쯤에서 되었다고 생각한 환야가 나서 주병진을 달래고 소문을 진정시켰다. 그제야 살기를 걷고 한발 뒤로 물러선 소문은 마지막 한마디를 하는 것을 잊지는 않았다.

"제가 너무 흥분을 했군요. 하지만 꼭! 살려야 하는 사!람!이라서 말입니다!"

"……."

뭐라 대답을 하지 못한 주병진은 다시 청하를 살펴보기 시작했다. 좀 전과는 비교조차 할 수 없이 신중한 모습이었다. 잠시의 시간이 지나고 한결 마음의 안정을 찾은 주병진이 입을 열었다.
"우선 청하가 앓고 있는 병은 감기입니다. 하지만 아까 제가 말씀드렸다시피 청하가 앓는 것은 단순한 감기가 아닙니다."
"그게 무슨 말씀이신지……?"
"원래 감기라는 놈은 건강한 사람이 걸리면 그저 무리한 일을 피하고 휴식을 취하면 저절로 치유가 됩니다만 몸이 약한 사람에겐 더없이 무서운 병이 될 수도 있습니다. 그런데 지금 청하는 몸이 약한 정도가 아니라 아주 형편없는 지경입니다. 그러니 처음엔 평범했던 감기가 무서운 병으로 돌변해 버린 것이지요."
"답답합니다. 그래서 고칠 수 없다는 말씀입니까?"
"만약 조금만 더 늦게 발견하여 폐(肺)에까지 그 기운이 번져 이상이 생겼다면 고치지 못했겠지만 다행히 그 정도는 아닌 듯싶습니다. 확신은 못하겠지만 치유의 가능성이 높다는 것은 말씀드릴 수 있겠습니다."
이제 완벽하게 자신을 추스른 주병진이 의원 본연의 자세로 돌아가 담담하게 말을 했다.
"우선은 감기보다 약해진 몸을 보호하는 처방을 써야겠습니다. 몸이 말을 할 수 없을 정도로 약해져 있으니 이대론 다른 처방을 해도 소용이 없습니다."
"그 정도로 약해져 있습니까?"
소문이 안타까워하며 반문을 했다.
"예. 겉으로 보기엔 그저 약간 야윈 듯이 보이겠지만 몸에 흐르는 맥(脈)을 살펴보면 지금 당장 목숨을 잃는다 해도 별 이상이 없을 정도로 미약하기만 합니다. 영양 상태도 그다지 좋지 않아 보입니다. 이거야 원, 잠도 안 자고 일만 한 사람 같으니……."

'잠도 안 자고 일만 한 사람'이라는 말에 가슴이 저린 소문이 고개를 돌려 죽은 듯이 누워 있는 청하를 바라보았다. 끓어오르는 열에 얼굴은 벌겋게 달아올랐고 기절한 와중에도 기침이란 녀석은 그녀를 편안하게 놔주질 않았다.

'허허, 나란 놈은 도대체 어떻게 생겨먹은 놈인가? 주위의 사람이 어떤 고통을 받고 있는지 모른 채 내 일에만 신경을 쓰고 있었구나! 저 가녀린 몸으로 그토록 애를 쓰는 것을 알지도 못하다니… 을지소문! 너란 놈은……'

청하를 바라보는 환야의 안색 또한 소문과 다름이 없었다. 그 또한 자신의 무심함을 자책하는 듯했다.

"우선 체력을 회복시키고 다음에 본격적인 처방을 쓰겠습니다. 물론 병이 더 이상 악화되지 않게 적절한 수준까지는 처방을 하겠습니다만 문제는 기침이 아니라 저 열입니다. 이렇게 몸이 약한 상황에선 열은 잘 다스려지지 않는 데다가 환자에게는 치명적입니다. 두 분께서는 더 이상 열이 오르지 않도록 노력을 해주셔야 할 것입니다."

"어떻게 하면 열이 더 오르지 않게 할 수 있습니까?"

소문이 다급하게 물었다.

"방법은 간단합니다. 열이라는 것은 몸 안에 화기(火氣)가 넘쳐흐르는 것을 말함이니 이 화기를 적절히 다스리면 되는 것이지요. 두 분께서는 계속해서 물을 적신 수건으로 청하의 몸에서 뿜어져 나오는 열을 잠재우십시오. 물론 열의 발산을 막는 옷가지는 다 제거해야 할 것입니다. 두 분이 그렇게 열을 다스리는 동안 저는 몸을 보(補)하고 본격적으로 치료에 들어가겠습니다. 그럼 우선 급한 대로 당장 필요한 약을 지어 보내겠습니다."

 말을 마친 주병진은 자리에서 일어나 서둘러 방을 나섰다.

"제가 하겠습니다."
"꼭 그래야겠나? 청하는 여자일세. 차라리 마을에서 아낙을 구해오는 것이 좋지 않겠나?"
"……."

 소문이 아무런 말도 하지 않고 바라만 보자 환야가 다시 말을 이었다.

"자네의 마음은 이해가 가네. 할 수만 있다면 나라도 하겠지만 사정이 그걸 허락치 않지 않나. 우리가 남자이고 청하가 여자임은 부정할 수 없는 사실 아닌가? 자네나 나나 아무리 청하와 허물없이 지낸다지만 가릴 건 가려야 한다고 보네. 어쩌면 청하가 그걸 더 원할지도 모르고."

"그래도 상관없습니다. 남자이면 어떻고 여자이면 어떻단 말입니까? 그런 건 문제가 되지 않아요. 그저 청하만 나을 수 있다면 무엇을 가리겠습니까? 청하가 여자라서? 제가 몸이 아플 땐 청하가 나의 수발을 들어주며 볼 것 못 볼 것 다 보았는데 이제 와서 그런 걸 따져 무엇 하겠습니까? 남녀가 유별하다는 것은 문제가 되지 않지요. 혹 문제가 된다면 제가 책임을 지면 됩니다."

"책임을 지다니? 그녀가 원하면 혼인(婚姻)이라도 하겠다는 말인가?"

 환야가 깜짝 놀라 되물었다.

"아직 그 정도까지 생각해 보진 않았지만 만약 우리가 혼인을 한다면 그건 그녀가 원하기보다는 제가 원해서 하는 것이 될 겁니다. 언제부터인가 제 마음속에 청하가 여자로 자리 잡기 시작했지요. 난 그게 그저 단순한 고마움에서 비롯된 것인 줄 알았는데 오늘 이렇게 청하가 아픈 것을 보니 참을 수 없는 고통이 저에게도 밀려옵니다. 이걸 어떻게 설명해야 합니까? 단순한 정이라고 보기엔 무리가 따르지요. 결국 전 청하를 사랑하고 있었던 겁니다."

"……."

"그러니 절 말리지 마십시오. 사랑하는 사람입니다. 제가 그 고통을 함께 나누겠습니다."

말을 마친 소문은 여전히 정신을 차리지 못하고 있는 청하를 바라보았다. 묘한 아픔이 있는 그런 눈빛이었다. 그런 소문의 모습에 나직이 한숨을 내쉰 환야는 결국 뒤로 물러섰다.

"알았네. 그럼 나는 나가서 약이나 달이고 있겠네. 자네가 수고가 많겠군."

"그동안 청하가 제게 해오던 것을 생각하면 수고랄 것도 없지요."

"후, 암튼 수고하게."

환야는 다시 한 번 한숨을 내쉬더니 방을 나섰다. 환야가 방을 나가자 소문은 하던 일을 계속했다. 비록 추운 겨울이지만 온몸에서 열이 나고 있는 청하는 옷을 입을 수 없었다. 주병진의 말대로 청하의 몸을 감싸고 있는 옷을 하나씩 벗겨갔다.

"알고 있겠지만 형님은 방을 나갔고 이 방에는 나와 너 둘뿐이다. 내가 조금 전에 한 말은 들었겠지? 너무 갑작스럽게 밀려온 감정이라 말은 그리했지만 나 또한 아직은 정리가 안 된다. 하지만 이런 감정들이 단순히 머리에 느껴지고 생각되는 것이 아니라 가슴속에서 울려 나는 것을 보니 청하, 너를 좋아하고 있다는 나의 판단이 제대로 된 것이 틀림없는 것 같구나. 지금부터 나는 치료라는 이유로 네 옷을 벗기게 된다. 네가 싫다면 환야 형님의 말대로 다른 아낙을 불러주마. 이제 결정은 네게 달려 있다. 가능하면 네가 나의 마음을 알아줬으면 좋겠는데…….”

과연 소문의 말대로 청하는 깨어 있었다. 다만 일어날 힘이 없어 그대로 누워 있을 뿐이었는데 환야와 소문이 나누는 말은 그런 그녀에게 실로 엄청난 충격을 주었다. 게다가 환야가 나가고 소문이 한 말은 충격을 넘어 그녀를 감동시키기에 충분한 말이었다. 청하는 아무런 말도 행동도 할 수 없었다. 그저 소문에게 모든 것을 맡길 뿐이었다.

'흑! 고마워요. 나 같은 여자에게 그런 마음을 지니고 계신다니… 저도 당신을 사랑한답니다. 그래서 힘은 들었지만 너무도 즐거운 나날이었습니다. 하지만, 하지만……..'

소문의 말에 감동을 하는 청하의 마음 한구석에는 뭔지 모를 서글픔이 밀려왔다.

'아름답다!'

비록 치료를 위해서 옷을 벗기는 것이지만 여자의 벗은 몸을 처음 보는 소문은 그 아름다운 자태에 정신을 차릴 수가 없었다. 겉으로 보기엔 그저 마른 모습에 평범한 여인의 모습이었지만 옷 안에 숨겨진 청하의 나신(裸身)은 눈이 부실 정도였다. 비단 소문의 생각만이 아닌 그 누가 보아도 입이 절로 감탄할 만큼 청하의 나신은 독보적인 미(美)를 지니고 있었다. 빙기옥골(氷肌玉骨)이라는 말이 그저 빈말이 아닌, 마치 청하와 같은 여인을 위해 존재하는 것처럼 여겨졌다.

청하가 그다지 아름다운 얼굴도 지니지 못했고 뛰어난 기예(技藝)를 지녀 청루(靑樓)에서 기예를 파는 것도 아닌 그저 단순히 몸을 파는 홍루(紅樓)의 창기(娼妓)에 불과했지만 그 누구도 따라오지 못할 아름다운 몸을 지니고 있어 회하촌 제일의 기녀로 불리는 것은 어쩌면 당연한 일인지도 몰랐다.

그러니 가뜩이나 벗은 여인의 몸을 본 적이 없는 소문이 자신이 지금 무엇을 위해 청하의 옷을 벗겼는지도 모른 채 두 눈이 붉게 충혈되고 정신이 혼미해져 정신을 못 차리고 있는 것을 나무라기만 할 일은 아니었다.

"콜록! 콜록!"

얼이 빠진 소문을 제정신으로 돌아오게 한 것은 소문의 의지가 아니라 병석에 누운 청하의 기침 소리였다. 기침 소리에 화들짝 놀란 소문은 자신의 행동에 대해서 심한 부끄러움을 느꼈다.

'미친놈이구나! 미친놈이야! 그녀를 좋아한다면서, 그녀를 사랑한다면서, 그래서 다른 누구도 아닌 내 손으로 그녀를 위해 정성을 다하겠다고 한 놈이 벗은 몸에 정신을 뺏겨 엉뚱한 짓이나 하고 있다니… 그래서야……'

너무나 부끄러운 마음에 스스로를 심하게 나무란 소문은 정신을 가다듬고 심한 열로 전신이 붉게 달아오른 청하의 나신 위에 물기를 흠뻑 머금은 수건을 올려놓았다. 그리곤 아주 천천히 열로 고생하는 그녀의 몸을 달래주기 시작했다. 얼굴에서 시작된 손이 목을 지나 가슴으로 이어지고 허리를 따라 아래로 내려갔다.

'비, 빌어먹을!'

아무리 자신을 책망하고 다그쳐도 본능을, 현실을 외면만 할 수는 없었다. 그러기엔 소문은 너무 젊고 혈기가 넘쳤다. 그러지 않으려 해도 자꾸만 시선이 청하의 가슴으로, 아랫배로 모아지고 젖은 수건을 잡고 있는 손끝이 덜덜 떨렸다.
 '제기랄! 결국 나라는 놈도 어쩔 수 없는 놈이었군! 그래, 보이지 않으면 좀 낫겠지.'
 결국 소문이 할 수 있는 선택이란 두 눈을 감는 것뿐이었다. 하나 그 또한 쉽지 않은 일이었다. 하지 말라고 하면 더욱더 해보고 싶은 것이 인간의 마음인지라 때때로 수건을 잡고 있는 손에서 느껴지는 부드러운 청하의 피부에 감았던 눈을 몇 번이나 뜨고 싶은 유혹이 소문을 시험했다. 그 시험에 넘어가지 않기 위해 소문은 필사적으로 참고 또 참았다. 도무지 정신을 차릴 수 없었던 소문은 이런 종류의 싸움이야말로 그 어떤 험한 싸움이나 고통보다 힘든 것임을 절실히 깨달을 수 있었다.
 '차라리 수백 수천의 적과 싸우는 게 이보단 훨씬 더 수월하겠구나!'
 소문이 자신과의 싸움에 필사적으로 힘을 쏟고 있는 것과 별반 다름없이 누워 있는 청하 또한 부끄러움에 몸 둘 바를 몰랐다.
 처음이었다. 자신이 마음을 준 사내에게 자신의 몸을 보이는 것은 난생처음이었다. 물론 자신의 몸을 본, 아니, 가진 사내는 한둘이 아니었다. 널리 이름이 알려진 만큼 많은 사내들이 그녀를 찾았고 소문을 간호하고자 잠시 일을 멈추기 전까지만 해도 하루에도 보통 서너 명의 사내와 잠자리를 함께했다. 그나마 그녀이기에 손님을 제한할 수 있었지, 계속 그녀를 원하는 사내와 잠자리를 할라치면 하루 종일 사내에게 안겨도 모자랄 판이었다. 그런 청하가, 그 어떤 여인보다 많은 사내를 알고 있는 그녀가 지금 소문의 눈앞에서 사시나무 떨듯 떨고 있는 것이었다.
 수없이 많은 사내들과 밤을 보낸 청하지만 그녀가 원해서 잠자리를 같이 한 사내는 아무도 없었다. 개중엔 나름대로 청하에게 잘해주고 첩실(妾室)로 앉히겠다는 사람도 있었지만 그들 모두는 청하에겐 단지 손님일 뿐이었다. 삼 년 전 어느 날부터인가 청하에겐 사내란 없었다. 그저 모두 다 손님일 뿐이었다.

 삼 년 전 장강 이남을 휩쓴 가뭄은 사상 최악의 식량난을 초래했다. 일찍이 강북에서 많은 가뭄과 기근(饑饉)이 있었지만 장강 이남의 곡창 지대에서 나는 많은 곡식들이 있어 최악의 결과는 면할 수 있었다. 하지만 장강 이남의 드넓은 곡창 지대를 뒤덮은 가뭄엔 그 누구도 손을 쓰지 못하고 속수무책이었다. 백성들은 물론이고 관(官)에서도 그저 하늘만 쳐다볼 뿐이었다. 먹을 것을 구하지 못한 수많은 사람들이 굶주림에 쓰러졌고 먹을 것을 구해 유랑(流浪)을 하기 시작했으며 때로는 집단을 이뤄 산적이 되기도, 민란(民亂)을 일으키기도 했다.
 청하의 집도 예외일 수는 없었다. 별다른 토지 없이 남의 농지를 빌려 근근히 끼니를 때우던 그녀의 집은 그나마 가뭄에 수확도 못해 당장 한 끼의 해결에 목을 맬 수밖에 없었다. 설상가상(雪上加霜)으로 먹을 것을 구해보겠다고 나선 아버지가 민란에 휩쓸려 목숨을 잃고, 그 충격에 어머니마저 병으로 자리에 눕자 어쩔 수 없이 장녀인 청하가 병든 어머니와 두 동생들을 떠맡아야 했다.
 하지만 건강한 사내도 버티기 힘든 어려운 환경을 연약한 여자의 몸으로 헤쳐 나가기란 결코 쉬운 일이 아니었다. 결국 그녀가 선택한 길은 주변의 여인들이 그러한 것처럼 기녀가 되는 것이었다. 아무리 사상 유래없는 가뭄이 중원 전역을 휩쓸었어도 술과 여자를 찾는 사내들의 수는 좀처럼 줄지 않았다. 그 말은 기녀가 되면 부자는 못 될지라도 최소한 굶어 죽지는 않는다는 것을 의미했다.

그해 막 열일곱 살이 된 청하는 집안을 위해 자신을 희생하기로 결정했다. 하지만 대기근에 워낙 많은 여인들이 기녀가 되기를 희망했기에 기녀가 되는 길 또한 말처럼 쉽지는 않았다. 농사를 짓는 부모님을 도와 평범하게 살아온 어린 계집아이에 불과했기에 특별히 배운 기예가 있을 리 없었고 얼굴도 눈에 확 띨 만큼 아름답지도 않아서 웬만한 기루에선 그녀를 받아주지 않았다. 그나마 사정사정하여 들어간 기방은 미아루(美娥樓)라는 인근에서 가장 수준이 떨어지는 홍루였다. 결국 집안을 위해 기녀가 되기로 결정한 청하는 단순히 몸만 파는 홍루의 창기로 기녀 생활의 첫발을 들여놓았다.

거친 사내의 아래서 고통에 몸부림치며 그녀가 처음 몸을 팔아 번 돈은 그저 동전 일 문에 불과했다. 하지만 그건 시작에 불과했다. 나이는 어렸지만 다른 누구보다도 아름다운 몸을 지니고 있는 청하이기에 비록 짧은 시간에도 불구하고 그녀의 이름은 기방에 출입하는 세인들의 입에 오르내리게 되었다. 자연 많은 사람들이 그녀를 찾았다. 낯선 환경, 낯선 일에 두렵고 힘이 들었지만 청하는 집에 있는 가족들을 생각하며 몸을 아끼지 않고 악착같이 돈을 모았다. 그렇게 이 년여가 지나고 언제 그랬냐는 듯 대기근이 지나가자 고향을 등진 사람들도 하나 둘 모여들기 시작하고 혼란스러웠던 세상도 차츰 안정을 찾아갔다.

청하 나이 열아홉이 되고 두 동생들도 제법 장성하여 어머니를 도와 농사를 지을 수 있는 나이가 되자 청하는 중대한 결심을 하게 됐다. 그동안 미아루에서 몸을 판 대가로 청하의 가족들은 굶주림을 면할 수 있었고 얼마간의 농지(農地)도 마련할 수 있었다. 이제 집안 형편도 많이 나아졌고 청하 자신도 기녀의 일을 하지 않아도 됐지만 기녀였다는 그녀의 전적(前績)이 바뀌는 것은 아니었다. 비록 그것이 집안을 위해서 어쩔 수 없이 선택한 길이었다지만 청하는 그렇게 생각하지 않았다. 이미 어린 동생들도 자신이 무슨 일을 하는지 아는 나이가 되었고 그런 동생들을 차마 볼 수가 없었다.

결국 청하는 자신이 모은 모든 돈과 간단한 편지만을 집안에 남겨두고 약간의 여비만 몸에 지닌 채 무작정 길을 떠났다. 그녀가 어떤 고생을 하며 집안을 돌본 것인지 너무나 잘 알고 있는 동생들과 어머니가 울며불며 백방으로 수소문하여 청하를 찾으려 하였지만 이미 떠날 마음을 굳히고 준비를 해온 그녀를 찾을 수는 없었다.

돈이 떨어지면 잠시 기루에 몸을 의탁하여 몸을 팔고, 돈이 모이면 다시 길을 떠나는 식으로 유랑을 하다 어느새 사천까지 흘러 들어온 청하는 경치가 좋고 풍경이 고향과 비슷한 회하촌에 정착을 했다. 그리고 오 개월, 부상을 당한 소문을 만나게 되고 이제야 비로소 사랑이라는 것을 하게 된 것이다.

'하지만, 하지만… 내가 이분을 사랑할 수 있을까? 수없이 많은 사내와 잠자리를 한 기녀에 불과한 내가……'

자신의 처지로는 도저히 사랑을 할 수 없는 사람이거늘 그의 손이 자신의 몸을 스칠 때마다 이렇게 떨리는 감정은 뭐란 말인가? 어차피 이루어지지 못할 사랑이었다. 그러면서도 거절하지 못하는, 그의 손을 뿌리치지 못하는 이 마음은 뭐란 말인가? 어느새 청하는 자신도 모르게 눈물을 흘리고 말았다. 그리고 잠시 돌아왔던 의식의 끈을 놓치고 말았다.

"후, 진땀이 나는구나."
 한 시진 동안이나 수건으로 청하의 몸을 닦아내자 그간의 노력이 효력을 보였는지 펄펄 끓어오르던 청하의 몸이 차츰 안정을 찾아갔다. 올라갔던 열이 어느 정도 떨어지자 계속 자리를 지키고 있던 소문은 겨우 한시름을 놓고 잠시 숨을 돌리기 위해 방을 나섰다. 방문이 열리는 소리에 약을 달이고 있던 환야가 한걸음에 달려왔다.
 "수고했네. 그래, 청하는 어떤가?"
 "열은 약간 수그러들었습니다. 하지만 언제 다시 열이 오를지 모르니 안심을 할 수는 없지요."
 "흠, 그래도 조금이나마 떨어졌다니 다행이네. 그런데 자넨 웬 땀을 그리 흘리는가?"
 한겨울임에도 전신을 땀으로 목욕을 한 소문의 모습을 본 환야가 물어왔다.
 "후~ 그게… 그런 게 있습니다. 청하의 몸에 나는 열기가 제게 왔나 보지요."
 "싱겁기는."
 무안한 웃음을 짓던 소문은 환야의 뒤로 시선을 던졌다. 저 멀리서 누군가 허겁지겁 달려오는 사람이 있었기 때문이다. 약을 지어 오겠다며 인술원으로 돌아간 주병진이었다.
 "벌써 오는군요. 어떻게 하였기에 저렇게 겁을 먹는지 원."
 달려오고 있는 사람이 주병진임을 알아본 소문은 반색을 하면서도 은근히 환야를 책망했다. 환야도 그런 소문의 시선을 따라 고개를 돌렸다. 과연 소문의 말대로 급히 달려오는 사람은 주병진이 틀림없었다. 한 손에 들린 것은 청하를 위해 준비해 오는 약인 듯싶었다.
"훗, 겁을 먹긴 먹은 모양인데, 나보다는 자네한테 겁을 내는 것 같네. 아까 자네의 모습은 영락없는 저승사자의 모습이었어. 하하하!"
환야는 그럴 리 없다는 듯 변명을 했다.
"설마요! 하하하!"
소문과 환야가 자신의 말을 하는지 모르는지 열심히 뛰어오는 주병진의 모습 뒤에선 아름다운 저녁노을이 지고 있었다.

"아직 이렇게 찬바람을 쐬면 안 된다."
막 낚시에서 돌아오던 환야는 마당을 거닐고 있는 청하를 발견하곤 깜짝 놀라 소리쳤다.
"괜찮아요. 이젠 아무렇지도 않아요. 의원님도 조금씩 움직이는 것이 방 안에 가만히 앉아 있는 것보다는 건강에 좋다고 말씀하셨어요. 그리고 생각할 것도 있고."
주병진이 처방한 약이 효과가 있었는지 며칠 동안 청하를 괴롭혔던 열과 기침이 수그러들고 잠잠해지기까진 그리 오랜 시간이 걸리지 않았다. 주병진이 처방한 탕약과 더불어 틈틈이 환야가 나서서 자신의 기로써 청하의 약한 기운을 북돋아주고 소문 또한 온갖 정성으로 청하를 보살폈다. 결국 살고 싶은 의지가 강한 주병진과 소문, 환야의 정성으로 인해 목숨마저 위험했던 청하는 열흘이 되지 않아 자리를 털고 일어날 수 있었다. 그리고 이제는 밖에 나와 산책을 할 수 있을 정도로 건강을 회복했다.
"흠, 그래? 하긴 너무 방 안에만 있는 것도 가히 좋지는 않겠지. 그래, 어떠냐, 오랜만에 방을 나와보니?"

"좋아요. 너무나……. 그저 아무런 생각 없이 스쳐 지나간 것들이 이렇게 아름다울 줄은 꿈에도 몰랐어요."

 살며시 웃으며 대답을 하는 청하였지만 왠지 힘이 없어 보였다.

 "하하! 한번 크게 앓고 나더니 청하가 도인이 다 되었구나! 그런데 왜 그렇게 힘이 없는 것이냐?"

 "생각을 할 것이 있어서… 훗, 저까짓 게 무슨… 하지만 아프기 전과 세상이 많이 달라 보이긴 하네요."

 눈을 들어 잿빛을 띠고 있는 하늘을 멍하니 바라보며 대답을 하던 청하의 시선이 환야의 손끝으로 향했다.

 "그런데 그건 뭐지요?"

 "아! 이것 말이냐? 너를 위해서 내가 강에 나가 잡아온 것이다. 소문이하고 누가 큰 물고기를 잡는지 내기를 했는데 내가 이겼다. 소문인 아직도 겨우 손바닥만한 물고기 몇 마리를 잡았을 뿐 여전히 이렇다 할 대어는 낚지 못하고 있지. 하지만 낚시에 일가견이 있는 내가 소문과 같을 수는 없지. 자, 보거라!"

 환야가 의기양양하게 손을 들어 청하 앞으로 내민 것은 거의 한 자에 이르는 큰 물고기였다. 아가미 근처에 줄을 감고 있던 그 물고기는 힘을 잃지 않고 힘차게 펄떡이고 있었다.

 "어머! 정말 크네요. 어썸 이렇게 큰 것을……."

 청하가 연신 펄떡이는 물고기를 보며 감탄을 금치 못하자 은근히 거드름을 피운 환야가 다시 입을 열었다.

 "뭐, 이 정도를 가지고. 이 정도 크기의 물고기야 잠깐 주의만 하면 언제든지 잡을 수 있는 거지. 크험!"

 그때였다. 거드름을 피우고 있는 환야의 태도에 찬물을 끼얹는 소리가 집 밖에서 들려왔다. 음성의 주인공은 소문이었다. 환야와 마찬가지로 물고기를 들고서 막 대문을 들어서던 소문은 기도 안 찬다는 듯한 표정으로 말을 했다.

"나참! 그런 말도 안 되는 소리를 하다니… 어쩌 서둘러서 간다고 할 때부터 수상하더니만."

"험, 뭐가 말인가?"

털썩!

잡아온 물고기를 부엌 입구에 내려놓은 소문이 고개를 돌려 환야를 바라보았다.

"홍! 손바닥만한 물고기도 잡히지 않는다고 투덜투덜거리다가 결국은 강물에다 마구잡이로 장력을 퍼부어 잘 놀고 있는 물고기를 떼로 기절시키더니만 그중 큰 것을 들고 온 것 아닙니까?"

말을 하던 소문의 시선이 펄떡이는 물고기로 향했다.

"어라! 움직이는 것을 보니 이제 정신이 드는 모양이구면."

다시 환야를 바라본 소문이 황당한 표정으로 쳐다보았다.

"그게 낚십니까? 내참, 아침부터 낚시 가자고 졸라댈 때부터 알아봤어야 하는 건데……."

"흠흠, 낚시가 별건가? 앞으로 가든 뒤로 가든 목적지만 제대로 가면 되는 것 아닌가? 물고기만 잡으면 그게 낚시지."

"어이구! 말이나 못하면. 내가 말을 말아야지."

너무나 태연스레 대꾸하는 환야를 보며 고개를 절레절레 흔들던 소문이 자신들을 바라보며 살며시 웃음 짓고 있는 청하를 바라보았다.

"흠흠, 괜찮은 거야? 이렇게 찬바람을 맞아도?"

"괘, 괜찮아요. 이제 다 나았는걸요."

말을 하는 소문이나 대답을 하는 청하나 왠지 어색한 기운이 맴돌았다.

'어째 이상하네. 처음 보는 사람들처럼 어색해하는 것이⋯⋯.'

환야가 이상한 마음에 고개를 갸웃거리며 그들을 바라볼 때 소문이 조심스레 입을 떼었다.

"오늘은 대답을 해줄 수 있겠지?"

소문의 질문에 어두운 안색을 한 청하가 힘없이 고개를 끄덕였다. 그 모양을 보던 환야가 영문을 모르겠다는 듯 끼어들었다.

"대답? 어떤 질문이기에 그리 힘이 없는 것이더냐?"

환야의 질문에 그저 고개를 숙일 뿐 청하는 아무런 말도 하지 않았다. 그러자 환야가 소문에게 말을 걸었다.

"쯧쯧, 자네는 또 어떤 요상한 걸 물어서 청하의 기분을 상하게 했나? 그래, 어떤 질문인가?"

"청혼(請婚)을 했습니다."

"아, 청혼! 그러니까 그렇지⋯ 처, 청혼?! 자네, 뭐라고 했나? 지금 청혼이라고 했나?"

너무나 갑작스런 말에 화급히 되묻는 환야의 목소리가 심하게 떨리고 있었다.

"예. 어제 청하에게 청혼을 했습니다."

"아, 아니, 왜 그렇게 갑작스럽게? 내가 이리 놀랐으니 청하가 얼마나 놀랐을지는 상상이 안 가는구먼."

"생각은 벌써 며칠 전부터 하고 있었습니다. 다만 청하의 몸이 회복되기만을 기다리고 있었던 것이지요."

"그, 그래도⋯⋯."

"제가 청하를 사랑하는 것을 알게 되었고, 청하 또한 저를 사랑하는 것을 느낄 수 있었습니다. 그것이면 된 것이지요. 다른 무엇이 더 필요하겠습니까?"

"……."

거듭되는 대답을 하는 소문의 얼굴은 시종 진지했다. 소문의 눈길이 다시 청하에게 향해지고 대답을 재촉하는 눈빛이 반짝거렸다. 환야 또한 긴장된 눈빛으로 청하를 바라보았다. 한참 동안 말없이 고개를 숙이고 있던 청하가 고개를 들어 소문을 응시했다. 그리고 천천히 입을 열었다.

"저 같은 계집에게 청혼을 해주셔서 너무 고마워요. 하지만 허락을 할 수가 없답니다. 죄… 송… 해… 요…….."

"아!"

대답을 한 청하는 다시 고개를 숙이고 소문은 어떤 반응도 없이 그저 담담히 청하를 바라보았다. 오히려 제삼자인 환야의 반응이 가장 격렬했다. 우려인지 안도인지 모를 한숨을 내쉰 그는 곧 자신의 실수를 깨닫고 재빨리 입을 닫았다. 하지만 청하도, 소문도 그런 환야를 신경 쓰진 않았다.

"왜지? 무슨 이유로 나를 거부하는 것이지?"

"……."

"나를 사랑하지 않는 것이니?"

"아, 아니에요. 그런 것은 아니에요."

발작적으로 고개를 들어 소문의 말을 부정한 청하의 고개가 다시 숙여졌다.

"그럼 무엇 때문에 그러는 것이지? 나는 도저히 이해를 못하겠다.

내가 너를 사랑하는 것보다 네가 나를 사랑하는 마음이 더 크다고 생각했는데… 그래서 항상 고마워하고 미안해했는데… 어째서 나의 마음을 받아들이지 못한다는 것인지…….”

안타까운 음성으로 말을 잇는 소문의 눈동자가 격하게 흔들렸다. 청하 또한 두 눈에서 눈물을 흘리고 있었다.

"오, 오라버니를 사랑하지 않는 것은 아니에요. 하지만 혼인이라는 것이 사랑만으로 하는 것은 아니잖아요. 저는 오라버니의 부인이 될 자격이 없어요."

흐르는 눈물을 닦으며 대답을 하는 청하의 눈은 붉게 물들어 있었다.

"자격이라니? 도대체 무슨 자격을 말하는 것이더냐? 너와 내가 사랑을 한다는데 다른 무엇이 더 필요있을까? 돈? 명예? 그런 건 아무런 가치, 필요도 없는 것이다. 청하의 집이 가난해서? 청하의 아버님이 돌아가셔서? 우리 집도 가난해. 더구나 난 아버지뿐만 아니라 어머니도 없지. 그런 게 중요한 것일까?"

소문의 음성이 점점 높아지고 충혈된 두 눈은 이글거리는 열기로 인해 금방 불타오를 듯싶었다.

"하지만… 전… 기녀… 예요. 흑!"

결국 자신이 하는 일을 밝힌 청하는 또다시 울음을 터뜨렸다. 그 모양을 안타깝게 지켜보던 환야가 청하에게 다가갔다.

"흑! 흑!"

자신이 소문을 받아들이지 못하는 결정적인 이유, 자신이 깨끗하지 못한 기녀의 신분이라는 것을 밝힌 청하는 환야의 품에 안겨 서글프게 울고 말았다. 하지만 스스로 기녀라고 말한 청하를 바라보는 소문은 그다지 놀라지도 당황하지도 않는 표정이었다. 그저 담담한 표정으로 청하를 바라볼 뿐이었다.
"그래서? 그게 어떻다는 것이지? 난 바보가 아니야. 청하와 지낸 지도 벌써 넉 달이 넘었어. 아무리 말을 하지 않았다고 해서 그것을 모를 내가 아니야. 나도 귀가 있고 눈이 있거든. 하지만 그때뿐이었어. 처음 그 말을 들었을 땐 잠시 놀라기도 했지만 그건 일순간의 당황일 뿐이었지. 내가 알기론 기녀가 되는 사람들은 나름대로 사정을 지닌, 물론 그렇지 않은 사람들도 있겠지만 대부분이 안타까운 사연을 지닌 사람들로 알고 있어. 내가 청하가 기녀란 사실을 듣고 어땠을 것 같아? 비난과 욕을 했을 것 같아? 천만에! 오히려 청하의 지난날을 생각하고 가슴이 아플 뿐이었어. 얼마나 힘들었으면, 얼마나 큰 시련에 시달렸기에 기녀가 되었을까? 그런 속에서 얼마나 많은 고통을 느꼈을까? 기녀가 되어선 또 얼마나 큰 마음의 상처를 입었을까? 내 마음을 지배한 것은 온통 이런 아픔뿐이었어. 지금 생각해 보면 이미 그때부터 난 청하를 가슴 깊이 사랑하고 있었나 봐. 그러면서도 하늘에 감사를 드렸지. 그렇게 힘든 상황에서도 절망하지 않고 이렇게 밝고 아름다운 영혼을 간직하게 해주셔서 감사하다고 말이지. 기녀였다는 것은 죄가 아니야. 그리고 그것은 나와 혼인을 하지 못할 아무런 이유도 되지 못하지. 그러니 나의 사랑을 뿌리치지 말고 나의 부인이……."
"난!"
부드럽게 말하며 청하의 손을 잡아가던 소문의 말과 행동은 더 이상 이어지지 못했다. 어느새 눈물을 멈춘 청하가 말을 끊었기 때문이다.
"난, 기녀예요. 그래요. 오라버니의 말대로 집안 사정 때문에 어쩔 수 없이 기녀가 되었어요. 하지만 그랬다고 해도 제가 기녀였다는 사실엔 변함이 없어요. 기녀는 기녀일 뿐이지요."

잠시 말을 멈춘 청하가 한층 냉정한 목소리로 말을 이었다.

"오라버니가 생각하는 기녀는 어떤 것이죠? 아마 술 따르고 손님들 앞에서 춤이나 추고 때로는 마음에 맞는 사내와 잠자리를 할 수 있는, 그런 기녀들이 일하는 곳을 청루라고 하지요. 그런 기녀를 말하겠지요? 하지만 전 그런 고상한 기녀가 아니랍니다. 애초에 그런 능력이 없었답니다. 제가 믿을 수 있는 것은 그저 썩은 몸뚱이 하나랍니다. 그저 하룻밤 사내의 쾌락을 위해 애쓰는 홍루의 기녀일 뿐이에요. 동전 일 문에 몸을 파는 그런 계집에 불과하단 말이에요. 그런 생활이 삼 년입니다. 저와 잠자리를 같이 한 사내가 얼마나 될 것 같아요? 하룻밤에도 서너 명은 대수롭지 않고 처음엔 그 배도 넘는 사내들과 잠자리를 같이 했어요. 그 수를 헤아릴 수도 없지요. 어쩌면 오라버니와 친분이 있는 사람이 저의 손님일 수도 있었겠지요. 그럼 어쩌시겠어요? 그래도 저와 혼인하고 싶으신가요?"

어느새 청하의 눈에선 눈물이 흐르고 북받치는 감정을 다스리지 못하고 있었다.

"저도 오라버니를 사랑해요. 오라버니와 혼인을 해서 남들처럼 행복하게 살고 싶어요. 오라버니를 닮은 아기도 낳고 싶고 그런 아이를 키우며 사랑받는 아내도, 엄마도 되고 싶어요. 하지만 그럴 수가 없어요. 저와 혼인을 하면 틀림없이 오라버니에겐 많은 고통이 따를 거예요. 어쩌면 저를 미워할 수도 있겠지요. 저는 그것이 너무나 두려워요. 그래서 차마 혼인을 하지 못하는 것이에요. 이제 알았나요? 오라버니의 마음을 받아들이고 싶은 마음은 너무나 간절하지만 오라버니를 사랑하니까, 너무나 사랑하기에 사랑하는 사람이 고통받을 것이 뻔한 길을 갈

수 없는 저의 마음을요!"

청하의 말은 어느새 절규로 바뀌어 있었다.

'불쌍한 여자······.'

소문은 울부짖는 청하를 바라보며 자신의 가슴에 비수처럼 박히는 슬픔에 눈물을 흘렸다. 내색은 하지 않았지만 청하가 단순히 몸을 파는 기녀, 창기라는 것은 이미 알고 있는 사실이었다. 주병진으로부터 청하가 회하촌에 들어와 어떤 생활을 하고 있는지 듣게 된 소문은 잠시 갈등을 할 수밖에 없었다. 어느 정도 예상은 하고 있었지만 막상 기녀라는, 그것도 주로 몸을 파는 창기라는 소리를 듣고 태연할 수는 없었다.

더구나 엄격한 예의를 강조하는 조선에서 자라온 소문이기에 처음 그 말을 들었을 땐 상당한 충격을 받을 수밖에 없었다. 하지만 그때 잠시뿐이었다. 이미 가슴속 깊이 청하를 사랑하게 된 소문에게 청하가 몸을 파는 창기라는 것은 그다지 중요한 일이 아니었다. 물론 중원에서나 자신이 살고 있는 조선에서나 절대로 고운 시선으로 바라보진 않겠지만 그 또한 문제가 아니었다.

게다가 자신들이 살게 될 곳은 중원도 아니고 조선에서도 외진 장백산이었다. 자신과 청하가 입만 다물면 창기였다는 청하의 과거가 밝혀질 염려는 없었다. 혹시 밝혀지더라도 이미 자신에게 엄청난 약점(?)이 잡혀 있는 할아버지를 설득하는 것은 문제도 아니었다. 그렇기에 자신 있게 청하에게 청혼을 한 것이었다.

그런데 소문의 속을 알 리 없는 청하인지라 자신의 처지를 한탄하며 저리 서글프게 울고 있는 것이었다. 소문은 천천히 청하에게 다가갔다. 환야 또한 조용히 자리를 비켜주었다. 소문은 여전히 울고 있는 청하의 여린 몸을 가만히 안았다. 그리곤 그녀의 귀에 조용하게 속삭였다.

"사랑 앞에선 그 따위 것은 문제가 아니야. 과거가 어찌 됐든 그것에 얽매여서는 아무것도 할 수가 없어. 현재가, 그리고 앞으로 다가올 우리의 미래가 중요한 것이지. 어쩌면 많은 문제가 있겠지. 없다고는 나도 장담을 하지 못해. 약간은 골치 아픈 영감탱이도 있고… 하지만 나를 믿고 나에게 모든 것을 맡겨봐. 청하의 마음을 아프게 하는 일은 없을 테니… 절대로 우리의 사랑을 실망시키는 일은 없을 테니."

"……."

소문은 감격에 겨워 아무런 말도 하지 못하고 있는 청하를 향해 고개를 숙였다. 그리고 태어나서 처음으로 여자의 입술을 느낄 수 있었다.

"그러니까 나보고 증인이 되어달라?"

"예."

"내가 왜? 흥이다!"

입술을 삐죽이며 고개를 획 돌리는 환야의 얼굴엔 분노의 그림자마저 드리워져 있었다.

"그러지 말고 허락해 줘요. 그까짓 게 뭐 어려운 거라고 그리 뺍니까?"

"암, 어렵지 않지. 어려울 것 하나 없는 일이지. 그저 니들 옆에 조용히 서서 구경이나 해달라는 말 아니냐?"

"그렇다니까요. 힘들 것 하나 없고 금방 끝나는 일 아닙니까?"

소문은 자신을 물끄러미 바라보는 환야에게 다시 한 번 간청을 했다. 하지만 환야의 음성은 냉랭하기만 했다.
"싫다."
"아니, 왜 싫은 게요? 청하와 저의 앞날을 축복해 주는 것이 그리 못마땅하신 겁니까?"
소문도 슬슬 화가 나서 따지듯 물었다.
"배 아파서 그런다. 누군 혼자 외로워 죽겠는데……."
"허, 나참, 그럼 형님도 여자를 만나면 되는 것이 아닙니까?"
"지금까지 그러지 못했는데 그게 어디 하루아침에 되는 일이더냐?"
"허이구!"
결국 소문은 가슴을 치며 물러설 수밖에 없었다. 그 모양을 지켜보던 청하가 환야의 곁으로 다가왔다.
"큰오라버니……."
다른 특별한 말을 하진 않았지만 청하가 그저 한번 부르는 것으로 환야의 태도가 눈에 띄게 달라졌다.
"흠, 흠."
"오라버니."
"알았다, 알았어. 그러니 그런 얼굴로 바라보지 마라."
"그럼 허락을 한 겁니다!"
소문이 희색이 만연하여 확실히 다짐을 받으려는 양 말을 했다.
"그래, 내가 너희들 정혼의 증인이 되어주지. 단, 조건이 있다."
"조건? 뭐든 말만 하세요. 청하를 달라는 것 빼고는 내가 다 들어주겠습니다."
"으이구! 말하는 것 하고는… 청하가 물건이냐? 달라고 주게?"
대뜸 핀잔을 준 환야가 소문을 노려보며 말을 이었다.

"내 조건은 둘이 행복하게 잘 살라는 것 하고, 언젠가 내 부탁이나 하나씩 들어달라는 거다."

"부탁이요? 어떤……."

청하가 물었다.

"글쎄, 아직은 생각해 보지 않았는데 나중에 말해 주지. 뭐, 둘이 낳은 아이를 제자로 달라고 할 수도 있겠고."

"흥, 하인으로 부려먹지만 않으면……."

"싫으면 관둬라. 난 가서 잠이나 잘란다."

심드렁하게 말을 한 환야가 방 안으로 들어가려 하자 아쉬운 것은 소문이었다.

"아, 알았습니다. 계속하세요."

"뭐, 대충 그렇다는 것이지. 아직 확실하게 결정한 것은 아니지만."

"좋습니다. 다 들어줄 테니까 증인이나 서주십시오."

소문은 두 번 물어볼 것도 없다는 듯 대답을 하고는 여전히 시큰둥한 환야의 등을 떠밀었다. 결국 소문이 청하의 허락을 받은 날로부터 하루가 지난 오늘 아침 둘은 간단한 의식과 함께 혼인을 하였다. 물론 소문과 청하가 장백산에 돌아가 할아버지와 마을 사람들을 모시고 다시 혼인식을 치르기는 하겠지만 청하의 마음을 염려한 소문의 주장으로 환야를 증인 삼아 약식이나마 간단히 혼인식을 치르게 된 것이었다.

'제길, 결국 시도도 못해보고 이렇게 멍청한 꼴이 되었군. 한심한 인간이야…….'

나무 밑에 앉아 혼자서 연신 술을 들이키고 있던 환야가 자조의 미소를 지었다. 그런 그의 주변엔 벌써 십여 개의 술병이 나뒹굴고 있었다. 연신 술을 들이키던 환야가 고개를 들어 한곳을 응시했다. 그가 바라보는 곳은 청하와 소문이 첫날밤을 보내고 있는 방이었다.

그렇게 정혼녀를 찾아 머나먼 이국 땅에 들어온 소문은 전혀 다른 여인이긴 하지만 마침내 사랑하는 여인을 얻고야 말았다.

소문과 청하가 혼인을 하였다지만 셋의 생활에는 그다지 큰 변화가 있는 것은 아니었다. 환야는 여전히 좌충우돌하며 틈틈이 몸이 약한 청하를 위해 몸을 건강히 할 수 있는 아주 기초적인 내공심법을 전수하며 하루하루를 보내고 있었고, 소문은 전과 마찬가지로 오전에는 강물 속에 들어가 수련을 하고 오후엔 절벽을 기어오르며 망가진 몸을 회복키는 데 전력을 기울였다. 청하 역시 집안 살림을 하며 소문과 환야에게 정성을 다했는데, 특히 자신과 소문의 혼인에 적지 않이 쓸쓸해하는 환야를 위해 자신이 아니라 환야와 혼인을 한 것 같다는 소문의 핀잔까지 들어가며 최선을 다했다.

다만 달라진 것이 있다면 소문과 청하가 한 방을 쓴다는 것이었다. 물론 지난날에도 둘이 함께 방을 쓴 적이 있기는 하지만 그건 청하가 몸을 가누지 못하는 소문의 수발을 들기 위해 한 방을 쓴 것이고, 지금은 그때의 상황과는 틀림없이 구별되는 것임은 삼척동자라도 알 만한 일이었다.

"하압!"

기합 소리와 함께 엄청난 높이의 물기둥이 솟아오르는 회하촌의 북쪽 강변, 오늘도 어김없이 수련에 열중인 소문을 볼 수 있었다.

압력이 거센 강물 속에서 자유자재로 움직이는 발놀림은 둘째 치고 가슴까지 차 오르는 강물 속에서 그동안 배웠던 검법 등을 목검으로 시전하는 소문의 동작은 너무나 자연스러웠다.

횡소천군을 필두로 태산압정, 팔방풍우로 이어지는 일련의 동작들이 군더더기 하나 없이 물 흐르듯 이어지고, 간간이 폭발적인 기운을 보이는 것을 보아 절대삼검까지 펼치고 있는 듯했다.

"파바팡!

파공음과 함께 강물이 요동 치고 소문의 정면으로 기적처럼 하나의 길이 만들어졌다가 사라졌다. 비록 그 시간이 짧고 바닥이 드러날 정도는 아니었지만 그건 틀림없이 강물이 갈라진 현상이었다. 소문이 펼친 무심지검의 기운이 일순간 강물을 가르고 지나갔기에 가능한 일이었다.

"하! 대단한 솜씨!"

막 펼쳐진 무심지검의 위력에 감탄을 한 환야가 소문을 부르려다 멈춘 것은 소문의 몸에서 범상치 않은 기운이 솟아나는 것을 감지한 직후였다.

무심지검이 끝이 아니었다. 무심지검을 시전하고 강물이 잠시 진정하기를 기다리던 소문의 손이 하늘로 향해지고 강물에 잠겨 있던 거무튀튀한 목검이 물기에 번들거리며 그 모습을 드러냈다.

하늘을 향해 뻗어 있는 목검, 무심한 두 눈, 그 어떤 외부의 힘에도 굴하지 않을 듯한 천주부동의 자세!

소문의 무공에서 이러한 기세와 자세를 자랑하는 것은 오직 하나, 절대삼검의 마지막 초식인 무극지검을 펼치기 위한 기수식이었다.

"절대삼검 제3초 무극지검!"

꽈과광!!

낭랑한 기합 소리와 함께 머리 위에 있던 목검이 내려오고 소문을 삼킬 듯 넘실대던 강물이 어마어마한 기운에 밀려 사방으로 밀려 나갔다. 졸지에 날벼락을 맞은 물고기들이 충격을 못 이겨 튀어 오르고 새하얀 모래를 자랑하던 강변의 모래사장엔 소문의 주변에서 밀려난 강물이 화풀이나 하려는 듯 거칠게 덮쳐 갔다.

그러나 그것이 끝이 아니었다. 멈춰 있던 소문의 목검이 서서히 움직이고 뭉클뭉클 피어 오르는 절대의 기운!

단 한 번의 시전으로 모든 내공을 앗아갔던, 그래서 내심 절체절명의 위기가 아니면 쓰지 않겠다고 생각하고 있던 절대삼검의 최후 초식 무극지검이 또 한 번 펼쳐지고 있었다. 그 기세 또한 방금 전에 펼쳤던 것에 비해 더하면 더했지 절대로 부족하지 않은 실로 엄청난 위력으로 겨우 본래의 모양으로 회복하려던 강물을 휩쓸고 지나갔다.

쿠구구구구쿵!

대지를 무너뜨릴 것 같은 강기의 소용돌이가 소문을 휘감아 돌며 소문의 주변엔 더 이상 강물이 존재하지 못했다.

소문을 바라보는 환야의 입에서 절로 탄성이 튀어나왔다. 일신에 상상하지 못할 정도로 뛰어난 무공을 지니고 있는 환야였지만 근래에 소문을 보며 많은 것을 느낀지라 소문이 수련에 힘쓰는 동안 그 또한 익히기는 했으나 아직 완벽하게 깨우치지 못한 무공을 완성하고자 땀을 쏟는 중이었다. 그러던 중 일찌감치 수련을 마친 오늘, 소문과 함께 집으로 돌아가려고 소문의 수련 장소로 온 것인데… 실로 우연히 절대삼검의 위력을 목도(目睹)하게 된 것이다.

"대, 대단하다! 어느 정도 예상은 했지만 이건 도대체가……."

환야는 너무나 엄청난 무공에 입을 다물지 못했다.

"또!!"

 환야의 눈이 경악으로 부릅떠지고 바닥을 드러낸 강가에 굳건히 서 있던 소문의 움직임이 다시 이어졌다.

 꽝!!

 수천 년 동안 그 모습을 드러내지 않고 숨어 지내던 바닥의 돌과 모래 등이 사방으로 날리고 목검에서 뿜어져 나오던 기운을 감당하던 강물마저 밀려난 지금 강가엔 소문이 내뿜는 기운을 막을 그 어떤 것도 존재하지 않았다. 도도히 사방을 휩쓴 기운들은 특히 정면에 서 있는 절벽의 곳곳에 수없이 많은 상처를 남기고야 멈추어졌다.

 "으… 으……."

 비록 십여 장이 넘게 떨어져 있던, 본격적으로 기운이 밀려온 곳도 아닌 소문의 뒤편에 있던 환야였지만 잠깐 동안 소문이 보여준 압도적인 힘은 온몸의 털이 곤두설 정도로 충격적인 것이었다.

 "저 앞에서 살아남을 수 있는 자가 있을까? 과연 누가 있어 저 기운을 감당할 수 있단 말인가?"

 힘없이 중얼거리는 환야의 안색은 마치 비무에서 패해 낭패한 무인의 얼굴 같았다. 환야가 아무리 소문과 형제의 연을 맺었다지만 그에 앞서 그도 강함을 사랑하고 추구하는 무인이었다. 그런 그가 아무리 생각해도 감당하지 못할, 자신의 모든 역량을 다 동원하여도 상대하기가 불가능한 무공을 보게 되었으니 절로 패배감에 사로잡힐 수밖에 없었다.

 "하지만! 내가 알고 있는 무공 또한 이에 못지 않으리라 난 믿는다. 비록 내가 제대로 익히지 못해 본래의 위력을 십분 발휘하진 못하지만 그 무공을 완성만 한다면 이런 패배감에 사로잡히지는 않으리라!"

"뭐 해요? 형님, 뭘 하시냐고요?"

"응? 아! 자네구먼. 언제 왔는가?"

화들짝 놀라며 반문을 하는 환야를 바라보는 소문의 시선은 황당 그 자체였다.

"내참, 내가 형님을 몇 번이나 불렀는지 알기나 합니까? 뭐에 홀린 사람처럼 멍~ 해 가지고선. 쯧쯧쯧."

"험험, 홀리다니! 그저 잠시 딴생각을 했을 뿐이네. 그나저나 방금 시전한 무공이 뭐였나? 실로 대단한 위력이었네. 내 많은 무공을 보아왔어도 그런 무공은 처음이었네. 자네의 궁술이 하늘에 이르렀다는 것은 익히 알고 있었지만 검술은 오히려 궁술을 능가하는 것 같네그려."

"어! 내가 궁술을 익힌 것은 어찌 알았습니까?"

소문이 화들짝 놀라며 물었다. 순간 아차 하는 표정을 지은 환야는 재빨리 그런 기색을 감추고 태연스레 대답을 했다.

"어찌 알긴! 지난번에 자네가 말해 주지 않았나."

"이상하네. 그런 기억이 없는데……."

소문이 고개를 갸웃거리자 환야는 대뜸 화를 내며 퉁명한 목소리로 말을 했다.

"자네가 말을 하고 그걸 나에게 물으면 내가 어찌 알겠나. 암튼 자네가 말을 해준 것은 틀림없는 사실이네. 그걸 기억하지 못하는 것은 자네의 책임이지."

"그런가?"

가만히 생각을 해보면 그런 말을 한 것도 같았다. 그리고 사실 그건 별로 중요한 문제가 아니었다.

"그랬나 보네요. 요즘은 정신이 영……."

"젊어서 벌써 그러면 안 되지. 그건 그렇고, 아까 그 무공이 어떤 것이었는지 말해 줄 수 있나?"

궁금하다는 듯 물어오는 환야는 연신 안도의 한숨을 내쉬고 있었다.

"뭐, 별건 아니고… 무극지검이라는 초식으로 그저 집안에 내려오는 무공입니다."

"별게 아니라니? 그게 별게 아니면 도대체 어떤 무공이 별거란 말인가? 좀 전에도 말했듯이 난 여태껏 그 정도의 무공을 본 적이 없네."

"하하! 그런 과찬을… 제가 쓰고 있는 무공은 한두 개를 제외하곤 모두 저희 집안 대대로 내려오던 가전무공입니다. 그리고 아까 본 검법은 가문에 내려오는 유일한 검법이지요. 사실 원래 마지막 초식인 무극지검은 한 번 쓰기도 힘에 부치고 제대로 익히지 못했는데 지금은 연이어서 몇 번을 펼칠 수 있게 되었습니다. 전혀 생각하지도 않았는데 내상이 깔끔히 치유되고 나니 이처럼 이어서 쓸 수 있게 되었습니다. 내공도 이전에 비해서 상당히 증가한 것 같고. 그 이유는 저도 잘 모르겠습니다."

그랬다. 장백산에서 무위공을 익혀 순식간에 엄청난 내공을 모은 소문은 이후 한계에 다다랐는지 더 이상의 진전을 보지 못했었다. 그래서 그게 끝인 줄 알았다. 그러나 그것이 끝은 아니었다.

생사를 걸고 적과 싸우는 동안 심한 외상과 내상도 입고 내공이 바닥난 적도 몇 번 있었다. 그런 위기 속에서 어떤 장벽에 가로막혀 있어 더 이상 진전을 보지 못하던 무위공의 한계가 무너지고 실로 무서운 속도로 내공이 증가하였다. 최근에까지 이어진 내공의 증가는 또다시 벽에 막혔으나 소문이 지닌 내공의 수위는 어마어마했다.

과거에도 거의 적수를 찾아볼 수 없었건만 지금은 그때와 비교하여

한 단계 증가한 내공을 지니게 된 것이었다. 게다가 중원으로 출도할 때 겨우 칠성에 불과했던 무극지검의 수위가 만독문과의 싸움에선 어느새 구성에 이르고 지금은 십이성에 육박하고 있었다. 검법의 조예가 깊어진 만큼 헛되이 사용되는 내공 또한 현저히 줄게 되었다. 이 모든 것이 많은 실전 경험을 통해 자신도 모르는 사이에 이루어진 의외의 성과였다.

그 결과는 바로 나타났다. 겨우 한 번의 시전에 모든 내공을 쏟아내고 내공을 잃게 만들었던 무극지검을 무려 세 번에 걸쳐 연속으로 사용하고도 과거처럼 몸에 큰 무리가 따르지 않는 것이었다.

"허참, 많은 싸움을 통해 무공이 증가할 수도 있겠지만 자네 같은 경우는 처음 보겠네. 뭐, 암튼 축하하네. 자네는 무인이라면 꿈에도 그린다는 환골탈태(換骨脫胎)를 한 셈이 아닌가?"

"예? 환골탈태라니요?"

소문이 무슨 소리를 하느냐는 듯 물었다.

"자네를 처음 발견했을 때 온몸이 포(脯)를 뜬 것처럼 난도질되어 있지 않았겠나. 거기에 양손의 뼈란 뼈는 다 부러져 있었고. 그런 자네가 상처도 다 낫고 뼈도 더 단단하게 붙었으니 환골탈태가 아니면 뭐란 말인가? 하하하!"

"어이구! 내가 미쳐!"

그저 황당하다는 듯 쳐다보는 소문을 앞에 두고 사방이 떠나가라 호탕하게 웃던 환야가 웃음을 지우고 진지하게 물었다.

"그나저나 절벽도 오르고 몸 또한 정상으로 되돌아온 듯하니 이제는 떠나야 할 시간이 된 것인가?"

"그래야지요. 이제 떠날 시간이 되었습니다."

간신히 회복된 팔과 겨우 쥘 수 있는 손을 가지고 절벽을 오르기 시작한 지 한 달째. 마침내 어제저녁, 소문은 무공을 전혀 사용하지 않고 순수한 자신의 힘과 노력으로 절대 불가능할 듯 보였던 절벽을 점령하고 말았다. 그리고 오늘 최종적으로 자신의 몸 상태를 파악해 본 것이었다. 그 결과는 대만족이었다.

힐끔!
걸음을 옮기던 청하의 고개가 돌려지고 텅 비어버린 집을 바라보는 청하의 두 눈은 붉게 물들어 있었다. 그런 청하의 손을 잡은 소문은 부드럽게 말을 했다.
"청 매, 이제 가야 할 시간이야. 아쉬운 마음은 그만 접고 가야지."
고개를 돌려 소문을 바라본 청하의 고개가 힘없이 끄덕였다. 말은 그리했지만 소문 또한 청하와는 다른 느낌에 사로잡혀 남겨진 집을 바라보았다. 그리고 북쪽 강가에 우뚝 솟아 있는 절벽을 바라보았다.
'절대로 잊지 못할 것이다.'
"그런데 지금 당가로 가봐야 아무도 없지 않나? 그들은 이미 정도맹인가 하는 곳으로 떠난 지 오래인데."
소문의 상념을 깨뜨리며 환야가 물었다.
"알고 있습니다. 하지만 제가 왜 그곳에 가야 하는지 어제 말씀드리지 않았습니까? 비록 아무도 없는 당가일지라도 한 번은 가봐야겠습니다."
"흠, 알았네. 그럼 가세나."
소문의 눈에서 한광이 스쳐 지나가자 무겁게 고개를 끄덕인 환야는 더 이상 토를 달지 않고 앞장서 걸음을 옮겼다. 그 뒤로 소문과 청하가 나란히 따라갔다.

그들의 예상대로 당가엔 을씨년스런 바람만 불어댈 뿐 그 누구도 남아 있는 사람이 없었다.

'결국 나는 살아서 다시 이곳에 왔구나.'

느린 발걸음으로 정문을 통과하는 소문의 가슴에 만감(萬感)이 교차했다. 처음 이곳을 찾았을 때의 설렘과 흥분은 어디로 갔는지 알 수 없고 차갑게 가라앉은 마음에 마음이 무거웠다.

꽤 시간이 걸려 그들이 도착한 곳은 당가에서도 상당히 외진 곳에 위치한 한 건물의 앞이었다. 굵고 진한 글씨체로 편액에 집법당이라는 이름이 새겨져 있었다.

"청하와 잠시 이곳에 계십시오."

대답을 기다릴 것도 없이 안으로 성큼 들어선 소문은 자신과 철면피가 갇혀 있었던 밀실로 들어섰다. 가장 먼저 보인 것은 소문이 목을 매었던 쇠사슬이었고, 넘어진 의자, 바닥에 굴러다니는 몽둥이와 각종 고문 기구 등이 그를 반겼다. 사방을 훑어가는 소문의 눈은 너무나 차갑게 가라앉아 있었다. 밀실은 예나 지금이나 전혀 변함이 없었다. 다만 곳곳에 쌓인 먼지만이 이곳이 상당히 오래 방치되었음을 말해 줄 뿐이었다.

"크크크!"

무엇을 본 것일까? 갑자기 괴소(怪笑)를 짓는 소문의 몸에서 엄청난 살기가 뿜어져 나오고 주변의 공기가 차갑게 식어버렸다.

"면피야……."

한쪽 벽으로 다가간 소문은 벽을 매만지며 나직이 자신을 보호하다가 먼저 간 친구, 철면피의 이름을 불러보았다. 소문이 바라보고 만지고 있는 벽에는 당소희의 발길질에 무참히 쓰러진 철면피가 만든 흔적이 그대로 묻어 있었다. 계속된 고문과 구타, 면피의 처절한 죽음! 절대로 잊지 못할 그때의 상황이 확연히 떠오르며 소문을 괴롭혔다.

"음……."

잠시 동안 벽을 바라보던 소문이 천천히 몸을 돌려 집법당을 빠져나왔다.

"갑시다."

"자, 자네 괜찮은가?"

"오라버니!"

집을 떠나기 전 당가에서 있었던 일들을 모두 들은 그들이기에 내심 마음속으로 걱정을 하고 있었다. 그런데 소문이 막상 아무런 일도 없다는 듯이 행동을 하니 오히려 더 이상했다.

"후후, 괜찮아요. 괜찮아, 청 매. 어차피 지나간 일인데… 되돌릴 수도 없는……."

자신을 염려하는 환야와 청하를 바라보며 말을 하는 소문이 살며시 미소를 지었고 그런 모습에 그들 또한 안도의 한숨을 내쉬었다.

"그럼 이제 어떻게 할 것인가?"

"정도맹으로 가야지요."

"……."

"너무 염려는 하지 마십시오. 청 매도 그런 얼굴은 하지 말고."

소문은 어두운 안색을 하는 둘을 달래며 말을 이었다.

"난동을 부리려는 것은 아니니… 다만 이대로 묻어둔다면 면피를 볼 면목이 없어서요."

"결자해지(結者解之)라… 얽혀 있는 것을 풀려면 당사자를 만나야 하는 것이지. 알았네. 그럼 자네의 뜻대로 하게. 어차피 말려선 듣지도 않을 듯하니, 기왕 가기로 한 것 지금 바로 떠나세."

"그러지요."

인적없는 당가에 들어왔던 이들은 들어올 때와 마찬가지로 조용히 정문을 빠져나왔다. 그리고 정도맹이 있는 하남성으로 방향을 잡았다.

'결자해지라… 암, 얽힌 것은 당사자들이 만나서 풀어야만 하는 것이지. 당사자가… 하지만! 난! 결코! 철면피의 죽음을 잊지 못한다. 절대로! 기다려라, 당소희!'

『궁귀검신』 5권으로 이어집니다

안녕하십니까?

『궁귀검신』을 쓰고 있는 조돈형입니다. 부족한 제 글을 읽어주시는 독자님들께 이번 기회를 들어 다시 한 번 감사드립니다.

이번에 4권 출판과 '다음'에 궁귀검신 공식 카페가 생긴 것을 기념하기 위한 간단한 이벤트가 있었습니다(http://cafe.daum.net/moohyub).

이벤트는 세 가지였습니다. 하나는 궁귀검신에서 가장 마음에 드는 캐릭터와 그렇지 못한 캐릭터에 대한 투표였고, 다른 하나는 궁귀검신이란 제목으로 사행시를 짓는 것이었습니다. 마지막은 궁귀검신 캐릭터 그림 모집이었습니다. 짧은 시간이었지만 제 예상보다 많은 분께서 참여해 주셨습니다.

★ 가장 좋아하는 캐릭터(총 82분께서 투표하셨습니다)

1위: 철면피(20)

2위: 을지소문(19)

3위: 환야(12)

4위: 할아버지(8)

5위: 남궁혜(5), 청하(5)

기타: 13표

정말 의외의 결과였습니다. 인기 투표에서 주인공이 밀려나는 불상사가 있으리라곤 꿈에도 생각하지 못했습니다. 전 당연히 소문이 1위에 오를 줄 알았고, 대부분의 독자님들께서도 그렇게 생각하셨으리라 믿습니다. 하지만 인기 순위 1위는 철면피였습니다. 아마 4권에서 죽게 되어 동정표를 얻은 것 같습니다.

2위는 을지소문입니다. 주인공이 1위를 못했다는 것은 작가의 책임인 듯

싶습니다.

3위는 환야입니다. 투표를 해주신 분들의 의견이 대부분 '멋있다'로 압축되더군요. 또한 남장 여자로 약간은 의심을 받고 있는 인물이기도 합니다.

4위는 할아버지입니다. 이것도 약간은 의외의 결과입니다. 설마 할아버지가 남궁혜나 청하를 밀어낼 줄은 역시 예상치 못했습니다. 소문을 고생시키는 할아버지의 괴짜 행각이 많은 재미를 주었나 봅니다. 그러고 보니 처음 글을 연재할 때 할아버지의 인기가 상당했다는 점이 떠오르는군요.

5위는 주인공을 둘러싸고 있는 여인들입니다. 짝사랑의 남궁혜와 기녀인 청하가 공동으로 올랐습니다. 남궁혜를 좋아하시는 분들이 많아서 상위권에 올라갈 줄 알았는데 약간은 아쉽습니다. 반면에 뒤늦게 등장한 청하의 선전이 눈에 보이는군요.

그 외의 캐릭으로는 당소희(2), 귀곡자, 검성, 암왕 등이 있었습니다. 그런데 귀곡자를 좋아하는 분이 계시다니 신기하네요. 개인적으론 독고적도 표를 얻길 바랬는데 너무 짧은 시간에 사라진 인물이라 기억에 남지 못했나 봅니다. 아니면 좀 더 강하게 부각하지 못한 저의 잘못일 수도 있겠네요.

★ 가장 싫어하는 캐릭터(총 72분께서 투표하셨습니다)

1위: 당소희(38)
2위: 을지소문(6)
3위: 할아버지(5)
4위: 당일기(4)
5위: 귀곡자(3)
기타: 16표

싫어하는 캐릭터는 예상대로였습니다. 역시 1위는 당소희군요. 타의 추종을 불허하는 당소희의 활약이 돋보입니다. 선정을 해주시면서 덧붙은 말들이 너무나 원색적이고 심했습니다. 하지만 그걸 읽으면서 기쁨 마음이 드는 것은 왜일까요?

2위는 을지소문입니다. 보통 주인공이 강하고 잘나고 인기가 좋아서 그에 대한 반발로 한 표를 던지시는 분이 많은데, 소문은 그러한 이유 때문이 아니었습니다. 오로지 하나! 면피를 죽게 했다는 것이죠. 철면피의 인기가 여기서도 느껴지는군요.

3위는 할아버지였습니다. 역시 주인공을 괴롭혔다는 것과 어찌 보면 철면피의 죽음에 직접적인 원인의 제공자가 할아버지라는 이유가 아닌가 싶네요.

4위는 당일기였습니다. 가장 큰 이유가 '그냥 재수없다' 였습니다. 역시 철면피의 날개를 부러뜨린 게 가장 큰 영향을 미친 게 아닌가 합니다.

5위는 귀곡자입니다. 인물 설정 자체가 약간은 음침한 모사 역이기 때문이란 생각이 듭니다.

기타의 의견으로는 곽영, 환야, 청하가 나란히 두 표씩을 얻었습니다. 그리고 남궁혜, 독왕, 구양풍 등이 있었습니다. 황당한 의견들도 있었습니다. 엑스트라 주제에 독자들의 기분을 상하게 했다는 이유로 소문이 표국에서 일할 때 잠시 나온 신참 표사를 선정하신 분도 있고, 너무 멋있다는 이유로 철면피도 한 표를 얻었습니다. 그리고 가장 경악할 만한 것은 작가도 표를 얻었다는 것입니다. 흠… 이유가 뭘까요? 제 생각으론 역시 철면피를 죽여서 그런 것이 아닐까 하는 생각이 드는군요.

이상이 투표 결과입니다. 양쪽의 투표수가 다른 것은 두 가지를 동시에 써달라고 말씀드렸지만 한 가지만 쓰신 분이 계셔서 그렇습니다. 투표해 주신 분들께 감사드립니다.

★ 다음은 궁귀검신 사행시입니다. 정말 많은 글들이 올라왔는데요, 제가 임의로 선정했습니다. 순전히 제 마음대로였습니다.

파이안
궁:궁의 시위를 당기면
귀:귀신에게 홀리듯 적은 쓰러지고,
검:검을 높이 치켜들면
신:신검의 경지가 바로 여기에 있다.

연개소문
궁:궁핍한 생활 속에 열심히 사는 서민들은 하지 않습니다.
귀:귀찮은가요? 세금 내기 싫고, 남의 등이나 쳐먹고, 뇌물받고~
검:검소하고 부끄럼없이 살아보란 말입니다~
신:신년(新年)입니다. 새로운 마음을 가져서 어려운 이웃도 돕고 아들딸한테 부끄럼없는 아빠, 엄마, 정치인이 됐으면 합니다.

조형근
궁:궁도로 대성할 수 있는 방법은
귀:귀로 듣지만 말고 몸으로 익혀야 해.
검:검의 깨달음과는 또 다른 피를 토하는 노력만이
신:신의 경지에 이를 수 있음이야.

영원을 바라보는 사나이
궁:궁귀검신이라는 책을 아는가?
귀:귀가 있다면 들어봤을 테고 눈이 있다면 다 읽어봤을 것이다.
검:검을 논하지도, 도를 논하지도 말라.
신:신궁 하나를 들고 중원에 또 다른 바람을 불고 올 을지소문을 안다면.

아홍
〈버전1〉
궁:궁핍한 운영자가 굶어 죽었다.
귀:귀신이 되어서 나타났다.
검:검을 들고 사람들에게 밥을 달라고 협박했다. 그래서 우리는
신:쉰밥을 주었다. 그는 식중독에 걸려 다시 또 죽고 말았다.

〈버전2〉
궁:궁핍한 운영자가 또 굶어 죽었다.
귀:귀신이 되어서 염라대왕에게 끌려갔다.
검:검을 들고 염라대왕을 위협하며 말했다. 왜 굶어 죽어야 했냐고.
염라대왕이 갑자기 TV를 켰다. 그랬더니 갑자기 어느 가수가 나왔다.
그 사람은 바로…
신:신신애였다. 그녀가 말하길, 세상은 요지경~ 요지경 속이다~ 잘난 사람은 밥 먹고 살고 못난 사람은 굶어 죽는다~

crrow
궁:궁의 두려움을 아는가?

귀:귀곡성을 내며 떠나가는 화살의 두려움을 아는가?
검:검기의 위력을 능가하는 이기어시!
신:신기에 가까운 궁의 세계로 당신을 초대합니다.

궁천비도
궁:궁귀검신이란 책을 샀다.
귀:귀신 나오는 책인 줄 알았다.
검:검하고 활 들고 설치는 소설이었다.
신:신기했다.

beaksuh
궁:궁으로도 막을 수 없는
귀:귀곡자의 초강력 두뇌!
검:검으로도 뚫을 수 없는
신:신념을 가진 귀~ 곡~ 자!!

愛國靑年 영효
을:을매(으매), 행님! 그 야기 들었습니꺼?
지:지지배(기집애), 와 그라노! 조용해라. 근데 뭔 야기데 그라노?
소:쏘가리 파 아들이 궁귀검신 4편 빌려갔다 아입니꺼!
문:문디자슥아! 진작 말해야지. 아들 모아라. 전쟁인기라!

캐릭터 그림은 몇 개 올라오지 않았습니다. 아마 시간이 너무 촉박해서 그런 것이 아닌가 싶습니다. 그래도 열심히 그려서 올려주신 분들께 다시 한

번 감사드립니다.

    끝으로 궁귀검신을 읽으시는 모든 독자님께 사죄를 청합니다. 출판된 책에 큰 오류가 하나 있었습니다. 아시는 분은 아시겠지만 현 남궁세가의 가주인 남궁검은 남궁혜의 아버지가 아니라 백부입니다. 그런데 3권 p150에 남궁혜와 소문의 대화 중에 남궁혜가 '…저희 아버님을 구해주셔서 감사합니다' 라는 말을 씁니다. 아버님이 아니라 당연히 백부님이겠지요. 저도 순간 착각을 했습니다. 추후에는 이런 일이 없도록 하겠습니다. 독자님들께 거듭 사죄드립니다.

時代超越
시대초월

세대와 세대를 넘은 기다림 끝에 드디어 태어나다!

대가大家 금강金剛
무협 20주년 기념 특선작!!

이 시대 정통대하무협의 금자탑(金子塔)!
장쾌함과 호쾌함이 아우러진 강렬한
대륙적 대서사시!
필생(筆生)의 기념비적 역작(力作)!

시대를 선도해 온 대가 금강金剛이 펼쳐 보이는
정통 무(武)와 협(俠)의 도도한 흐름 속으로
흠뻑 빠져든다!

대풍운연의 大風雲演義 · 금강金剛 신무협 판타지 소설
①~⑨권 / 값 7,500원

일간스포츠에 장기 연재되어
선풍적인 인기를 끌었던
화제의 바로 그 작품, 드디어 출간!

이제 청어람을 통해 금강金剛 무협의 정수를 접하실 수 있습니다.

도서출판 청어람 www.chungeoram.com 우 420-011 부천시 원미구 심곡1동 350-1 남성빌딩 3F TEL. 032-656-4452/54 / FAX. 032-656-4453 E-mail : eoram99@chol.com

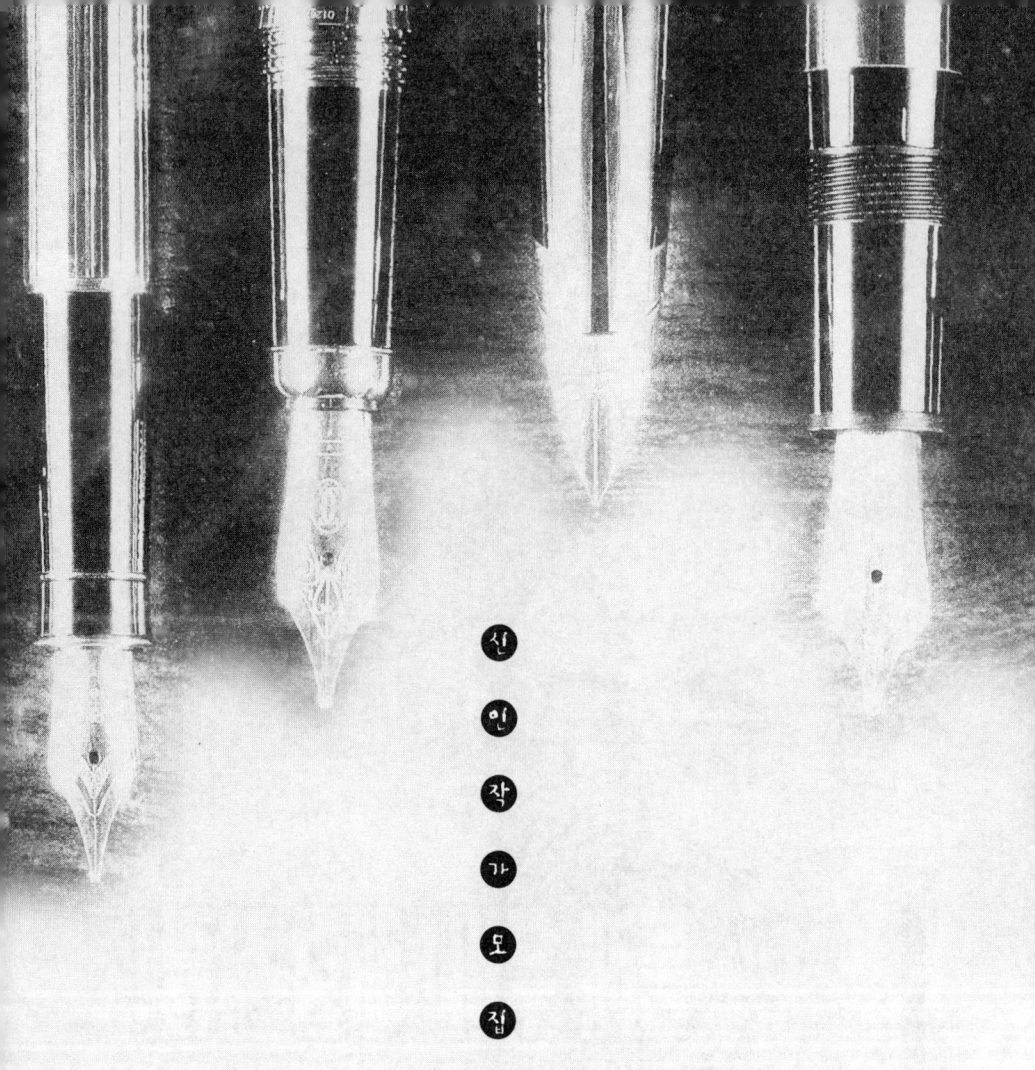

신
인
작
가
모
집

**시작이 반이라고 했습니다.
작가의 길에 대한 보이지 않는 벽을 과감히 깨뜨리십시오!
청어람은 작가 지망생 여러분들의
멋진 방향타가 되어드리겠습니다.**

저희 도서출판 청어람에서는
소설 신인 작가분들을 모집합니다.
판타지와 무협을 사랑하시는 분들의 많은 참여를 바랍니다.
소정의 원고(A4용지 150매)를 메일이나 우편으로 보내주시면
검토 후 출판 여부를 알려드리겠습니다.

주소:경기도 부천시 원미구 심곡1동 350-1 남성B/D 3F 우편번호420-011
TEL:032-656-4452 · **FAX**:032-656-4453
http://www.chungeoram.com
e-mail:chungeoram@chungeoram.com